俄國貴族的雪橇車——蘇菲亞公主和韋小寶乘此類雪橇車赴莫斯科。英國人 J. A. Atkinson 及 J. Walker 所著《俄國人習俗娛樂風貌》一書中的彩色銅版畫。

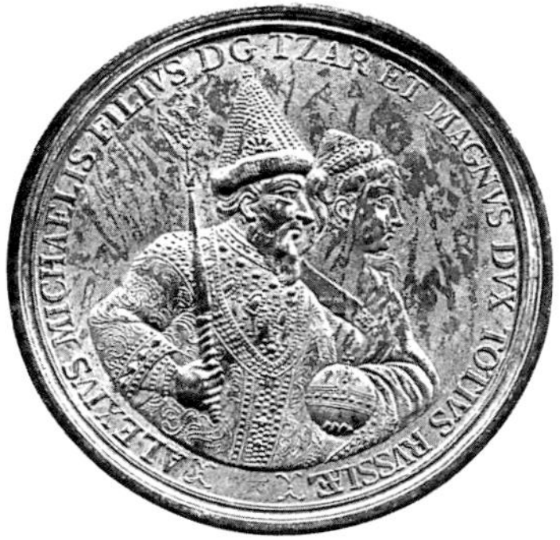

俄國銀幣——幣上之像為沙皇亞力克西斯及皇后。沙皇為蘇菲亞公主及彼得大帝的父親，皇后娜塔麗亞為彼得之母，蘇菲亞非她所生，即韋小寶稱之為「羅剎老婊子」者也。

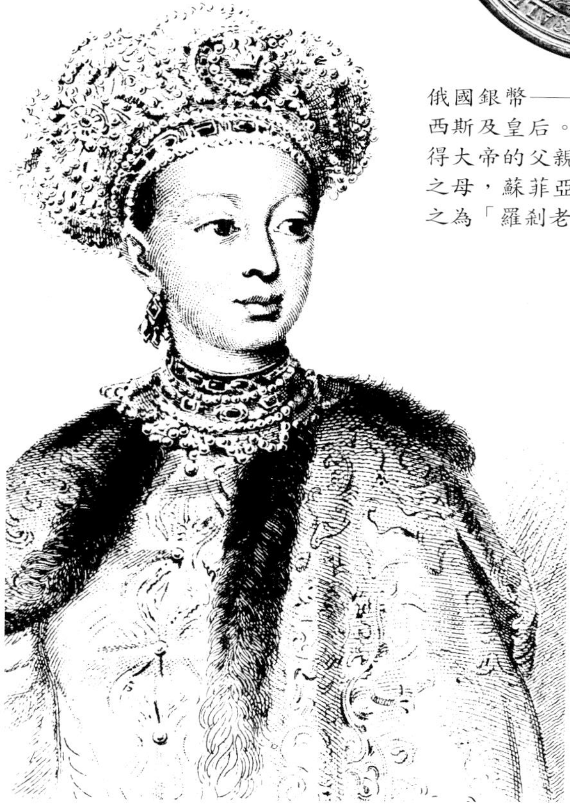

羅剎國女攝政蘇菲亞公主像——Ullstein Bilderdienst繪，現藏柏林博物館。

莫斯科克里姆林宮——十七世紀（康熙時代）的沙皇皇宮。Potapov繪，錄自《古俄國的建築》一書。

哥薩克兵侵略西伯利亞時，遭遇當地人民襲擊。據說忽有天使持基督之旗幟引導脫險。法國所出版S. Remezov著《萊曼卓夫紀事錄》中的插書。

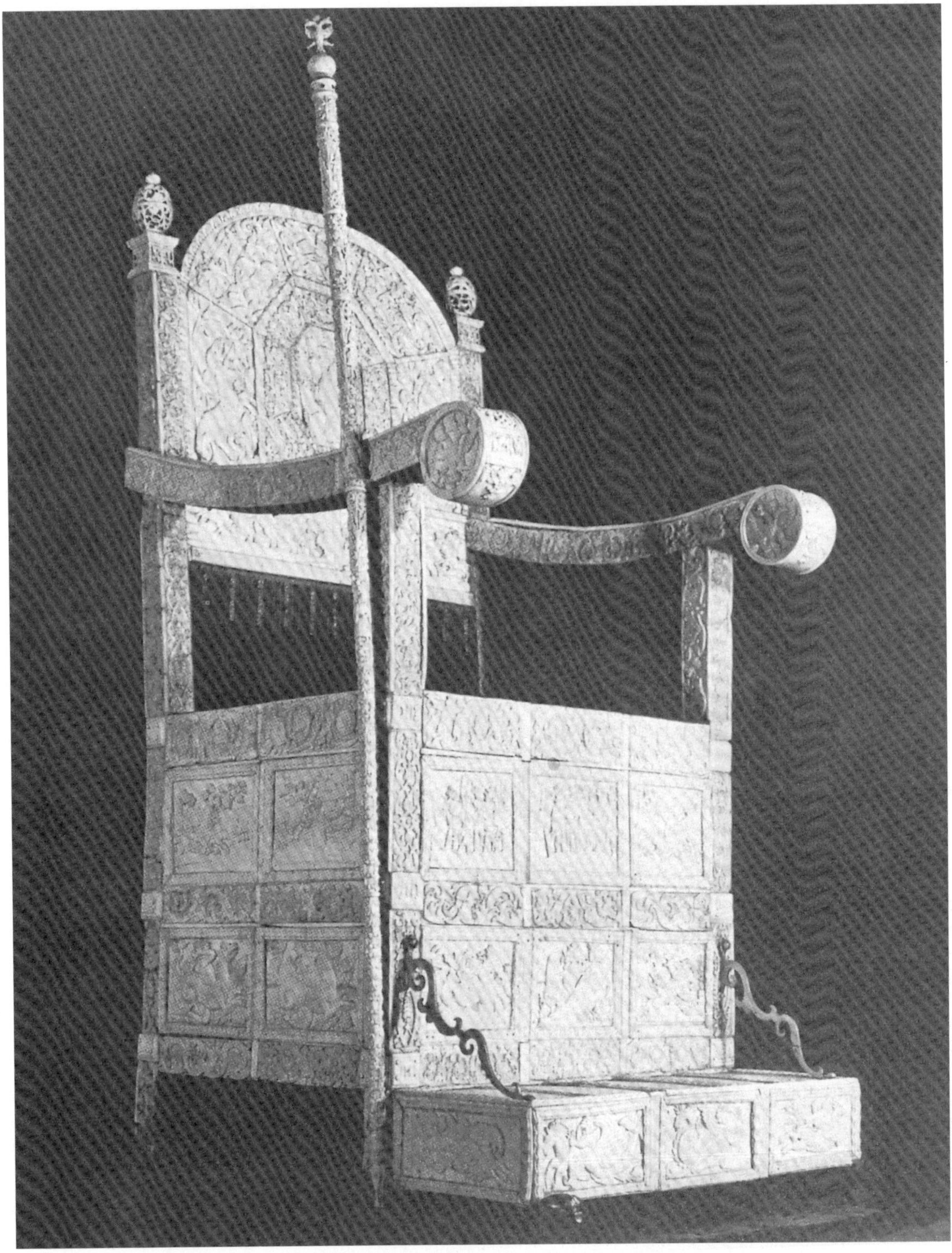

羅剎國沙皇的寶座——木雕而鑲以象牙。沙皇「恐怖伊凡」時所製。

十七世紀時的莫斯科，街道為原木所鋪。A. Vasnetsov 繪，俄國明斯克畫院藏。

清宮戲劇畫冊之一頁「柴桑口」——「柴桑口」即「臥龍弔孝」。韋小寶自此戲得到啟發而上王屋山弔祭司徒伯雷，收服王屋派。

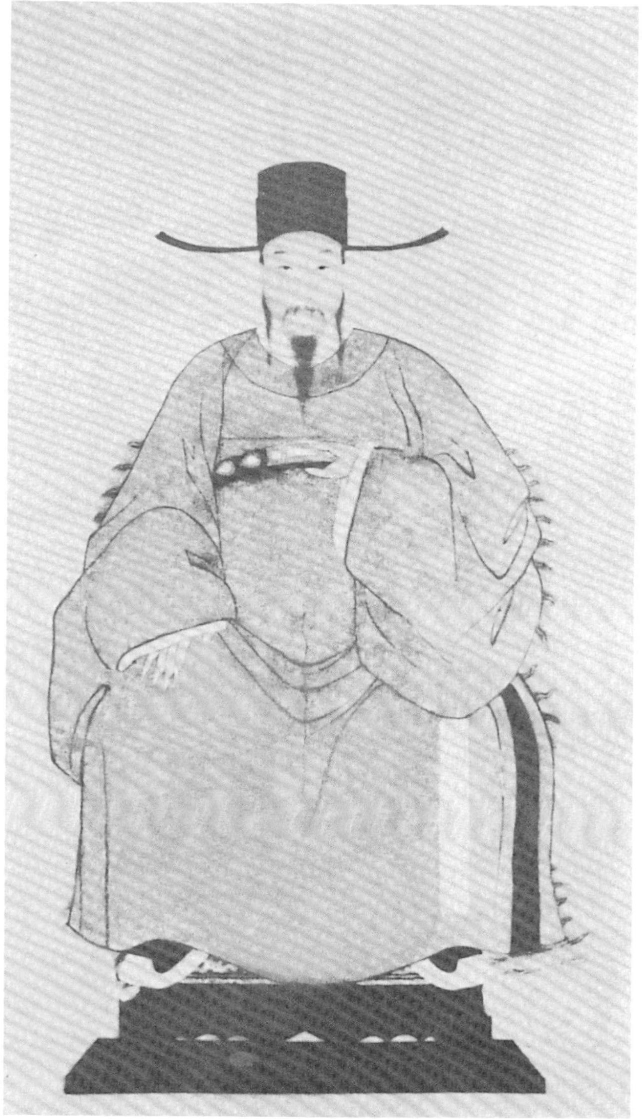

史可法像

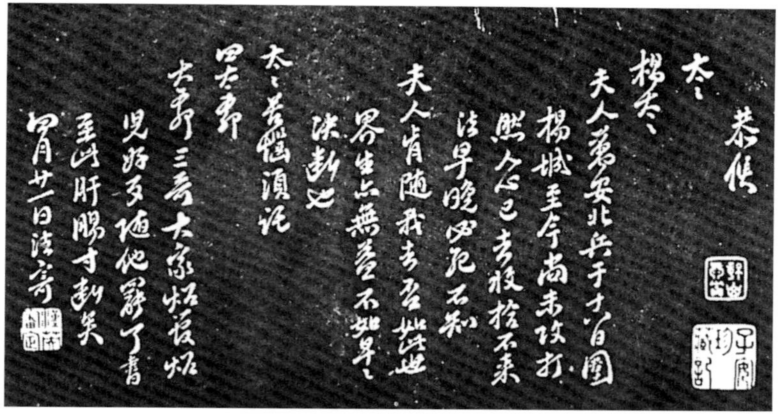

恭候
太太
楊太太
夫人萬安北兵于十八日圍
揚城至今尚未攻打
然人心已去收拾不來
法早晚必死不知
夫人肯隨我去否如此世
界生亦無益不如早早
決斷也
太太苦惱須託
四太爺
大爺三老爺大家照管炤
兒好歹隨他罷了書
至此肝腸寸斷矣
四月廿一日法寄

史可法遺夫人書——原書石刻，在揚州史公祠。

揚州梅花嶺史公祠祭殿——對聯當為清亡後所書，清朝不會准許「一坏

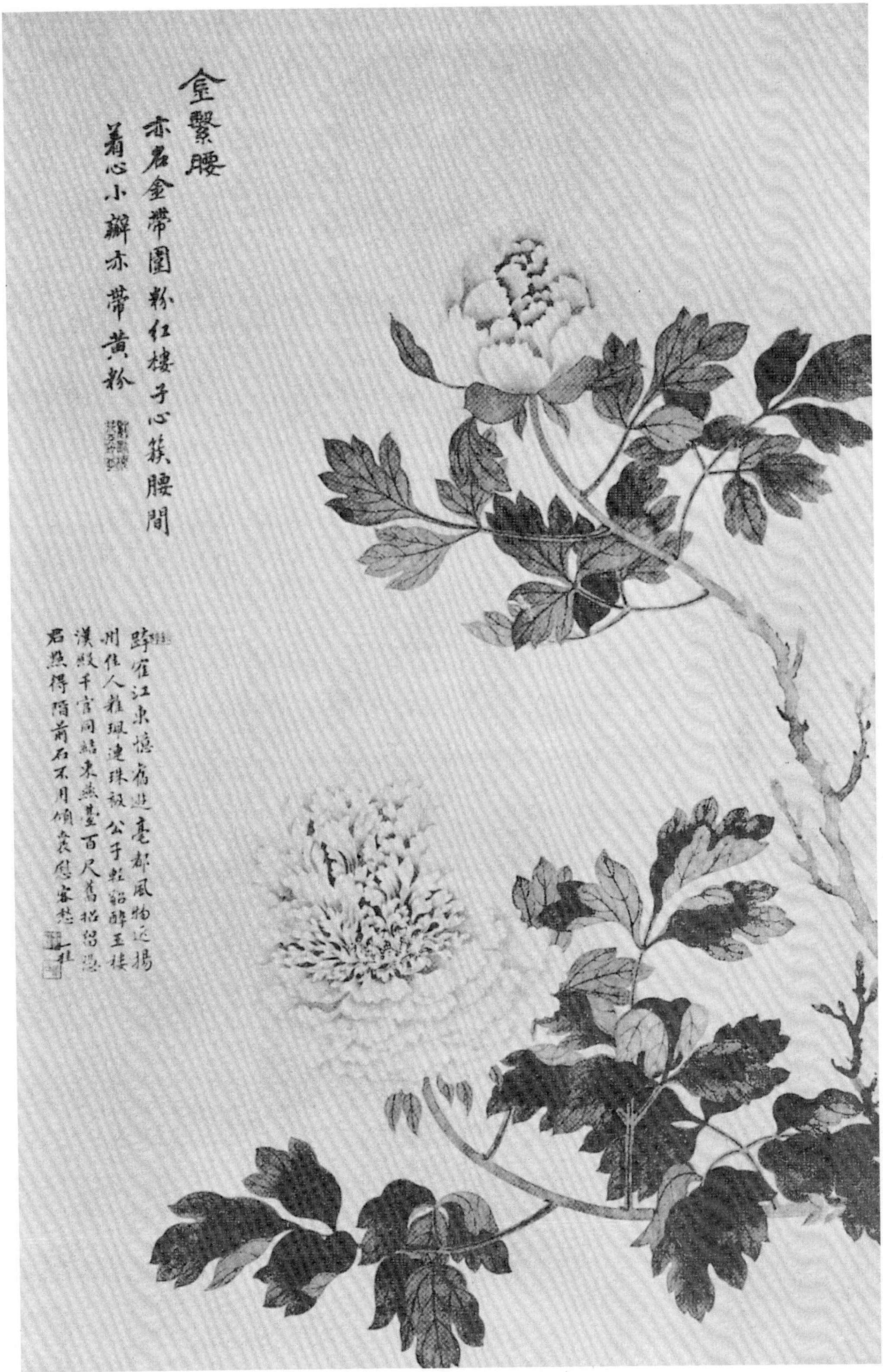
金繫腰
亦名金帶圍粉紅樓子心簇腰間
着心小瓣亦帶黃粉

鄒一桂「金繫腰」——金繫腰亦名金帶圍，芍藥名種。揚州禪智寺芍藥天下聞名，賴此名花，免遭韋小寶之劫。鄒一桂，江蘇無錫人，康熙廿五年生，善繪花卉。

英國畫家筆下的清代揚州運河兩岸——W. Beeit 繪。本書作者在倫敦一家古董店中購得。

揚州名勝，瘦西湖上的五亭橋。

梁元仍舊鎮此地屢稱兵禍福憑方士干戈盡弟兄戎
衣臨講殿詩句到巡城世亂文何用君王乃好名
枇杷門外路降表是前驅建業無王氣湘東只霸圖占
星憂客位給札咲家奴秋草荒郊徧元陵問有無
南郡風流地雄藩轂久推梨花前隊擁紅粉後車來馬
酒分麾飫狐裘遂兎回明明軍令在蜀道幾時開
洪武銅砲歌
荊州城頭古銅砲洪武元年戊申造土花剝蝕鏽微生
首尾撐撐任顛倒憶時僞漢方縱横虎視江東勢輕剽
旄鉞鄱陽一戰收割耳淋漓行告廟荊湘指顧入圖版
駕幸武昌懾苗獠遂令守土須火器何異分藩鎮險要
邪許聲中走百夫巨材作架牛皮冒二百餘年烽燧冷
講武承平背時好何來寇賊忽披猖將士倉皇棄牙纛
可憐橐鞬等無用下策火攻恃騰趠底貢初曾致烏夯
後來特賜紅夯號豈知將軍竟負國俯覗焦原縱群盜
彼非吾産且勿論爾獨胡爲亦忘報萇弘碧血釁未足
鴟尸懸目慘無告巖顛劉蹶誰惜之去者自悲來自咲
而今西南又轉戰形制雖存力難効我來見汝荊棘中
并與江山作憑弔金狄摩挲總泪流有情爭忍長登眺
荊州護國寺古鼎歌
臨淮王氣日盪摩東吳西漢兩燭蛾天教禹鼎歸一統
掃蕩不再煩熷娑煌煌開基自建鄴豐沛大風時作歌

查慎行原刊《敬業堂詩集》之一頁「洪武銅砲歌」。

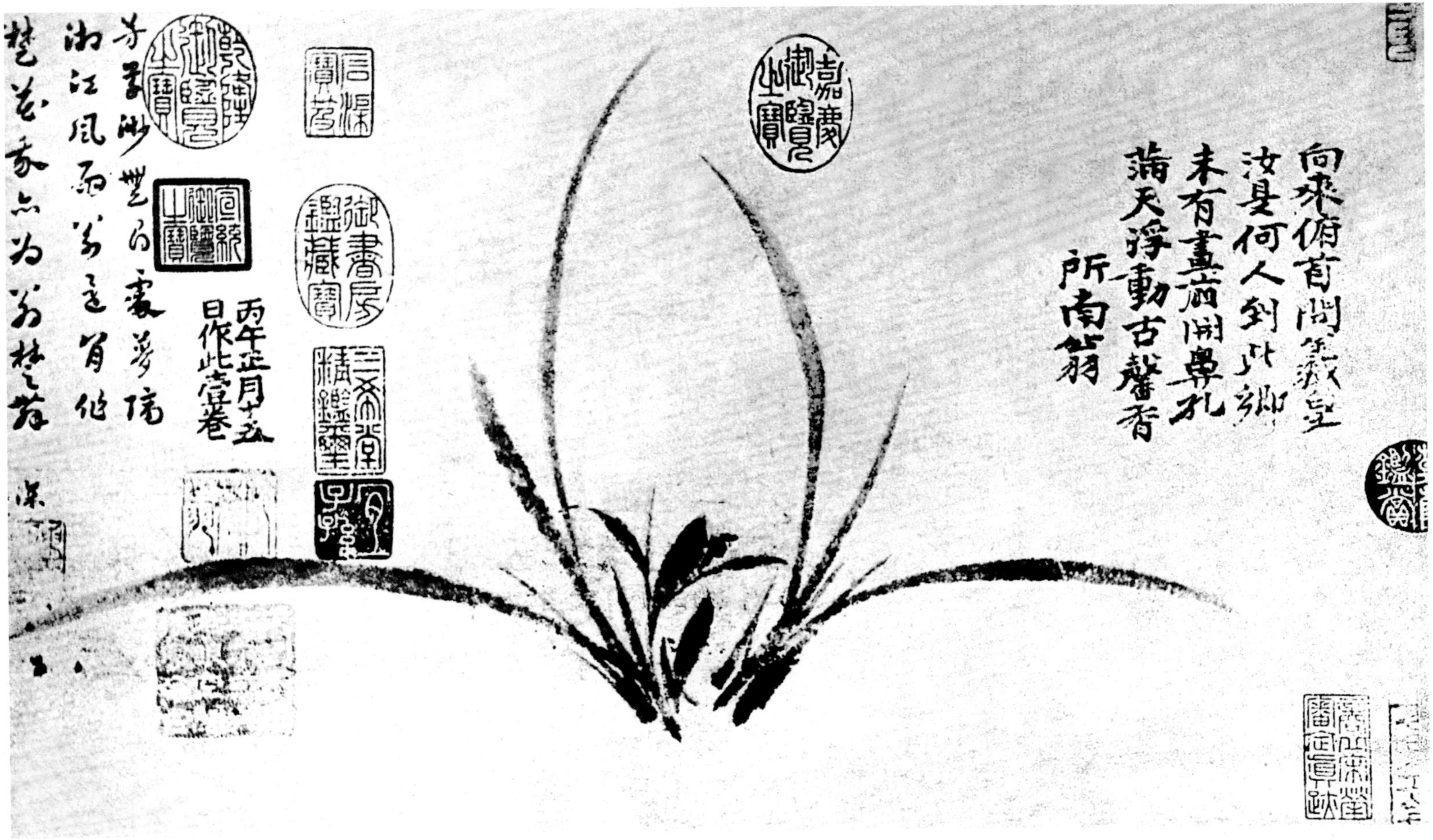

鄭所南畫蘭——鄭所南，南宋人，宋亡後所畫蘭花無根，指國土淪於異族。

善和坊裏李端端信是
能行白牡丹誰信揚州金
滿市臙脂價到屬窮酸
唐寅畫并題

唐寅「李端端圖」——從圖中可見明代揚州名妓的風姿。

大字版 鹿鼎記

⑧ 揚威塞北

金庸

鹿鼎記(大字版) / 金庸作. -- 二版.
-- 臺北市：遠流, 2017.10
冊； 公分. -- (大字版金庸作品集；63–72)

ISBN 978-957-32-8144-3 (全套：平裝).

857.9 106016901

大字版金庸作品集⑰

鹿鼎記 (8)揚威塞北 「公元2006年金庸新修版」

The Duke of the Mount Deer, Vol. 8

作　　者／金　庸

封面設計／唐壽南　內頁插畫／姜雲行

發 行 人／王 榮 文
出版・發行／遠流出版事業股份有限公司
臺北市中山北路一段11號13樓
電話／25710297　傳真／25710197　郵撥／0189456-1

□2006年10月1日　初版一刷
□2022年3月16日　二版四刷

大字版 每冊380元（本作品全十冊，共3800元）

〔另有典藏版共36冊（不分售），平裝版共36冊，新修版共36冊，新修文庫版共72冊〕

ISBN 978-957-32-8144-3（套：大字版）
ISBN 978-957-32-8141-2（第八冊：大字版）
Printed in Taiwan

YLib 遠流博識網
http://www.ylib.com E-mail:ylib@ylib.com

目錄

韋小寶一個倒翻觔斗，已騎上那營長的頭頸，雙手食指壓上他兩眼，騎著他走回公主房中。蘇菲亞又驚又喜，從營長身邊抽出短槍，抵住他背心。

第三十六回　犵鳥蠻花天萬里　朔雲邊雪路千盤

兩人吃了些鹿肉乾，便躺在江岸邊休息，等到二更時分，悄悄走向城寨。四下裏寂靜無聲，這一晚月色甚好，望見那城寨是用大木材和大石塊建成，方圓著實不小，決非一朝一夕之功。韋小寶心想：「這城寨早就建在這裏了，並非有人偷看了我的地圖，告知了羅剎人，再到這裏來建城。」眼見自己和雙兒的影子映在地下，不禁慄慄危懼，暗想城頭若有羅剎兵守著，幾槍打來，韋小寶變成韋死寶了。當下扯了扯雙兒，伏低身子，察看動靜。只見城寨東南角上有座小木屋，窗子中透出亮光，看來是守兵所住。韋小寶在雙兒耳邊低聲道：「咱們到那邊瞧瞧。」兩人慢慢向那木屋爬去。

剛到窗外，忽聽得屋內傳出幾下女子的笑聲，笑得甚爲淫蕩。韋小寶和雙兒對望一眼，均感奇怪：「怎麼有女人？」韋小寶伸眼到窗縫上張望。當地天寒風大，窗縫塞得密密的，甚麼都瞧不見，屋內卻不斷傳出人聲，一男一女，又說又笑，嘰哩咕嚕的一句也不懂。

韋小寶知道這雙羅剎男女在不幹好事，心中一動，伸臂將雙兒摟在懷裏，雙兒聽到屋內的聲音，似懂非懂，隱隱知道不妥，給韋小寶摟住後，生怕給屋內之人發覺，不敢稍動。韋小寶得其所哉，左臂更摟得緊了些，右手輕輕撫摸她臉蛋。雙兒身子一軟，靠在他懷裏。不料地下結滿了冰，韋小寶得趣忘形，足下一滑，站立不定，砰的一響，腦袋重重撞上木窗，忍不住「啊喲」一聲，叫了出來。

屋內聲音頓歇，過了一會，一個男子聲音嘰哩咕嚕的喝問。韋小寶和雙兒伏在地下，不知如何是好，只聽得門閂拔下，木門推開，一人手提燈籠，向門外照看。韋小寶輕躍而起，挺匕首戳入了他胸膛。那人哼也沒哼，便即軟軟的癱下。

雙兒搶先入屋，見房中空空盪盪地不見有人，奇道：「咦，那女人呢？」韋小寶跟著進來，見房中有一張炕，一張木桌，一隻木箱，桌上點了一枝熊脂蠟燭，那女人卻已不知去向，說道：「快找，別讓她去報訊。」眼見房中除大門外，別無出路。他將死人拉了進來，關上大門。見那死人是個外國兵士，下身赤裸，沒穿褲子。

韋小寶抬頭向樑上望去，不見有何異狀，說道：「一定是在這裏。」搶到箱邊，揭開箱蓋，跟著身子向旁一閃，以防那羅剎女人在箱裏開槍。過了一會，不見動靜。雙兒道：「箱子裏也沒有，這可眞奇了。」

韋小寶走近看時，見箱中放滿了皮毛，伸手一掏，下面也都是皮毛。忽然間聞到一陣濃香，顯是女子的脂粉香氣，說道：「這裏有點兒靠不住。」抓出皮毛，拋在地下，箱子底下赫然是個大洞，喜道：「在這裏了！」

雙兒道：「原來這裏有地道。」韋小寶道：「趕快得截住那羅剎女子。她一去報信，大隊外國強盜擁來，可乖乖不得了。」迅速脫下身上臃腫的皮衣，手持匕首，便從洞中鑽了進去。他對外國兵確感害怕，外國女人卻不放在心上。

那地道斜而向下，只能爬行，他瘦小靈活，在地道中爬行特別迅捷，爬出十餘丈，便聽得前面有聲。他手足加勁，爬得更快了，前面聲音已隔得甚近，左手前探，用力去抓，碰到一條光溜溜的小腿。那女子一聲低叫，忙向前逃。

韋小寶大喜，心想：「我如一劍刺死了你，不算英雄好漢。好男不與女鬥，中國好男不與羅剎鬼婆鬥。外國男鬼見得多了，外國女鬼是甚麼模樣，倒要好好瞧上一瞧。」將匕首插回劍鞘，衝前丈餘，兩手抓住了那女子小腿。

那女子在地道中不能轉身，拚命向前爬行。這女子力氣著實不小，韋小寶竟拉她不住，反給她拖得向前移了丈許。韋小寶雙足撐開，抵住了地道兩邊土壁，才不再給她拉前。那女子突然用力一掙，韋小寶手上一滑，竟給她掙脫。那女子迅即爬前，韋小寶撲了上去，一把抱住她腰，突然頭頂空了，原來到了一處較為寬敞的所在。那女子兩聲低笑，轉過頭來，向他吻去，黑暗中卻吻在他鼻子上。

韋小寶只覺滿鼻子都是濃香，懷中抱著的那女子全身光溜溜地，竟然一絲不掛，又覺那女子反手過來，抱住了自己，心中一陣迷迷糊糊，聽得雙兒低聲問道：「相公，怎麼了？」韋小寶唔唔幾聲，待要答話，懷中那女子伸嘴吻住了他嘴巴，登時說不出話來。

忽聽得頭頂有人說道：「我們得知總督來到雅克薩，因此趕來相會。」

這句話鑽入耳中，宛似一桶冰水當頭淋將下來，說話之人，竟然便是神龍教洪教主。怎麼洪教主會在頭頂？自己懷中抱著的這羅剎女子，怎又如此風騷親熱？他生平所逢奇事著實不少，但今晚在這地道中的遭遇，卻從所未有，匪夷所思。懷中抱的是溫香軟玉，心中想的是洪教主要抽筋剝皮。他膽戰心驚之下，忙放開懷中女子，便欲轉身逃走，那知這女子竟緊緊摟住了他，不肯鬆手。韋小寶大急，在她耳邊低聲道：「嘰哩咕嚕，唏哩花拉，胡裏胡塗。」這幾句杜撰羅剎話，只盼她聽得懂。

那女子輕笑兩聲，也在他耳邊低聲說了幾句話，料想必是正宗羅剎話，跟著伸手過來，在他胭幫子上重重扭了一把。

便在這時，聽得頭頂一個男人嘰哩咕嚕的說了一連串外國話。他聲音一停，另一人道：「總督大人說：神龍教教主大駕光臨，他歡迎得很。總督大人祝賀洪教主長命百歲，多福多壽，事事如意，盼望跟洪教主做好朋友，同心協力，共圖大事。」

韋小寶心道：「這傳話的人沒學問，把『仙福永享，壽與天齊』傳成了長命百歲，多福多壽，事事如意。」

只聽洪教主道：「敝人祝賀羅刹國皇上萬壽無疆，祝賀總督大人福壽康寧，指日高升。敝人竭誠竭力，和羅刹國同心協力，共圖大事。從此有福共享，有難同當，雙方永遠不會背盟。」那傳話的人說了，羅刹國總督跟著又嘰哩咕嚕的說之不休。

韋小寶在那女子耳邊低聲問道：「你是誰？為甚麼不穿衣服？」那女子低聲笑道：「你是誰？為甚麼，衣服穿？」說著便來解韋小寶的內衣。韋小寶在這當口，那有心情幹這風流快活勾當？何況雙兒便在身後，更是萬萬不可。他聽過湯若望、南懷仁說中國話，這時聽這羅刹女子會說中國話，倒也不奇，忙道：「這裏危險得很，咱們快出去。」那女子低聲道：「不動，不動！動了，就聽見了。」她說的雖是中國話，但語氣生硬，聽來十分彆扭。

韋小寶當下不敢稍動，耳聽得洪教主和那羅刹國總督商議，如何吳三桂在雲南一起兵，雙方就夾攻滿清，所定方略，果然和那蒙古人大鬍子罕帖摩所說全然一樣。說到後來，洪教主又獻一計，說道羅刹國若從遼東進攻，路程既遠，沿途清兵防守又嚴，不如從海道在天津登陸，以火器大砲直攻北京，當可比吳三桂先取北京。那總督大喜，連稱妙計，說洪教主如此友好，將來一定劃出中國幾省，立他爲王。洪教主沒口子的稱謝。

韋小寶又驚又怒，心想：「洪教主這傢伙也是大漢奸，跟吳三桂沒半點分別。他這計策倒毒辣得很，我得去稟告小皇帝，在天津海口多裝大砲，羅刹國兵船來攻，就砰嘭、砰嘭，轟他媽的。」

只聽洪教主道：「總督大人遠道來到中國，我們沒甚麼好東西孝敬，這裏是大東珠一百顆、貂皮一百張、人參一百斤，送給總督大人，另外還有禮品，呈給羅刹國皇上。」

韋小寶聽到這裏，心道：「這老狗居然備了這許多禮物，倒也神通廣大。」突覺臉上一熱，那女子將臉頰貼了過來，跟著又覺她伸手來自己身上摸索。韋小寶低聲道：「你摸我，我也不客氣了。」伸手向她赤裸的胸膛摸去。那女子突然格的一聲，笑了出來。

這一下笑聲頗爲不輕，洪教主登時聽見了，但想總督大人房中藏了個女子，事屬尋常，當下詐作沒聽見，說了幾句客套話，說道明天再行詳談，便告辭了出去。

突然之間，韋小寶聽得頭頂啪的一聲，眼前耀眼生光，原來自己和那女子摟抱著縮在一隻大木箱中，箱蓋剛給人掀開。

那女子嘻嘻嬌笑，跳出木箱，取一件衣衫披在身上，對韋小寶笑道：「出來，出來！」韋小寶慢慢從木箱中跨了出來，只見箱旁站著個身材魁梧、手按佩劍的外國軍官。那女子笑道：「還有一個！」

雙兒本想躲在箱中，韋小寶倘若遇險，便可設法相救，聽她這麼說，也只得躍出。

韋小寶見那女子一頭黃金也似的頭髮，直披到肩頭，一雙眼珠碧綠，骨溜溜地轉動，皮色雪白，容貌美麗，只鼻子未免太高了點，身材也比他高了半個頭。韋小寶從來沒見過外國女子，瞧不出她有多大年紀，料想不過二十來歲。她笑吟吟的瞧著韋小寶，說道：「你，小孩子，摸我，壞蛋，嘻嘻！」

那總督沉著臉，嘰哩咕嚕的說了一會。那女子也是嘰哩咕嚕的一套。那總督神態恭敬，鞠了幾個躬。那女子又說起話來，跟著手指韋小寶。那總督打開門，又將那中國人傳譯叫了進來，一男一女不住口的說話。

韋小寶見屋中陳設了不少毛皮，榻上放了好幾件金光閃閃的女子衣服，看那女子露出雪白的一半酥胸，兩條小腿，膚光晶瑩，心想：「剛才把這女人抱在懷裏，怎地只這麼馬虎虎的摸得幾下，就此算了？抓到一副好牌，卻忘了吃注。我可給洪教主嚇胡塗了。」

忽聽那傳譯說道：「公主跟總督問你，你是甚麼人？」韋小寶奇道：「她是公主嗎？」那傳譯者道：「這位是羅剎國皇帝的御姊，蘇菲亞公主殿下，這位是高里津總督閣下，快跪下行禮。」

韋小寶心想：「公主殿下，那有這般亂七八糟的？」但隨即想到，康熙御妹建寧公主的亂七八糟，實不在這位羅剎公主之下，凡皇帝御姊御妹，必定美麗而亂七八糟，那麼這公主必是眞貨了，於是笑嘻嘻的請了個安，說道：「公主殿下，你好，你眞美貌之極，好像是天上仙女下凡。我們中國，從來沒有你這樣的美女。」

蘇菲亞會說一些最粗淺的中國話，聽了韋小寶的說話，知是稱讚自己美麗，登時心花怒放，說道：「小孩子，很好，有賞。」走到桌邊，拉開抽屜，取了十幾枚金幣，放在韋小寶手裏。韋小寶道：「多謝。」伸手過來，燭光之下，見到公主五根手指眞如玉蔥一般，忍不住伸手抓住，放在嘴邊一吻。那傳譯大驚，喝道：「不得無禮！」那知道吻手之禮通行於西洋外國，原是對高貴婦女十分尊敬的表示，韋小寶誤打誤撞，竟然行得對了。只不過吻手禮吻的是女子手背，他卻捉住了蘇菲亞公主的手掌，亂吮手指，顯得頗爲急色。蘇菲亞格格嬌笑，竟不抽回手掌。

蘇菲亞笑問：「小孩子，幹甚麼的？」韋小寶道：「小孩子，打獵的。」

突然門外一人朗聲說道：「這小孩是中國皇帝手下的大臣，不可給他瞞過了。」正是洪教主的聲音。

韋小寶只嚇得魂飛天外，一扯雙兒的衣袖，便即向門外衝出。一推開門，只見洪教主雙手張開，攔在門口。雙兒跳起身來，迎面一拳。洪教主左手格開，右手一指已點在她腰裏，雙兒嗯的一聲，摔倒在地。

韋小寶笑道：「洪教主，你老人家仙福永享，壽與天齊。夫人呢，她也來了嗎？」

洪教主不答，左手抓住了他後領，提進房來，說道：「啓稟公主殿下、總督大人：這人叫做韋小寶，是中國皇帝最親信的大臣，是皇帝的侍衛副總管、親兵都統、欽差大臣，封的是一等子爵。」那傳譯將這幾句話譯了。

蘇菲亞公主和總督臉上都現出不信的神色。蘇菲亞笑道：「小孩子，不是大臣。大臣，假的。」

洪教主道：「敝人有證據。」回頭吩咐：「把這小子的衣服取來。」只見陸高軒提了個包袱進來，一打開，赫然是韋小寶原來的衣帽服飾。

韋小寶大為驚奇：「這些衣服怎地都到了他手裏？洪教主當眞神通廣大。」

洪教主吩咐陸高軒：「給他穿上了。」陸高軒答應了，抖開衣服，便給韋小寶穿上。這些衣衫連同黃馬褂，都在林中給荆棘扯破了，但穿在身上，顯然甚為合身，戴上帽子和花翎，果然是個淸廷大官。這些衣帽若不是韋小寶自己的，世上難有這等小號的大官服色。

韋小寶笑嘻嘻的道：「洪教主，你本事不小，我沿路丟衣衫，你就沿路拾。」

洪教主吩咐陸高軒：「搜他身上，看有甚麼東西。」

韋小寶道：「不用你搜，我拿出來便是。」從懷裏掏出一大疊銀票，數額甚巨。

那總督在遼東已久，識得銀票，隨手翻了幾下，大為驚奇，對公主嘰哩咕嚕，似乎是說：「這小孩果然很有來歷，身邊帶了這許多銀子。」

洪教主道：「這小鬼狡獪得很，搜他的身。」陸高軒將韋小寶身邊所有物事盡數搜了出來，其中有一道康熙親筆所寫的密諭，著令：「欽差大人、領內侍衛副大臣、兼驍騎營正黃旗滿洲都統、欽賜巴圖魯勇號、賜穿黃馬褂、一等子爵韋小寶前赴遼東一帶公幹，沿途文武百官，聽候調遣。」這道諭旨上蓋了御寶。

那傳譯用羅刹話讀了出來，蘇菲亞公主和高里津總督聽了，都嘖嘖稱奇。

洪教主道：「啓稟公主：中國皇帝是個小孩子，喜歡用小孩做大官。這個小孩跟中國小皇帝遊戲玩耍，會拍馬屁，會吹牛皮，小皇帝喜歡他。」

蘇菲亞不懂「拍馬屁、吹牛皮」是甚麼意思，問了傳譯之後，嘻嘻笑道：「我也喜歡人家拍馬屁，吹牛皮。」韋小寶登時大喜。洪教主的臉色卻十分難看。

蘇菲亞又問：「中國小皇帝，幾歲？」韋小寶道：「中國大皇帝，十七歲。」蘇菲亞笑道：「羅刹大沙皇，是我弟弟，也是小孩，二十歲，不是頭老子。」韋小寶一怔：「甚麼頭老子？啊，她說錯了，把老頭子說成頭老子。」便指指她，說道：「羅刹美麗公主，不是頭老子，很好。」指指自己，道：「中國大官，不是頭老子，很好！」指指洪教主，道：「中國壞蛋，是頭老子，不好！不好！」

蘇菲亞笑得彎下腰來。那羅刹國總督是個三十歲左右的年輕人，也大聲笑了起來。

洪教主卻鐵青了臉，恨不得舉掌便將韋小寶殺了。

蘇菲亞問道：「中國小孩子大官，到這裏來，甚麼做？」

韋小寶道：「中國皇帝聽說羅剎國大人來到遼東，派我來瞧瞧。皇上知道羅剎國皇帝不是頭老子，知道羅剎公主美麗之極，派小人前來送禮，送給公主和總督大人大東珠兩百顆，人參兩百斤。不料路上遇到這個大強盜，把禮物搶了去……」

韋小寶話沒說完，洪教主已怒不可遏，提起右掌，便向韋小寶頭頂劈落。韋小寶先前在箱中聽到洪教主送了不少珍貴禮物給總督，於是拿來加上一倍，說成是皇帝送的。他口中述說之時，全神貫注瞧著洪教主，一見他提起手掌，當即使開九難所授「神行百變」輕功，溜到了蘇菲亞公主身後。只聽得豁喇一聲大響，一張木椅給洪教主掌力擊得倒塌下來。

高里津吃了一驚，拔出短銃，將銃口指住洪教主，喝令不得亂動。

剛才韋小寶那番話說得太長，公主聽不懂，命傳譯傳話，聽完後向洪教主笑道：「你的禮物，搶他的，自己要一半，不好！」

洪教主急道：「不是。這小子最會胡說，公主千萬不可信他的。」他見羅剎總督以短銃指著自己，雖然西洋火器厲害，但以他武功，也自不懼，只是正當圖謀大事之際，要與羅剎國結盟聯手，不能因一時之忿而得罪了總督，當下慢慢退到門邊，並不反抗。

高里津收起了短銃，說了幾句。傳譯道：「總督大人請洪教主不要氣惱，他知道這小孩子胡說。蘇菲亞公主秘密來到東方，中國皇帝決不知道。中國皇帝也不會送禮給羅剎國總督。」洪教主怒氣頓息，微笑道：「總督大人英明，見事明白，果然不受這小子蒙騙。」

高里津問起韋小寶的來歷。洪教主將他如何殺了大臣鰲拜，如何送御妹到雲南去完婚，如何吹牛拍馬、作惡多端、以致深得康熙寵幸等情加油添醬的說了，最後說道：「這小子是小皇帝的左右手，咱們殺了這小子，小皇帝一定大大不快活。咱們起兵幹事，成功也快得多。」他一面說，傳譯不停的譯成羅剎語。

蘇菲亞公主笑吟吟的瞧著韋小寶，大感興味，似乎洪教主說得韋小寶越十惡不赦，她聽來越開心。

高里津沉吟半晌，問道：「中國皇帝很喜歡這小孩？」洪教主道：「不錯。否則他小小年紀，怎會做這樣的大官？」高里津道：「這小孩不能殺，送信給中國皇帝，叫他拿大批金銀珠寶，來換他回去。」蘇菲亞大喜，在高里津左頰上輕輕一吻，說了幾句話。這幾句話那傳譯不譯出來，想來是讚他聰明。韋小寶暗喜：「只要不殺我就好，要小皇帝拿些金銀珠寶來贖，那容易得很。」洪教主神色不愉，卻也無可奈何。

韋小寶將那疊銀票分成了三疊，一疊送給蘇菲亞公主，另一疊送給高里津，從第三疊中抽了三張一百兩的出來，送給那傳譯，其餘的揣入了自己懷中。

蘇菲亞、高里津和那傳譯都很歡喜。蘇菲亞要那傳譯數過是多少銀兩，命他設法派人去關內兌換銀子。一數竟然共十萬兩有餘，無意間發了筆大財，不由得心花怒放，抱住韋小寶，在他兩邊面頰上連連親吻，說道：「銀子夠多啦，放了這孩子回去罷！」

韋小寶心想此刻放了自己，非給洪教主抽筋剝皮不可，忙道：「這樣美麗的公主，我從來沒見過，想多看幾天。」蘇菲亞格格嬌笑，說道：「我們，明天，回莫斯科去了。」韋小寶那知莫斯科在甚麼地方，說道：「美麗公主，去莫斯科，小孩子大官，也去莫斯科。美麗公主，去天上月亮，小孩子大官，也去天上月亮。」

蘇菲亞見他說話伶俐，討人歡喜，點頭道：「好，我帶你去莫斯科。」

高里津眉頭微皺，待要阻止，隨即微笑點頭，說道：「很好，我們帶你去莫斯科。」

向洪教主揮了揮手。

洪教主只得告辭，出門時向韋小寶怒目而視。韋小寶向他伸伸舌頭，扮個鬼臉，說道：「洪教主仙福永享，壽與天齊。」洪教主怒極，帶了陸高軒等人逕自去了。

羅刹國皇帝稱爲沙皇，今年二十歲，名叫西奧圖三世，蘇菲亞是他姊姊。這位西奧圖三世生有殘疾，行動不便，國家大事，經常在臥榻之上處理裁決。

羅刹風俗與中華禮義之邦大異，男女之防，向來隨便。蘇菲亞生性放縱，又生得美貌，朝中王公將相頗多是她情人。高里津總督英俊倜儻，很得公主歡心。他奉派來到東方，在尼布楚、雅克薩兩地築城，企圖進窺中國的蒙古、遼東等地。雅克薩城所在之處，便是滿洲八旗的藏寶地鹿鼎山。此處地當兩條大江合流的要衝，滿洲人和羅刹人竟不約而同的都選中了。公主天性好動貪玩，聽說東方神秘古怪，加之思念情人，竟萬里迢迢的從莫斯科追了來。

蘇菲亞雖喜歡高里津，卻做夢也沒想過甚麼堅貞專一。這日在高里津臥房中發現了一個地道，好奇心起，下去探察。這地道通到雅克薩城外，與哨崗聯絡，本是總督生怕城中有變，以備逃脫之用。蘇菲亞見到那守兵，出言挑逗，便跟他胡天胡帝起來。這時她聽韋小寶說要跟去莫斯科，覺得倒也有趣，便帶了他和雙兒同行。

蘇菲亞有一隊二百名哥薩克兵護衛，有時乘馬，有時坐雪橇，在無邊無際的大雪原中日日向西。

如此行得二十餘日，離雅克薩城已然極遠，洪教主再也不會追來，韋小寶一問去莫斯科竟尚有四個多月，不由得大吃一驚，說道：「那不到了天邊嗎？再走四個多月，中國小孩變成外國頭老子了。」蘇菲亞道：「你想回北京去嗎？你看厭我了？」韋小寶道：「美麗公主就是看一千年、一萬年，也看不厭。不過去得這樣遠，我害怕起來了。」

蘇菲亞這二十幾日中跟他說話解悶，多學了許多中國話。韋小寶聰明伶俐，也學了不少羅刹話。兩人旅途寂寥，一個本非貞女，一個也不是君子；一個既不會守身如玉，另一個決不肯坐懷不亂，自不免結下些露水姻緣。這時蘇菲亞聽他說要回北京，不由得有些戀戀不捨，說道：「我不許你走。你送我到莫斯科，陪我一年，然後讓你回去。」

韋小寶暗暗叫苦，這些日子相處下來，已知公主性格剛毅，倘若不聽她話，硬是要走，她多半會命哥薩克兵殺了自己，當下滿臉笑容，連稱十分歡喜。

到得傍晚，悄悄去和雙兒商量，是否有脫身之機。雙兒道：「相公要怎麼辦，我聽你吩咐便是。」韋小寶眼望茫茫雪原，長嘆一聲，搖了搖頭，心知兩人倘若逃走，如不帶足糧食，就算蘇菲亞不派人來追，在這大雪原中也非凍死餓死不可。以前在遼東森林雪原之中，雖然荒僻寒冷，還可打獵尋食，這時卻連雀鳥也極少，有時整整行走一日，雪地中見不到一隻野獸的足跡，更不用說梅花鹿了。無可奈何之下，只得隨伴蘇菲亞西去。

韋小寶初時還記掛小皇帝怎樣了，吳三桂有沒有造反，阿珂那美貌小妞不知是不是在昆明，洪教主和方怡又不知在那裏。在大雪原中又行得一個多月，連這些念頭也不想了，在這冰天雪地之中，似乎腦子也結成了冰。好在他生性快活，無憂無慮，有時和蘇菲亞說些不三不四的羅刹笑話，有時對雙兒胡謅些信口開河的故事，卻也頗不寂寞。

這一日終於到了莫斯科城外。那時已是四月天時，氣候漸暖，冰雪也起始消融。

但見那莫斯科城城牆雖堅厚巨大，卻建造得甚爲粗糙，遠望城中房屋，也頗污穢簡陋，別說不能跟北京、揚州這些大城相比，較之中土的中小城市，也遠爲不及。只幾座圓頂尖塔的大教堂倒還宏偉。韋小寶一見之下，登時瞧不起羅刹國：「狗屁羅刹國，甚麼了不起？拿到我們中國來，這種地方是養牛養豬的。虧這公主一路上還大吹莫斯科的繁華呢。」

離莫斯科數十里時，公主的衛隊便已飛馬進城稟報。只聽得號角聲響，城中一隊火槍營兵將騎馬出來。羅刹人性喜侵佔兼併，是以國土廣大，自東至西，達數萬里之遙，人種複雜。國中精銳的軍隊一是哥薩克騎兵，東征西戰，攻城掠地，壓服各族人民；另一是火槍營，火器犀利，是拱衛京師的沙皇親兵。

火槍手馳到近處，蘇菲亞吃了一驚，只見衆官兵頭上都插了黑色羽毛，火槍上懸了一條條黑布，那是國有大喪的標記，忙縱馬上前，高聲問道：「發生了甚麼事？」

火槍營營長翻身下馬，上前躬身說道：「啓稟公主：皇上蒙上帝召喚，已離開了國家人民，上天堂去了。」蘇菲亞心中悲痛，流下淚來，問道：「那是甚麼時候的事？」那營長道：「公主倘若早到四天，就可跟皇上訣別了。」蘇菲亞雖早知沙皇兄弟身子衰弱，命不長久，但乍聞凶耗，仍不勝傷感，伏在鞍上大哭起來。

韋小寶見公主忽然大哭，一問傳譯，才知是羅刹國皇帝死了，心頭一喜：「羅刹國皇帝仙福不享，國裏總要亂一陣子，要派兵去打中國，就沒這麼容易。」

蘇菲亞等一行隨著那營長進城，便要進宮。那營長道：「皇太后旨意，請公主到城外獵宮休息。」蘇菲亞又驚又怒，喝道：「甚麼皇太后？那個皇太后管得著我？」那營長左手一揮，火槍手提起火槍，對住了隨從公主的衛隊，繳下了他們的刀槍，吩咐衆衛士下馬。

公主怒道：「你們想造反嗎？」那營長道：「皇太后怕公主回京之後，不奉新皇諭旨，因此命小將保護公主。」蘇菲亞脹紅了臉，怒道：「新皇？新皇是誰？」那營長道：「新皇是彼得一世陛下。」蘇菲亞仰天大笑，說道：「彼得？彼得是個十歲小孩子，他會做甚麼沙皇？你說的甚麼皇太后，就是娜達麗亞了？」那營長道：「正是。」

蘇菲亞的父親阿萊克修斯・米海洛維支沙皇娶過兩位皇后。第一位皇后子女甚多，前皇西奧圖三世和蘇菲亞公主都是她所出，另有個小兒子叫做伊凡。第二位皇后娜達麗亞年輕得多，只生了一個兒子，便是彼得。這位娜達麗亞皇后機巧多智，善使權術，前沙皇去世，她即籠絡朝中大臣及火槍營總統領，立自己的兒子彼得爲皇，朝中大權便都掌握在她手裏。

蘇菲亞道：「你領我進宮，我見娜達麗亞評道理去。我弟弟伊凡年紀比彼得大，爲甚麼不立他做沙皇？朝裏的大臣怎樣了？大家都不講理麼？」

那營長道：「小將只奉皇太后和沙皇的命令，請公主別見怪。」說著拉了蘇菲亞坐騎的馬韁，折而向東。

蘇菲亞怒不可遏，她一生之中，有誰敢對她這樣無禮過，提起馬鞭，夾頭夾腦的向那營長頭上抽去。那營長微微一笑，閃身避開，翻身上了馬背，帶領隊伍，擁著公主，連同韋小寶和雙兒，一起送入了城外獵宮。火槍營在宮外布防守衛，誰也不許出來。

蘇菲亞公主大怒若狂，將寢室中的傢具物件砸得稀爛。獵宮的廚子按時送來酒水食物，也都給蘇菲亞劈面摔去。

如此過得數日，眼見獵宮外的守禦絲毫不見鬆懈，蘇菲亞把營長叫來，問他要把自己關到甚麼時候。那營長道：「皇太后御旨，請公主在這裏休息，等到彼得一世陛下慶祝登基五十週年，就放公主出去，參加慶典。」蘇菲亞大怒，說道：「你說甚麼？彼得慶祝登基五十週年，豈不是要把我在這裏關上五十年？」那營長微笑道：「小將今年四十歲了，相信不能再侍候公主五十年。過得十年、十五年，定有更年輕的營長前來接替。」

蘇菲亞想到要在這裏給關上五十年，登時不寒而慄，強笑道：「你過來，營長，我瞧你可生得挺英俊哪。」想以美色相誘，讓這營長拜倒石榴裙下，胡裏胡塗的放了自己出去。

那營長深深鞠了一躬，反退後一步，說道：「公主請原諒。皇太后有旨：火槍營的官兵之中，倘若有人碰到了公主的一根手指，立刻就要斬首。殺了營長，副營長升上；

殺了副營長，第一小隊的小隊長升上。大家想升官，監視得緊緊的。」原來皇太后素知蘇菲亞美貌風流，若無這項規定，只怕關她不住。

那營長退出後，蘇菲亞無計可施，只有伏床痛哭，不住口的大罵皇太后。

韋小寶在獵宮中給關了多日，眼見公主每日裏只大發脾氣，監守的火槍手也甚粗暴無禮，心想鬼子的地方果然鬼裏鬼氣，和雙兒商量了幾次，總覺逃出獵宮當可辦到，要回去中土，卻難上加難。倘若無人帶領，定會在大草原中迷失。別說要乘車騎馬走上四五個月方能回到北京，多半只走得四五天，就已暈頭轉向、不辨東西南北了。兩人無計可施，韋小寶只好滿口胡柴，博得雙兒一笑，聊以遣懷。

這日正在說唐僧帶了孫悟空、沙和尚、豬八戒到西天取經。韋小寶道：「我跟你打賭，唐僧到的西天，一定沒莫斯科遠。所以哪，我比唐僧還厲害。你如不信，跟你賭甚麼？」雙兒毫無賭性，說道：「相公說比唐僧還厲害，就比唐僧厲害好了，我不跟你賭。我可沒豬八戒厲害。」說著抿嘴一笑。忽聽得那邊公主房中，又是一陣摔物、擂床、頓足、哭泣之聲。

韋小寶嘆了口氣，說道：「我去勸勸，老是哭鬧，有甚麼用？」走到公主房中，說道：「公主，你別哭，我說個笑話給你聽。」蘇菲亞俯伏在床，雙足反過來亂踢，哭道：「我不聽，我不聽。我要沙里桀進地獄去，要沙里桀娜達麗亞進地獄去。」

韋小寶不懂「沙里桀」是甚麼意思，一問原來是「沙皇的媽媽」，登時大為高興，說道：「我道沙里桀是甚麼惡人，原來就是皇太后。我跟你說，中國的沙里桀，叫做老婊子，也是個大大的惡人，後來我想了個法子，將她趕出皇宮去了。皇帝十分開心，就封我做中國大官。」蘇菲亞大喜，翻身坐起，問道：「你用甚麼法子？」

韋小寶心想：「我趕走老婊子，只因她是假太后。你這羅刹老婊子，卻是貨眞價實的沙里桀，我那法子自然不管用。」說道：「我這法子是串通了小皇帝，對付中國沙里桀。」

蘇菲亞皺眉道：「彼得很愛他媽媽，不會聽我的話去反對沙里桀。除非……除非……」搖搖頭，從床上起來，赤了一雙腳，在地氈走來走去，咬緊了牙思索。

韋小寶道：「我們中國有過一個女皇帝，叫作武則天。這女皇帝娶了許許多多男皇后、男老婆，快活得很。公主哪，我瞧你跟她倒差不多，不如自己來做女沙皇。」

蘇菲亞心中一動，這件事她可從來沒想到過，羅刹國從來沒女沙皇，她一直認為女子是不能做沙皇的。中國既有女皇帝，羅刹國為甚麼不能有女沙皇？

她自遭囚在獵宮中之後，驚懼憤怒，腦中所不停盤旋的，只是如何逃出獵宮，就算再到東方雅克薩，去跟高里津總督在一起，也比給皇太后監禁著好得多，這時忽然聽到韋小寶說起「女沙皇」，眼前陡然出現了一個新天地。她轉過身來，眼中放出光采，雙手按住韋小寶肩頭，在他左頰上輕輕一吻，微笑道：「我如做了女沙皇，就封你爲皇后。」

韋小寶嚇了一跳，心想：「這可萬萬使不得。」忙道：「我，中國人，做不得羅剎國男皇后，你封我做大官罷。」蘇菲亞道：「你又做皇后，又做大官。」韋小寶心想：「眼前不知性命是不是能保，卻在窮快活，又封我做皇后，又做大官。」

蘇菲亞道：「你快給我想個法子，怎麼讓我做女沙皇。」

韋小寶皺起眉頭，說到軍國大事，他的見識實在平庸之極，和康熙固然天差地遠，也遠遠及不上陳近南、索額圖、吳三桂等人，說道：「公主，這種事難得很，我可不會想了。我即刻回去北京，請問我們的小皇帝，讓他給出個主意，然後我帶一批大本事的人回來，捉住那沙里桊羅刹老婊子，又捉住彼得小沙皇，這就大功告成了。」他說到「大功告成」四字，忍不住摟住蘇菲亞，吻了她一下。

蘇菲亞「唔」了一聲，說道：「不成，不成！你回去北京，再來莫斯科，一年也不夠，我，已經死了，上天堂了。」韋小寶心想這話倒也不錯，嘆了口氣，說道：「美麗公主，上天堂，中國小孩子大官，也跟著上天堂了。」蘇菲亞輕輕將他一推，說道：「中國小孩，就會說話騙人，哄人歡喜，沒用，拍……拍牛屁，吹馬皮。」

韋小寶聽她把「拍馬屁、吹牛皮」說成了相反，不由得哈哈大笑，隨即見她臉有鄙夷之色，顯是瞧不起自己，暗暗惱怒，尋思：「有甚麼法子讓她做女沙皇？武則天那女皇帝不知是怎麼做成的？咱們不妨在羅刹國也來個印板，就可惜離北京太遠，沒法子問小皇帝或索大哥。」韋小寶的學問，一是來自聽說書，二是來自看戲，自從做了大官之後，說書是不大聽了，戲卻看了不少，但武則天怎生做上女皇帝，這故事偏偏沒聽過、看過。

他眼望窗外，怔怔的出神，心中閃過許多說書和戲文中的故事：「女皇帝不知道，男皇帝是怎麼做成的？朱元璋是打出來的天下，手下有大將徐達、常遇春、胡大海、沐英……」這是評話《大明英烈傳》中的故事；又想：「李自成帶兵打到北京，我師父的爸爸崇禎皇帝就上吊死了，李自成自己做了皇帝。清兵打走李自成，順治老皇爺就做上了皇帝。吳三桂想做皇帝，就得起兵造反。看來不論是誰要做皇帝，都得帶了兵大戰一場，只殺得沙塵滾滾，血流成河，屍骨如山。」一想到打仗，登時便覺害怕。又想：「我們給關在這裏，又有甚麼兵？打甚麼仗了？但如不打仗，做不做得成皇帝呢？」

他於中國歷史的知識有限之極，只知不打仗而做皇帝的，只康熙小皇帝一人，那是老皇爺出家而讓位給他的。這法子當然不能學樣。再想：看過的戲文之中，有一齣〈斬黃袍〉，宋朝皇帝趙匡胤殺了大將鄭恩，他妻子起兵爲夫報仇。趙匡胤打不過，只好苦苦哀求，脫下黃袍來讓她一刀斬爲兩截，算是皇帝的替身，好讓鄭夫人出氣，皇帝大大出醜。有一齣〈鹿台恨〉，紂王無道，姜太公幫周武王起兵，逼得紂王在鹿台上燒死，周武王做了皇帝。（韋小寶自然不知道，那時候還沒有皇帝。）曹操這大白臉奸臣是怎麼做了皇帝的呢？有一齣戲文〈逍遙津〉，曹操帶兵逼死了漢甚麼帝，自己就做了皇帝，他手下大將有個張甚麼、許甚麼，都是很厲害的。（韋小寶記錯了，曹操沒做皇帝。）劉備怎麼做皇帝的？不知道，一定是關公、張飛、趙雲給他打出來的。

總而言之，要做皇帝，非打不行。就算做了皇帝，如打不過人家，皇帝還是會給人家搶去做，就算不搶去，也會出醜倒霉。說書先生說《水滸傳》「林教頭火併王倫」，晁蓋要做強盜頭子，串通林冲，殺了梁山泊上原來的大頭子王倫。可見就算做強盜頭子，也是要打。

蘇菲亞見他咬牙切齒，揑緊了拳頭，虛打作勢，笑問：「你幹甚麼？」韋小寶一怔，從沉思中醒覺過來，說道：「要做皇帝，一定得打。」蘇菲亞一呆，問道：「打？跟誰打？」韋小寶道：「自然跟羅剎老婊子打。」

蘇菲亞聽他說過幾次「羅剎老婊子」，不懂「老婊子」三字是甚麼意思，正要詢問，忽然房門推開，那火槍營營長走進房來，一把抓住韋小寶胸口，嘰哩咕嚕說了一陣子話，將他抓了出去，又在他屁股上重重踢了一腳。

那營長哈哈大笑，第二腳又向他踢去。韋小寶大怒，忽然縱起，一個觔斗翻了過來，已騎在那營長頸中，正是當日洪教主所授的救命三招之一「狄青降龍」。這一招他並未練熟，倘若用以對付武學高手，差得還遠，但這羅刹營長怎會中土武功？韋小寶雖毛手毛腳的一翻一躍，竟能得手，雙手食指壓上他兩眼，喝道：「不許動！眼睛，死了！」他不知羅刹話如何說「不許動，否則挖出你眼珠。」只好說：「眼睛，死了！」

那營長悟性倒還真高，居然懂得，大驚之下，當即不動。韋小寶右手拉扯他右耳，叫道：「走！」便如騎馬一樣，騎著他走回公主房中，叫道：「關門！火槍，拿。」

蘇菲亞又驚又喜，忙關上了門，從營長身邊抽出短槍，抵住他背心。韋小寶從他肩頭躍下，解下他腰帶來綁了雙足，再解下他褲帶，反綁他雙手。那營長褲帶一去，褲子登時跌落，露出光光的下身。蘇菲亞和韋小寶哈哈大笑。那營長脹紅了臉，咬牙切齒，憤怒之極。

房門輕輕推開，雙兒探頭進來，問道：「相公，沒事嗎？」韋小寶招手叫她進來，又關上了房門。雙兒見到那營長狼狽的情狀，又好笑，又奇怪。

蘇菲亞問韋小寶：「捉住營長，有甚麼用？」

韋小寶捉住這營長，只是出於一時氣憤，沒想到有甚麼用，聽蘇菲亞問及，靈機一動，說道：「叫他帶兵造反。」他不會說羅刹話的「造反」，用中國話說了。又道：「叫他殺沙里桀，殺沙皇，你，做女沙皇。」

蘇菲亞不懂中國話「造反」是甚麼意思，但「殺沙里桀，殺沙皇，你，做女沙皇」的話卻懂得，一怔之下，隨即大喜，向那營長嘰哩咕嚕的說了起來。

韋小寶聽著兩人大說羅刹話，不知所云，只見那營長不住搖頭，料想他不肯答允，叫道：「他不聽話，殺了。」從靴筒中拔出匕首，在那營長左頰上一刮，嗤的一聲響，登時刮下了一大片鬍子。蘇菲亞笑道：「好鋒利的短劍。」那營長嚇得面如土色，心想：「這小蠻子原來有把短劍藏在皮靴裏，眞古怪，當時沒搜了出來。」

蘇菲亞問他：「到底肯不肯投降，擁我爲女沙皇？」

那營長道：「不是我不肯擁戴公主，我部下決計不會聽令的。莫斯科共有二十營火槍隊，我們只有一營，就算造反，也打不過其餘十九營。」

蘇菲亞心想，這話倒也有理，但要對韋小寶解釋，一時卻也說不明白，只得大打手勢，說到二十營火槍隊時，十根手指不夠用，只好除下鞋子，連十根腳趾也用上了，這才湊足二十營之數。

韋小寶好容易明白了，心想這件事倒頗爲難，坐在椅上，苦苦思索：「這營長不肯造反，殺了他也沒用。」對蘇菲亞道：「營長不肯，叫副營長來造反。」蘇菲亞道：「副營長？」韋小寶道：「對，叫副營長來。」

蘇菲亞把營長推到門邊，用火槍指住他後心，說道：「叫副營長來！你如警告了他，我立刻就開槍。」那營長無奈，只得大聲呼喝，叫副營長進來。

過了一會，副營長推門進來。雙兒早躲在門後，副營長一進門，雙兒伸指在他背心戳了幾下，登時點中了他穴道，動彈不得。雙兒喜道：「相公，外國鬼子的穴道倒是一樣的，我還怕鬼子的穴道不同。」

韋小寶笑道：「外國鬼子一樣有眼睛，有鼻子，有這個那個，自然也有穴道。」從副營長腰間拔出佩刀，對蘇菲亞道：「你叫他，殺營長造反，他不肯，叫小隊長來殺他。」

蘇菲亞心想此計甚妙，對副營長道：「你殺了營長，帶領火槍營，做營長，聽我命令。你不肯殺營長，我叫小隊長來殺了你和營長，由小隊長做營長。你殺不殺？」

韋小寶道：「雙兒，你解開他上身穴道，腿上的穴道可解不得。」雙兒依言解了他上身穴道，將佩刀交在他手裏。

蘇菲亞又問了一次。那營長破口大罵，連聲恐嚇。副營長平時和營長素有嫌隙，要他起兵造反，本是不敢，但聽營長罵得惡毒，不由得怒氣勃發，又想：「我若不殺你，第一小隊的小隊長想做營長，也必殺你，反而連我也殺了。」當即提起佩刀，嚓的一刀，砍下了那營長的腦袋。

這一刀砍下，蘇菲亞、韋小寶、雙兒三人齊聲叫好。不過蘇菲亞叫的是羅剎話「赫拉笑」，韋小寶和雙兒叫的自然是中國話了。

蘇菲亞拉住了副營長的手，連聲稱讚他英勇忠義，立即升他爲火槍營營長，說道：「你坐下，咱們仔細商量。」

副營長皺起了眉頭，指著韋小寶和雙兒道：「這兩個外國小孩子，使了魔術，我下身動不了。」蘇菲亞對韋小寶道：「請你，魔法，去了！」

雙兒微微一笑，解開了副營長下身穴道。

蘇菲亞吩咐副營長（這時已升爲營長）：「你去傳六個小隊的小隊長和副小隊長進來，我要中國小孩子使魔法，每個人手動腳不動。」又跟韋小寶和雙兒說了。

副營長應命而去。過不多時，十二名正副小隊長排隊站在門外。副營長一個個叫進房來，雙兒逐個點了十二人腰間的「志舍穴」和大腿的「環跳穴」。

蘇菲亞道：「副營長決心擁我爲女沙皇，已升爲營長，我們要出兵去殺了沙里桀，你們服不服從？」

十二名正副小隊長眼見營長屍橫就地，早知大事不妙，聽蘇菲亞這麼說，更心驚肉跳，面面相覷，誰也不敢開口。

韋小寶心想：「滿淸來中國搶江山，韃子兵搞『揚州十日』，殺人放火，姦淫擄掠，老皇爺就此做了皇帝。他媽的，我叫他們搞『莫斯科十日』，搞得天下大亂，七暈八素。和尙打傘，無法無天！若不如此，怎搶得到皇帝做？」對蘇菲亞道：「你叫大家進莫斯科城打仗，殺人放火，答允他們做將軍大官，有很多很多金子銀子，大家搶美女做老婆！」

蘇菲亞一想不錯，對副營長道：「你去召集全體火槍手，我來跟他們說話。」

六百多名火槍手集合在獵宮廣場。副營長派了二十四名火槍手進來，將給點了穴道的十二名正副小隊長抬到廣場。

蘇菲亞站在階石上，大聲說道：「火槍手們，你們都是羅剎國的勇士，爲國家立過很大功勞。可是你們的餉銀太少了，你們沒有美麗的女人，沒有錢花，酒也喝不夠，住的屋子太小，太不舒服。莫斯科城裏有很多有錢人，他們有好大的屋子，有很多僕人，有很多美麗的女人，你們沒有。這公平不公平啊？」

衆火槍手一聽，齊聲叫道：「不公平！不公平！」

蘇菲亞道：「那些有錢人又肥又蠢，吃得好像一頭頭肥豬，如跟你們比武，打得過你們麼？這些富翁的槍法難道勝過了你們？他們的刀法難道勝過了你們？他們爲國家、爲沙皇立過功勞麼？」她問一句，衆火槍手就大聲回答：「年特！」

韋小寶只聽衆人一聲「年特」又是一聲「年特」，他知道在羅剎話中，這是「不」的意思，他不懂蘇菲亞的話，還道公主勸火槍手造反，大家不肯聽從，不禁擔憂。

蘇菲亞又道：「你們都應當做將軍，做富翁！你們個個應當升官發財。」眾火槍手大聲歡呼。有的問道：「蘇菲亞公主，你有甚麼法子讓我們升官發財？」蘇菲亞道：「你們想不想做將軍？」眾火槍手叫道：「要做啊。」蘇菲亞道：「你們想不想有很多錢？」眾火槍手道：「當然要啊！」蘇菲亞又問：「你們想不想美麗的女人？」眾火槍手都轟笑起來，叫道：「要！要！要！」

蘇菲亞道：「好！你們大家去莫斯科城裏，跟其他十九營的火槍手說，是我蘇菲亞公主下的命令，我是女沙皇，全羅剎國都聽我的話。我准許你們，每一個火槍手，可以挑一家有錢人家，跟主人肥豬大富翁比武，誰殺得了他，那個富翁的大房子，他的金子銀子，他的美麗女人、馬車、駿馬、衣服、僕人、婢女、美酒，甚麼都是這個勇敢火槍手的。你們有沒有勇氣？是不是男子漢、大丈夫？敢不敢去殺人、搶錢、搶女人？」

眾火槍手齊聲大叫：「敢，敢，敢！殺人、搶錢、搶女人，有甚麼不敢？」

蘇菲亞大喜，叫道：「那好得很，我還怕你們是膽小鬼，不敢去幹大事！快拿伏特加酒來！喂，你們到地窖裏去，把最好的伏特加酒都拿來。」

這沙皇獵宮的地窖之中，藏有數十年的陳酒，名貴之極，原是專供沙皇、皇后、公主、皇子以及王公大臣享用，這些火槍手本來那能嚐上一口？蘇菲亞這命令一下，眾兵士轟然大樂，登時便有數十人奔去取酒。

片刻之間，衆兵在廣場之上，將一瓶瓶伏特加酒敲去瓶頸，搶了痛飲，歡聲大叫：「蘇菲亞，女沙皇，烏拉，烏拉，烏拉！蘇菲亞，女沙皇，烏拉，烏拉，烏拉！」

羅刹話中，「烏拉」即是「萬歲」之意，韋小寶雖然不懂，但見衆兵歡呼暢飲，不住大叫「蘇菲亞，女沙皇，烏拉」，料想是熱誠擁戴。他拉拉蘇菲亞的衣袖，說道：「叫他們，十二個小隊長，通統殺了，就不會退回來。」

蘇菲亞連連點頭，朗聲叫道：「羅刹國英俊強壯的勇士們，大家聽了：我吩咐你們去殺富翁，搶錢、搶女人，可是沙里桀不許，派了這些壞蛋來，要治你們的罪！」說著向十二名正副小隊長一指。

當下便有十餘名火槍手抽出佩刀，大叫：「殺了壞蛋！」十幾把長刀砍將下來，立時將十二名正副小隊長砍死。羅刹人本來暴烈粗野，喝了伏特加酒後全身發燒，眼見得十二名小隊長血肉橫飛，更加不可抑制，大叫：「殺壞蛋去，搶錢、搶女人去！」

蘇菲亞道：「你們去向莫斯科城中十九營的火槍手說，大家一起幹，那一個營長、副營長、小隊長不肯，立刻殺了。那一個貴族、將軍、大臣不許，立刻殺了。到酒窖去，開了最好、最陳年的伏特加酒來喝了。把他家裏的金子銀子、美麗的妻子女兒，通統拿來分了。那些壞蛋的房子，放火燒了。」

衆兵大聲歡呼，紛紛抽出長刀，背負火槍，牽過坐騎，翻身上馬。過了一會，便聽得蹄聲急促，羣向莫斯科城奔去。

蘇菲亞對火槍營副營長道：「你也去搶啊，有甚麼客氣？最要緊的，不可跟別的火槍營衝突，大家一起搶。你帶人衝進克里姆林宮，把沙里棐和彼得捉了起來。宮裏的金銀珠寶，美麗宮女，叫大家儘量搶好了，都是我賜給你們的。」那已升爲營長的副營長大喜，應命上馬而去。

蘇菲亞嘆了口氣，只覺全身無力，坐倒在階石上，說道：「好累！」韋小寶道：「我扶你進去歇歇。」蘇菲亞搖搖頭，過了一會，說道：「咱們上碉樓去瞧瞧。」

這獵宮全以粗麻石砌成，碉樓高逾八九丈，原爲瞭望敵情之用。羅剎國立國之前，本是莫斯科的一個大公國，莫斯科大公爵翦平羣雄，自立爲沙皇。前朝沙皇生怕在出獵之時仇敵乘機偷襲，因此在莫斯科城外造了這座獵宮，以備倉卒遇敵之時守禦待援。

蘇菲亞帶了韋小寶和雙兒登上碉樓，向西望去，隱隱見到莫斯科城中燈火點點，黑夜之中，十分寧靜。蘇菲亞擔憂起來，說道：「怎麼不打？他們，怕了？」韋小寶不明羅剎兵的性格，不知會不會上陣退縮，只得安慰她道：「不怕，不怕！」蘇菲亞又問：「你怎知叫兵士殺人、搶錢、搶女人，就可以，殺沙里棐，殺彼得？」

韋小寶微笑道：「中國人，向來這樣。」他想到了當年在揚州城中，聽得老年人所說滿清兵攻城的情形。

清兵入關之後，在江浙等地遇到漢人猛烈抵抗，揚州尤其堅守不下。清軍將帥就允許士兵破城之後，可以奸淫擄掠，一共十天。這「揚州十日」，委實慘酷無比。韋小寶自幼生長揚州，清兵如何攻城不克，主帥如何允許部卒搶錢搶女人，清兵如何奮勇進攻，這些故事從小聽得多了。後來在北京，又聽人說起當年李自成的部下如何攻關攻城，如何在北京城裏搶錢搶女人，張獻忠又如何總是先答允部下，城破之後，大搶三天。看來要造反成功，便須搞得天下大亂，要天下大亂，便須讓兵士搶錢搶女人。因此眼見火槍營士兵不敢造反，他自然而然的將「搶錢搶女人」五字眞言說了出來。果然羅刹兵和中國兵一般無異，這五字秘訣，應驗如神。

等了良久，黑暗中忽見莫斯科城裏升起一團火燄。

蘇菲亞大喜，叫道：「動手了！」摟住韋小寶又吻又跳。

韋小寶喜道：「他們放火了，這就行啦。殺人放火，定是連在一起幹的。」

過不多時，但見莫斯科城中火頭四起，東邊一股黑煙，西邊一片火光。蘇菲亞拍手大叫：「大家在殺人放火了。小寶，你眞正聰明，想的計策眞妙。」

韋小寶微微一笑，心道：「說到殺人放火，造反作亂，我們中國人的本事，比你們羅刹鬼子可大上一百倍了。這些計策有甚麼希奇？我們向來就是這樣的。」

蘇菲亞道：「你叫大家殺了營長，殺了各隊小隊長，大家只好一直幹下去了，再想回頭也不行了。小孩子，眞聰明；中國大官，了不起！」韋小寶道：「這叫做投名狀。」蘇菲亞道：「甚麼？丟命上？」韋小寶哈哈大笑，說道：「是，丟了性命，拚命上啊。」心中暗罵羅刹人沒學問。

中國人綠林爲盜，入夥之時，盜魁必命新兄弟去做件案子，殺一個人。這人犯了殺人大罪之後，從此不會去出首告密。《水滸傳》中林冲上梁山泊入夥，王倫叫他去殺人做案，繳一個「投名狀」。韋小寶聽說書聽得多了，熟知這門規矩，心想：「我們中國人的法子，羅刹鬼子一竅不通，看來這些羅刹人雖兇狠橫蠻，倒也不難對付。」

蘇菲亞眼見莫斯科城中火頭越來越旺，四處蔓延，又擔憂起來，不知火槍營官兵亂搶亂殺之後，變成怎生一番光景，問韋小寶：「殺人放火，搶錢搶女人，以後，怎樣？」

韋小寶一怔，他只知道要造反，就得縱容士兵殺人放火、搶錢搶女人，至於以後怎麼辦，可就不懂了，只得說道：「這個？搶夠了，不搶了。殺夠了，不殺了。」

蘇菲亞皺起眉頭，心想這可不是辦法，一時之間卻也無計可施。

三人瞧了一會，回入寢宮，靜候消息。

次日一早，那新升的火槍營營長帶了一小隊人馬，來到獵宮向蘇菲亞報告：二十營火槍隊昨晚遵奉女沙皇之命，燒殺了一夜，各隊長、隊員金銀美女，搶了不計其數，已把沙里紥娜達麗亞殺了。

蘇菲亞大喜，跳起身來，叫道：「娜達麗亞殺死了？彼得呢？」副隊長道：「小彼得已抓了起來，關在克里姆林宮的酒窖裏。」蘇菲亞大叫：「赫拉笑！赫拉笑！」

只聽得馬蹄聲響，又有大隊人馬疾馳而來。蘇菲亞臉上變色，驚問：「甚麼人？」營長道：「莫斯科城裏的王公、大臣、將軍們，齊來請陛下登位，做羅剎國女沙皇。」

蘇菲亞心花怒放，一把摟住韋小寶，在他左右頰上連吻數下，叫道：「中國小孩，好計策！」

耳聽得馬蹄聲在獵宮外停歇，跟著皮靴擊地聲響，一羣人走進宮來。當先一人是大臣波多尼茲親王。他走到蘇菲亞面前，躬身說道：「王公貴族、大臣將軍一致議決，請蘇菲亞公主回宮主持大局，平服動亂，恢復和平。」

蘇菲亞滿臉笑容，點頭接納，問道：「叛黨首領娜達麗亞，是不是已經殺了？」波多尼茲親王回稟：「娜達麗亞擾亂國家，殺害忠良，自私擅權，包藏禍心，已經遵奉上帝旨意，正法處決，大快人心。」蘇菲亞道：「很好，咱們去克里姆林宮。」

衆大臣和火槍營蜂擁著蘇菲亞，向莫斯科城而去，頃刻之間，獵宮中冷清清地只賸下韋小寶和雙兒兩人。

韋小寶心下氣憤，罵道：「他媽的，這羅剎公主過橋抽板，新人上了床，媒人丟過牆。她做了女沙皇，可不要我們啦。」雙兒微笑道：「你想女沙皇封你做男皇后，是不是？」韋小寶道：「啊，你取笑我？瞧我不捉住你，我要你做女皇后！」說著向雙兒撲去。雙兒嗤的一笑，閃身避過。

其時方當初夏，天氣和暖。獵宮中繁花如錦，百鳥爭鳴，只是羅剎國花卉蟲鳥和中土大異，花色麗而不香，鳥聲怪而不和，韋小寶乃市井鄙夫，於這等分別毫不理會，和雙兒在獵宮中到處遊蕩，無人前來打擾，倒也自得其樂。

如此過得七八日，蘇菲亞忽然派了一小隊兵來，接二人進宮。

韋小寶走進蘇菲亞的寢宮，只見她頭髮散亂，伸足狠踢傢具，只踢得砰嘭大響，正在大發脾氣。她見韋小寶到來，登時臉有喜色，叫道：「中國小孩快來，出主意，想法子。」

韋小寶心道：「你如不是遇上了難題，原也不會想到我。這一次可得敲筆竹槓，不能這麼容易便幫你想計策了。」問道：「女沙皇陛下，你有甚麼難題？」

蘇菲亞不住搖頭，說道：「我女沙皇，不是，他們，不肯，我，女沙皇，做的。」說了半天，韋小寶這才明白，原來羅剎國向來規矩，女子不能做沙皇。皇太后娜達麗亞雖然已死，仍有大批將軍擁戴小沙皇彼得，堅決不肯廢了他。這時城中亂事已然平定，蘇菲亞雖得火槍營擁戴，但衆大臣已經有備，調了大隊哥克薩騎兵駐在莫斯科城外，隨時可應召入城。蘇菲亞再要號召火槍營作亂，已大為不易。

連日來克里姆林宮中會議，王公大臣分為兩派，一派擁戴彼得，一派擁戴蘇菲亞，爭持不決。擁戴沙皇彼得的，都是手握實權的將軍大臣，生怕女沙皇登位，另行任用新人當權；而擁戴蘇菲亞的，則是一批不得意的貴族和商人，只盼新主上台，自己有油水好撈。蘇菲亞幸得火槍營擁戴，有兵權在手，保皇派還不敢怎樣，但保皇派能指揮哥薩克騎兵，實力殊不可侮。兩派如果開火，勝敗倒也難說。

韋小寶心想：「這種國家大事，我是弄不懂的，有甚麼屁計策想得出？不如溜之大吉，滾他媽的鹹鴨蛋，免得他們兩派混戰起來，把韋小寶轟成了羅剎魚子醬。」眼珠子一轉，說道：「那容易得很，法子自然有的。不過我有……我要敲竹槓。」他本想說「我有條款」，但羅剎話說不上來，索性說了揚州話「敲竹槓」。

蘇菲亞問道：「甚麼『敲豬缸』？」韋小寶道：「敲竹槓就是……這個……我的法子，不能夠，送給你。你給我東西，很多，很多，我再給你，法子。」蘇菲亞大喜，忙道：「很好，很好，敲豬缸，我們大家敲豬缸！你要甚麼，我都答允。你是不是想做我的男皇后？」

韋小寶一驚：「這可不敢領教。要娶老婆，阿珂可比你好得多了。就是雙兒這小丫頭，也大大勝過你全身是毛的羅剎女人。」笑道：「做你的男皇后，當然很好，不過這樣一來，你可做不成女沙皇了。」

蘇菲亞忙問原因。韋小寶道：「因爲……這個那個辣塊媽媽不開花！」他一時之間想不出理由充份的說辭，便隨口講些揚州土話，甚麼「乖乖龍的東，豬油炒大蔥」，蘇菲亞那裏懂得？問道：「是不是中國人做男皇后，羅刹人要不高興？」韋小寶忙道：「是呀！羅刹男人，自己，說自己美貌，做不成男皇后，恨你，打你。」蘇菲亞心想不錯，羅刹男人確要吃醋，說道：「你不做我男皇后，別的要甚麼，我都答允。」

韋小寶道：「第一，我要做羅刹大官。」蘇菲亞道：「這個容易，我做成了女沙皇後，便封你爲伯爵，去管東方的韃靼人。你黃面孔，低鼻子；韃靼人，也是黃面孔，低鼻子。他們服你。」韋小寶道：「第二件，你和中國皇帝，不可打仗。你寫信，我送去北京，羅刹女沙皇和中國皇帝，做好朋友，親親嘴，抱抱。中國兵很厲害，個個會魔法，手指一點，羅刹兵不會動了。打仗，羅刹人死了。我愛你，你死了，我哭了！」

蘇菲亞一聽之下，登時大爲感動。雙兒出手點穴，火槍營的副營長和十二名正副小隊長立時不會動彈，蘇菲亞是親眼所見。她不知這是中國的上乘武功，甚是難學，即令韋小寶也是不會，還道中國人當眞個個會此魔法，心想若和中國皇帝打仗，自是有輸無贏，難得這中國小孩對自己一片眞情，當即伸臂將他抱住，在他嘴上深深一吻，說道：「中國小孩，我也愛你。很好，羅刹兵打不過中國兵，大家不打，做好朋友。」嘖的一聲，又吻了他一下，問道：「還有甚麼敲豬缸？再敲，再敲好啦！」韋小寶想了一想，道：「沒有了。」

蘇菲亞道：「好，你快教我，怎樣做女沙皇。」韋小寶心想這件事可不容易，只得東拉西扯，詢問朝廷中的事情，想不出計較，便假裝聽不懂她話。蘇菲亞漸漸覺察他在使奸，臉色便難看起來，說道：「你如騙我，我把你殺了。」

韋小寶大急，忙道：「不騙，不騙！」蘇菲亞道：「那麼我要做女沙皇，甚麼法子？」韋小寶道：「這個……這個……」蘇菲亞怒道：「甚麼這個、這個？朝裏一派擁護我，一派反對我，兩派要打仗。我這派如果輸了，那怎麼辦？」

韋小寶忽然想起，曾聽小皇帝說過，滿洲太祖皇帝當年立了四大貝勒。大貝勒代善、二貝勒阿敏、三貝勒莽古爾泰、四貝勒皇太極（韋小寶當然記不清四個貝勒的名字）。四個貝勒當時都有大權，頗有紛爭，後來四貝勒皇太極得大貝勒代善支持，才壓倒了對方，接承大位。因此代善一系，頗有權勢，康親王傑書就是代善的後人。

他想到此事，便道：「不要打，慢慢來。你和彼得，都做沙皇。將來，反對你的大臣、將軍，一個一個，慢慢殺了。你再殺彼得，再做女沙皇。」

蘇菲亞覺得此計倒也甚妙，不過衆大臣一直說女子不能做沙皇，可真氣人，於是將這情形說了。

韋小寶心想清朝開國之初，順治皇爺還是個小皇帝，大權都在攝政王多爾袞手中，便道：「你不能做女沙皇，就先做攝政王。」蘇菲亞問：「甚麼是攝政王？」韋小寶道：「攝政王，不是沙皇，但是可以下命令殺人，打人屁股，可以賞錢，升他們的官。沙皇，假的，沒力氣。攝政王，真的，有力氣，能殺人，打人屁股，能給人升官，能賞錢，人人都怕，都聽攝政王的話，不聽沙皇的話。」

蘇菲亞大喜，大叫：「赫拉笑！赫拉笑！」

擁戴蘇菲亞的王公將軍人數較少，蘇菲亞將其中爲首的召進宮來，將韋小寶所獻的計策和衆人商議。蘇菲亞掌握了莫斯科的兵權，但不能登基爲女沙皇，主因在於無此先例。衆大臣聽到設立「攝政王」的計謀，都覺極妙，只須大權在手，做不做沙皇也沒多大分別。衆人商酌良久，又想了一條法子出來，立蘇菲亞的同胞弟弟伊凡爲大沙皇，讓彼得仍做沙皇，乃是小沙皇。大小沙皇並立，免得擁彼得一派的人反對。蘇菲亞公主則是「攝政女王」，處理一切朝政。

衆人計議已定，蘇菲亞立即聚集火槍營，再召集全體王公大臣，將這新法子宣示出來。她又向衆大臣擔保，決不任意罷免各人的職司，凡擁護這辦法的，一律升賞。衆王公大臣見自己權位利益並無所損，又不壞前朝規矩，當下均無異議。

「擁蘇派」中有人首先引導，向蘇菲亞女攝政王躬身行禮，餘人盡皆跟隨。

蘇菲亞大喜，命人去請弟弟伊凡到來，又將小沙皇彼得從酒窖中放了出來，兩人並為大小沙皇。她自己坐在兩個弟弟的下首，百官奏事，升賞黜陟，都由攝政女王裁決。其時伊凡十六歲，彼得十歲，年幼識淺，一切全聽姊姊的主張。

蘇菲亞大權在握，心想此事那中國小孩大官厥功甚偉，若不是他接連想了幾個巧妙主意出來，自己此刻還是給關在獵宮之中，再過得幾個月，皇太后娜達麗亞多半會逼迫自己做修女，在修女院中幽閉一世。想到這悲慘命運，溫暖的夏天立時變成嚴冬，當下把韋小寶傳來，大大稱讚。

韋小寶心想我那些法子，在中國人看來半點也不希奇，我在中國是個臭皮匠，到了羅剎國卻變成了諸葛亮，眞正好笑。他正想吹幾句牛皮，忽然一想不妙，這個羅剎公主倘若從此要我做「羅剎諸葛亮」，把我留在身邊，從此不放我回去，那可乖乖不得了，便道：「攝政女王娘娘，你做了攝政王，將來再做女沙皇，那就容易得很了。只須遵守一件事，人人就都服你。」

蘇菲亞問道：「甚麼事？快快說給我聽。」

韋小寶道：「一言既出，三頭馬車難追。」原來羅剎人的馬車以三匹馬拖拉，不同中國人之四馬拖拉，因此中國的「駟馬難追」，在羅剎國成了「三頭馬車難追」。

蘇菲亞不懂，問道：「甚麼三頭馬車難追？」韋小寶道：「說過了的話，一定要算數。我們中國皇帝說的話，叫做皇帝的金口，那是決計反悔不得的。」蘇菲亞恍然大悟，笑道：「我答允過你的事，你怕我反悔，是不是？親愛的中國小孩，羅刹攝政女王的說話是寶石口，比你們中國皇帝的金口還要貴重。一言既出，兩輛三頭馬車難追！」

當下她以大小沙皇之名頒下諭旨，封韋小寶爲管領東方韃靼地方的伯爵，又命大臣寫了一通國書，致送中國皇帝，由韋小寶送去，再派一名俄國使臣，帶領兩隊哥薩克騎兵護送，金銀財物，賞賜了不少。韋小寶賄賂她的那十幾萬兩銀票，也都揀出來還他。此外並有許多送給中國皇帝的禮物，均是貂皮、寶石等羅刹國的貴重特產。

這時蘇菲亞已選了好幾名羅刹國俊男相陪，再也不來同韋小寶親熱。但韋小寶辭別那一天，蘇菲亞想起這幾個月來的恩情，又感激他建策首義的大功，甚爲戀戀不捨。

據俄羅斯正史所載，火槍手作亂，是在五月十五至十七的三日之中。五月廿九日，火槍營在蘇菲亞指使之下，上書請伊凡和彼得並爲沙皇，請蘇菲亞公主攝政，裁決軍國重事。亂事大定，已在六月中旬。

其時天氣和暖，韋小寶跨下駿馬，於兩隊哥薩克騎兵擁衛之下，在西伯利亞大草原上向東疾馳，和風拂面，蹄聲盈耳，左顧俏丫頭雙兒雪膚櫻唇，右盼羅刹國使臣碧眼黃鬚，貂皮財物，滿載相隨，當眞意氣風發之至，心想：「這次死裏逃生，不但保了小命，還幫羅剎公主立了一場大功，全靠老子平日聽的書多，看的戲多。」

中國立國數千年，梟雄爭奪帝皇權位、造反斫殺，經驗之豐，舉世無與倫比。韋小寶所知者只民間流傳的一些皮毛，卻已足以揚威異域，居然助人謀朝篡位，安邦定國。其實此事說來亦不希奇，滿清開國將帥粗鄙無學，行軍打仗的種種謀略，主要從一部《三國演義》小說中得來。當年清太宗使反間計，騙得崇禎皇帝自毀長城，殺了大將袁崇煥，就是抄襲《三國演義》中周瑜使計、令曹操斬了自己水軍都督的故事。實則周瑜騙得曹操殺水軍都督，歷史上並無其事，乃出於小說家杜撰，不料小說家言，後來竟爾化爲史實，關涉到中國數百年氣運，世事之奇，更勝於小說了。滿人入關後開疆拓土，使中國版圖幾爲明朝之三倍，遠勝於漢唐全盛之時，餘蔭直至今日，小說、戲劇、說書之功，亦殊不可沒。

（按：俄羅斯火槍手作亂，伊凡、彼得大小沙皇並立，蘇菲亞爲攝政女王等事，確爲史實。但韋小寶其人參與此事，則俄人以此事不雅，有辱國體，史書中並無記載。中國史官以未曾目睹，且蠻方異域之怪事，耳食傳聞，不宜錄之於中華正史，若非小說《鹿鼎記》補記，此事當致湮沒。）

韋小寶從懷裏摸出一隻錦緞袋子，提在手中，高高舉起，人人見到袋上繡著「平西王府」四個紅字。他打開袋口，俯身倒轉袋子，數十件珍寶散在殿上，珠光寶氣，耀眼生花。

第三十七回　轅門誰上平蠻策　朝議先頒諭蜀文

韋小寶帶同羅剎國使臣，不一日來到北京。康親王、索額圖等王公大臣見他歸來，無不又驚又喜。那日他率領水師出海，從此不知所蹤，朝廷數次派人去查，都說大海茫茫，不見蹤跡，竟無一艘兵船、一名士兵回來。康熙只道他這一隊人在大洋中遭遇颶風，已然全軍覆沒，每當念及，常自鬱鬱。消息報進宮中，康熙立時傳見。

韋小寶見康熙滿臉笑容，叩拜之後，略述別來經過。康熙這次派他出海，主旨是剿滅神龍教、擒拿假太后，現下聽說神龍島已經攻破，假太后雖未擒到，卻和羅剎國結成了朋友。康熙自從盤問了蒙古派赴昆明的使臣罕帖摩後，得悉吳三桂勾結羅剎國、蒙古、西藏三處強援，深以為憂，至於尚耿二藩及臺灣鄭氏反較次要。他見韋小寶無恙歸來，已然歡喜得緊，得悉有羅剎國使臣到來修好，更加心中大悅，忙細問詳情。

韋小寶從頭至尾的說了，說到如何教唆蘇菲亞慫恿火槍營作亂、如何教她立兩個小沙皇而自爲攝政王時，康熙哈哈大笑，說道：「他媽的，你學了我大清的乖，卻去教會了羅刹女鬼。」

次日康熙上朝，傳見羅刹使臣。朝中懂得羅刹話的，只韋小寶一人。其實羅刹話十分難學，他在短短時日之中，所學會的殊屬有限，羅刹使臣的一番頌詞，十句中倒有九句半不明白，他欺衆人不懂，當即編造一番，竟將當日陸高軒所作的碑文背了出來，甚麼「千載之下，爰有大淸」，甚麼「威靈下濟，丕赫威能」說了幾句。他一面說，一面偷瞧康熙臉色，但見他笑咪咪的，料知這篇碑文倒也用得上，便朗聲唸道：「降妖伏魔，如日之昇。羽翼輔佐，吐故納新。萬瑞百祥，罔不豐登。仙福永享，普世崇敬。壽與天齊，文武仁聖。須臾，天現……」一背到「天現」兩字，當即住口，心想再背下去可要露出狐狸尾巴來了，說道：「羅刹國兩位沙皇，攝政女王，敬問中國大皇帝萬歲爺爺聖躬安康。」

這些句子，本是陸高軒作來頌揚洪教主的，此時韋小寶唸將出來，雖然微感不倫不類，但「萬瑞百祥，罔不豐登」、「普世崇敬」、「文武仁聖」等語，卻也是善禱善頌。衆大臣聽得都不住點頭。

康熙知韋小寶肚中全無貨色，這些文辭古雅的句子，決不能隨口譯出，必是預先請了槍手做好，然後在殿上背誦出來，卻萬萬想不到竟是稱頌邪教教主的文辭，給他移花接木、順手牽羊的用上了。

那羅剎使臣隨即獻上禮物。羅剎國比遼東氣候更冷，所產玄狐水貂之屬，毛皮比之遼東的更爲華美豐厚。滿洲大臣大都出於遼東，都是識貨之人，一見之下，無不稱賞。康熙當即吩咐韋小寶妥爲接待使臣，回賜中華禮品。

退朝之後，康熙召了湯若望和南懷仁二人來，命他們去見羅剎使臣。南懷仁是比利時國人，言語和法蘭西相同，其時羅剎國通行法語，那羅剎使臣會說法蘭西話，兩人言語相通。南懷仁稱頌康熙英明仁惠，古往今來帝王少有其比，說得那使臣大爲折服。

次日，康熙命湯若望、南懷仁二人在南苑操砲，由韋小寶陪了羅剎使臣觀操。那使臣見砲火犀利，射擊準確，暗暗欽服，請南懷仁轉告皇帝，羅剎國攝政女王決意和中國修好，永爲兄弟之邦。

羅剎使臣辭別歸國後，康熙心想韋小寶這次出征，一舉翦除了吳三桂兩個強援羅剎國及神龍教，功勞著實不小，降旨升他爲一等忠勇伯。王公大臣自有一番慶賀。

韋小寶想起施琅、黃總兵等人，何以竟無一人還報，想必是因主帥在海上失蹤，他是皇上跟前的第一大紅人，皇上震怒，必定會以「失誤軍機、臨陣退縮、陷主帥於死地」等等罪名相加，大家生怕殺頭，就此流落在通吃島附近海島，再也不敢回來了。滿洲興兵之初，軍法極嚴，接戰時如一隊之長陣亡而部衆退卻奔逃，往往全隊處死，至康雍年間，當年遺法猶存，是以旗兵精甚，所向無敵。韋小寶於是派了兩名使者，指點了通吃島和神龍島的途徑，去召施琅等人回京。

這日康熙召韋小寶到上書房，指著桌上三通奏章，說道：「小桂子，這三道奏章，是分從三個地方來的，你倒猜猜，是誰的奏章？」韋小寶伸長了頭頸，向三道奏章看了幾眼，全無頭緒可尋，說道：「皇上得給一點兒因頭，奴才這才好猜。」

康熙微微一笑，提起右掌虛劈，連做了三下殺頭的姿勢。韋小寶笑道：「啊，是了，是大……大奸臣吳三桂、尙可喜、耿精忠三個傢伙的奏章。」康熙笑道：「你聰明得很。你再猜猜，這三道奏章中說的是甚麼？」韋小寶搔頭道：「這個可難猜得很了。三道奏章是一齊來的麼？」康熙道：「有先有後，日子相差也不很遠。」韋小寶道：「三個大奸臣都不懷好意，想的是一般心思。奴才猜想他們說的話都差不多。」

康熙伸掌在桌上輕輕一拍，說道：「正是。第一道奏章是尙可喜這老傢伙呈上的，他說他年紀大了，想歸老遼東，留他兒子尙之信鎭守廣東。我就批示說，尙可喜要回遼東，也不必留兒子在廣東了。吳三桂和耿精忠聽到了消息，便先後上了奏章。」拿起一道奏章，說道：「這是吳三桂這老小子的，他說：『念臣世受天恩，捐糜難報，惟期盡瘁藩籬，安敢遽請息肩？今聞平南王尚可喜有陳情之疏，已蒙恩覽，准撤全藩。仰持鴻慈，冒干天聽，請撤安插。』哼，他是試我來著，瞧我敢不敢撤他的藩？他不是獨個兒幹，而是聯絡了尚可喜、耿精忠，三個一起來嚇唬我！」

康熙又拿起另一道奏章，道：「這是耿精忠的，他說：『臣襲爵二載，心戀帝闕，只以海氛叵測，未敢遽議罷兵。近見平南王尚可喜乞歸一疏，已奉前旨。伏念臣部下官兵，南征二十餘載，仰懇皇仁，撤回安插。』一個在雲南，一個在福建，相隔萬里，爲甚麼兩道摺子上所說的話都差不多？一面說不能罷兵，一面又說懇求撤回。這幾個傢伙，還把我放在眼裏嗎？」說著氣忿忿的將奏章往桌上一擲。

韋小寶道：「是啊，這三道奏章大逆不道之至，其實就是造反的戰書。皇上，咱們這就發兵，把三個反賊都捉到京師裏來，滿門……哼，全家男的殺了，女的賞給功臣爲奴。」他本想說「滿門抄斬」，忽然想起阿珂和陳圓圓，於是中途改口。

康熙道：「咱們如先發兵，倒給天下百姓說我殺戮功臣，說甚麼鳥盡弓藏，兔死狗烹。不如先行撤藩，瞧瞧三人的動靜。倘若他們遵旨撤藩，恭順天命，那就罷了；否則的話，再發兵討伐，這就師出有名。」

韋小寶道：「皇上料事如神，奴才拜服之至。好比唱戲：皇上問道：『下面跪的是誰啊？』吳三桂道：『臣吳三桂見駕。』皇上喝道：『好大膽的吳三桂，你怎不抬起頭來？』吳三桂道：『臣有罪不敢抬頭。』皇上喝道：『你犯了何罪？』吳三桂道：『奴才不肯撤藩，想要造反。』皇上喝道：『呔，大膽的東西！韋小寶！』我就一個箭步，上前跪倒，應道：『小將在！』皇上叫道：『令箭在此！派你帶領十萬大兵，討伐反賊吳三桂去者！』奴才接過令箭，叫聲：『得令！』飛起一腿，往吳三桂屁股上踢去，登時將他踢得屁滾尿流，嗚呼哀哉！」

康熙哈哈大笑，問道：「你想帶兵去打吳三桂？」

韋小寶見他眼光中有嘲弄之色，知道小皇帝是跟自己開玩笑，說道：「奴才年紀這麼點兒，又沒甚麼本事，怎能統帶大軍？最好皇上親自做大元帥，我給你做先鋒官，逢山開路，遇水搭橋，浩浩蕩蕩，殺奔雲南去者。」

康熙給他說得心中躍躍欲動，覺得御駕親征吳三桂，這件事倒好玩得緊，說道：「待我仔細想想。」

次日清晨，康熙召集眾王公大臣，在太和殿上商議軍國大事。韋小寶雖連升了數級，但在朝廷中還是官小職微，本無資格上太和殿參與議政。康熙下了特旨，說他曾奉使雲南，知悉吳藩內情，欽命陪駕議政。小皇帝居中坐於龍椅，親王、郡王、貝勒、貝子、大學士、尚書等大臣分班站立，韋小寶站在諸人之末。

康熙將尚可喜、吳三桂、耿精忠三道奏章，交給中和殿大學士兼禮部尚書巴泰，說道：「三藩上奏，懇求撤藩，該當如何，大家分別奏來。」

諸王公大臣傳閱奏章後，康親王傑書說道：「回皇上：依奴才愚見，三藩懇求撤藩，均非出於本心，似乎是在試探朝廷。」康熙道：「何以見得？你且說來。」傑書道：「三道奏章之中，都說當地軍務繁重，不敢擅離。既說軍務繁忙，卻又求撤藩，顯見是自相矛盾。」康熙點了點頭。

保和殿大學士衛周祚白髮白鬚，年紀甚老，說道：「以臣愚見，朝廷該當溫旨慰勉，說三藩功勳卓著，皇上甚爲倚重，須當用心辦事，爲王室屛藩。撤藩之事，應毋庸議。」康熙道：「照你看，三藩不撤的爲是？」衛周祚道：「聖上明鑒：老子言道：『佳兵不祥』，就算是好兵，也是不祥的。又有人考據，那『佳』字乃『惟』字之誤，『惟兵不祥』，那更加說得明白了。老子又有言道：『兵者不祥之器，非君子之器，不得已而用之。』」

韋小寶暗暗納罕：「這老傢伙好大的膽子，在皇上跟前，居然老子長、老子短的。皇上卻也不生氣。」他可不知這老子是古時的聖人李耳，卻不是市井之徒的自稱。

康熙點了點頭，說道：「兵凶戰危，古有明訓。一有征伐之事，不免生靈塗炭。你們說朕如下溫旨慰勉，不許撤藩，這事就可了結麼？」

文華殿大學士對喀納道：「皇上明鑒：吳三桂自鎮守雲南以來，地方安寧，蠻夷不擾，本朝南方迄無邊患，倘若將他遷往遼東，雲貴一帶或恐有他患。朝廷如不許撤藩，吳三桂感激圖報，耿尚二藩以及廣西孔軍，也必仰戴天恩，從此河清海晏，天下太平。」康熙道：「你深恐撤藩之後，西南少了重鎮，說不定會有邊患？」對喀納道：「是。吳三桂兵甲精良，素具威望，蠻夷懾服。一加調動，是福是禍，難以逆料。以臣愚見，多一事不如少一事。」

戶部尚書米思翰道：「自古聖王治國，推重黃老之術。西漢天下大治，便因蕭規曹隨，爲政在求清淨無爲。皇上聖明，德邁三皇，漢唐盛世也少有其比。皇上沖年接位，秉政以來，與民休息，協和四夷，天下俱感恩德。以臣淺見，三藩的事，只是依老規矩辦理，不必另有更張，自必風調雨順，國泰民安。聖天子垂拱而治，也不必多操甚麼心。」

康熙問大學士杜立德：「你以爲如何？」

杜立德道：「三藩之設，本爲酬功。今三藩並無大過，倘若驟然撤去，恐有無知之徒，議論朝廷未能優容先朝功臣，或有礙聖朝政聲。」

衆王公大臣說來說去，都是主張不可撤藩。

韋小寶聽了衆人的言語，話中大掉書袋，雖然不大懂，也知均是主張不撤藩，心中焦急起來，忙向索額圖使個眼色，微微搖頭，要他出言反對衆人的主張。

索額圖見他搖頭，誤會其意，以爲是叫自己也反對撤藩，心想他明白皇上眞正心意，又見康熙對衆人的議論不置可否，料想小皇帝必定不敢跟吳三桂打仗，說道：「吳、尙、耿三人都善於用兵，倘若朝廷撤藩，三藩竟然抗命，雲南、貴州、廣東、福建、廣西五省同時發兵，說不定還有其他反叛出兵響應，倒也不易應付。照奴才看來，吳三桂和尙可喜年紀都老得很了，已不久人世，不妨等上幾年，讓二人壽終正寢。三藩身經百戰的老兵宿將也死上一大批，到那時候再來撤藩，就有把握得多了。」

康熙微微一笑，說道：「你這是老成持重的打算。」索額圖還道是皇上誇獎，忙磕頭謝恩，道：「奴才爲國家計議大事，不敢不盡忠竭慮，以策萬全。」

康熙問大學士圖海道：「你文武全才，深通三韜六略，善於用兵，以爲此事如何。」圖海道：「奴才才智平庸，全蒙皇上加恩提拔。皇上明見萬里，朝廷兵馬精良，三藩若有不軌之心，諒來也不成大事。只是若將三藩所部數十萬人一齊開赴遼東，卻也頗有可慮之處。」康熙問道：「甚麼事可慮？」圖海道：「遼東是我大淸根本之地，列祖列宗的陵寢所在，三藩倘若眞有不臣之意，數十萬人在遼東作起亂來，倒也不易處置。」

康熙點了點頭。圖海又道：「三藩的軍隊撤離原地，朝廷須另調兵馬，前赴雲南、廣東、福建駐防。數十萬大軍北上，又有數十萬大軍南下，一來一往，耗費不小，也勢必滋擾地方。三藩駐軍和當地百姓相處頗爲融洽，不聞有何衝突。廣東和福建的言語十分古怪奇特，調了新軍過去，大家言語不通，習俗不同，倉卒之間，說不定會激起民變，有傷皇上愛民如子的聖意。」

韋小寶越聽越急，他知小皇帝決意撤藩，王公大臣卻個個膽小怕事，自己官小職卑，年紀又小，在朝廷之上又不能胡說八道，這可爲難得緊了。

康熙問兵部尙書明珠：「明珠，此事是兵部該管，你以爲如何？」

明珠道：「聖上天縱聰明，高瞻遠矚，見事比臣子們高上百倍。奴才想來想去，撤藩有撤的好處，不撤也有不撤的好處，心中好生委決不下，接連幾天睡不著覺。後來忽然想到一件事，登時放心，昨晚就睡得著了。原來奴才心想，皇上思慮周詳，算無遺策，滿朝奴才們所想到的事情，早已一一都在皇上的料中。奴才們想到的計策，再高也高不過皇上的指點。奴才只須聽皇上的吩咐辦事，皇上怎麼說，奴才們就死心塌地、勇往直前的去辦，最後定然大吉大利，萬事如意。」

韋小寶一聽，佩服之極，暗想：「滿朝文武，做官的本事誰也及不上這傢伙。此人馬屁功夫十分到家，老子得拜他爲師才是。這傢伙日後飛黃騰達，功名富貴不可限量。」

康熙微微一笑，說道：「我是叫你想主意，可不是來聽你說歌功頌德的言語。」

明珠磕頭道：「聖上明鑒：奴才這不是歌功頌德，的的確確是實情。自從兵部得知三藩有不穩的訊息，奴才日夜躭心，思索如何應付，萬一要用兵，又如何調兵遣將，方有必勝之道，總是要讓主子不操半點心才是。可是想來想去，實在主子太聖明，而奴才們太膿包，我們苦思焦慮而得的方策，萬不及皇上隨隨便便的出個主意。聖天子是天上紫微星下凡，自不是奴才這種凡夫俗子能及得上。因此奴才心想，只要皇上吩咐下來，就必定是好的。就算奴才們一時不明白，只要用心幹去，到後來終於會恍然大悟的。」

衆大臣聽了，心中都暗暗罵他無恥，當衆諂諛，無所不用其極，但也只得隨聲附和。

康熙道：「韋小寶，你到過雲南，你倒說說看，這件事該當如何？」

韋小寶道：「皇上明鑒：奴才對國家大事是不懂的，只不過吳三桂對奴才說過一句話，他說：『韋都統，以後有甚麼變故，你不用發愁，你的都統職位，只有上升，不會下降。』奴才就不懂了，問他：『以後有甚麼變故啊？』吳三桂笑道：『時候到了，你自然知道。』皇上，吳三桂是想造反。這件事千眞萬確，這會兒只怕龍袍也已做好了。他把自己比作是猛虎，卻把皇上比作是黃鶯。」

康熙眉頭微蹙，問道：「甚麼猛虎、黃鶯的？」韋小寶磕了幾個頭，說道：「吳三桂這廝說了好些大逆不道的言語，奴才說甚麼也不敢轉述。」康熙道：「你說好了，又不是你自己說的。」韋小寶道：「是。吳三桂有三件寶貝，他說這三件寶貝雖好，可惜有點兒美中不足。第一件寶貝，是一塊鴿蛋那麼大的紅寶石，當眞鷄血一般紅，他鑲在帽上，說道：『寶石很大，可惜帽子太小。』」康熙哼了一聲。

眾大臣你瞧瞧我，我瞧瞧你，均想：「寶石很大，可惜帽子太小。」這句話言下之意，顯是頭上想戴頂皇冠了。

韋小寶道：「他第二件寶貝，是一張白底黑紋的白老虎皮。奴才曾在宮裏服侍皇上，可也從來沒見過這樣的白老虎皮。吳三桂說，這種白老虎幾百年難得見一次，當年宋太祖趙匡胤打到過，朱元璋打到過，曹操和劉備也都打到過的。他把白老虎皮墊在椅上，說道：『白老虎皮難得，可惜椅子太也尋常。』」康熙又點點頭，心中暗暗好笑，知道韋小寶信口開河誣陷吳三桂；又知他毫無學問，以為曹操也做過皇帝。

韋小寶道：「這第三件寶貝，是一塊大理石屏風，天然生成的風景，圖畫中有隻小黃鶯兒站在樹上，樹底下有一頭大老虎。吳三桂言道：『屏風倒也珍貴，就可惜猛虎是在樹下，小黃鶯兒卻站在高枝之上。』」

康熙道：「他這三句話都不過是比喻，未必是有心造反。」韋小寶道：「皇上寬宏大量，愛惜奴才。吳三桂倘若有三分良心，知道感恩圖報，那就好了。只可惜他就會向朝中的王公大臣送禮，這位黃金一千兩，那位白銀兩萬兩，出手闊綽得不得了。那三件寶貝，卻又不向皇上進貢。」康熙笑道：「我可不貪圖他甚麼東西。」

韋小寶道：「是啊，吳三桂老是向朝廷要餉銀，請犒賞，銀子拿到手，倒有一大半留在北京，送給了文武百官。奴才對他說：『王爺，你送金子銀子給當朝那些大官，出手實在太闊氣了，我都代你肉痛。』吳三桂笑道：『小兄弟，這些金子銀子，也不過暫且寄在他們家裏，讓他們個個幫我說好話，過得幾年，他們會乖乖的加上利錢，連本帶利的還我。』奴才這可不明白了，問道：『王爺，財物到了人家手裏，怎樣還會還你？這是你心甘情願送給他們的，又不是人家向你借的，怎麼還會有利錢？』吳三桂哈哈大笑，拍拍我肩膀，拿了一隻錦緞袋子給我，說著：『小兄弟，這是小王送給你的一點小意思，盼你在皇上跟前，多給我說幾句好話。皇上若要撤藩，你務必要說，這藩是千萬撤不得的。哈哈，你放心好了，這些東西，我將來不會向你討還。』」

韋小寶一面說，一面從懷裏摸出一隻錦緞袋子，提在手中，高高舉起，人人見到袋上繡著「平西王府」四個紅字。他俯下身來，打開袋口，倒了轉來，只聽得叮叮噹噹一陣響，珍珠、寶石、翡翠、美玉，數十件珍寶散在殿上，珠光寶氣，耀眼生花。這些珠寶有些固是吳三桂所贈，有些卻是韋小寶從別處納來的賄賂，一時之間，旁人又怎能分辨？

康熙微笑道：「你到雲南走這一遭，倒是大有所獲。」韋小寶道：「這些珍珠寶貝，奴才是不敢要的，請皇上賞了別人罷。」康熙笑嘻嘻的道：「是吳三桂送你的，我怎能拿來賞給別人？」韋小寶道：「吳三桂送給奴才，要我在皇上面前撒謊，幫他說好話，說萬萬不能撤藩。奴才對皇上忠心耿耿，不能貪圖一些金銀財寶，把反賊說成是忠臣。但這麼一來，收了吳三桂的東西，有點兒對他不起。反正普天下的金銀財寶，都是皇上的物事。皇上賞給誰，是皇上的恩德，用不著吳三桂拿來做好人，收買人心。」

康熙哈哈一笑，說道：「你倒對朕挺忠心，那麼這些珍珠寶貝，算是我重行賞給你的好了。」又從衣袋裏摸出一隻西洋彈簧金錶來，說道：「另外賞你一件西洋寶貝。」

韋小寶忙跪下磕頭，走上幾步，雙手將金錶接過。

他君臣二人這麼一番做作，衆大臣均是善觀氣色之人，那裏還不明白康熙的心意？衆大臣都收受過吳三桂的賄賂，最近這一批還是韋小寶轉交的，心想自己倘若再不識相，韋小寶把「滇敬」多少當朝抖了出來，皇上一震怒，以「交通外藩，圖謀不軌」的罪名論處，不殺頭也得充軍。韋小寶誣陷吳三桂的言語，甚是幼稚可笑，吳三桂就算眞有造反之心，也決不會在皇上派去的欽差面前透露；又說甚麼送了朝中大臣的金銀，將來要連本帶利收回，暗示日後造反成功，做了皇帝，要向各大臣討還金銀。這明明是沒見過世面的小孩子想法，吳三桂這等老謀深算之人，豈會斤斤計較於送了多少金銀？但明知韋小寶的言語不堪一駁，他有皇上撐腰，又有誰敢自討苦吃，出口辯駁？

明珠腦筋最快，立即說道：「韋都統少年英才，見事明白，對皇上赤膽忠心，深入吳三桂的虎穴，探到了事實眞相，當眞令人好生佩服。若不是皇上洞燭機先，派遣韋都統親去探察，我們在京裏辦事的，又怎知道吳三桂這老傢伙深蒙國恩，竟會心存反側？」他這幾句話既捧了康熙和韋小寶，又爲自己和滿朝同僚輕輕開脫，跟著再坐實了吳三桂的罪名。太和殿上，人人均覺這幾句話甚爲中聽，諸大臣本來惴惴不安，這時不由得都鬆了一口氣。

康親王和索額圖原跟韋小寶交好，這時自然會意，當即落井下石，大說吳三桂的不是。衆大臣你一句、我一句，都說該當撤藩，有的還痛責自己胡塗，幸蒙皇上開導指點，這才如撥雲霧而見青天。有的更貢獻方略，說道如何撤藩，如何將吳三桂鎖拿來京，如何去抄他的家。吳三桂富可敵國，一說到抄他家，人人均覺是個大大的優差，但轉念一想，又覺這件事可不好辦，吳三桂一翻臉，你還沒抄到他家，他先砍了你腦袋。

康熙待衆人都說過了，說道：「吳三桂雖有不軌之心，但反狀未露，今日此間的說話，誰也不許漏了一句出去。須得給他一個改過自新的機會。」衆大臣齊頌揚皇恩浩蕩，寬仁慈厚。康熙從懷中取出一張黃紙，說道：「這一道上諭，你們瞧瞧有甚麼不妥的。」

巴泰躬身接過，雙手捧定，大聲唸了起來：

「奉天承運皇帝詔曰：自古帝王平定天下，式賴師武臣力；及海宇寧謐，振旅班師，休息士卒，俾封疆重臣，優遊頤養，賞延奕世，寵固河山，甚盛典也！」

他唸到這裏，頓了一頓。衆大臣一齊發出嗡嗡、嘖嘖之聲，讚揚皇上的御製宏文。

巴泰輕輕咳嗽一聲，把腦袋轉了兩個圈子，便如是欣賞韓柳歐蘇的絕妙文章一般，然後拉長調子，又唸了起來：

「王夙篤忠貞，克攄猷略，宣勞戮力，鎮守巖疆，釋朕南顧之憂，厥功懋焉！」

他唸到這裏，頓了一頓，輕輕嘆道：「眞是好文章！」索額圖道：「皇上天恩，吳三桂只要稍有人性，拜讀了這道上諭，只怕登時就慚愧死了。」巴泰又唸道：

「但念王年齒已高，師徒暴露，久駐遐荒，眷懷良切。近以地方底定，故允王所請，搬移安插。茲特遣某某、某某，前往宣諭朕意。王其率所屬官兵，趣裝北來，慰朕眷注；庶幾旦夕覯止，君臣偕樂，永保無疆之休。至一應安插事宜，已飭所司飭庀周詳。王到日，即有寧宇，無以爲念。欽此。」

巴泰音調鏗鏘，將這道上諭唸得抑揚頓挫。唸畢，衆臣無不大讚。明珠道：「『旦夕覯止，君臣偕樂』這八個字，眞叫人感激不能自勝。奴才們聽了，心窩兒裏也是一陣子暖烘烘的。」圖海道：「皇上思慮周到，預先跟他說，一到北京，就有地方住，免得他推三阻四，說要派人來京起樓建屋，推搪躭擱，又拖他三年五年。」

康熙道：「最好吳三桂能奉命歸朝，百姓免了一場刀兵之災，須得派兩個能說會道之人去雲南宣諭朕意。」

衆大臣聽皇帝這麼說，眼光都向韋小寶瞧去。韋小寶給衆人瞧得心慌，心想：「乖乖弄的東，這件事可不是玩的。上次送新媳婦去，還險些送了性命，這次去撤藩，吳三桂豈有不殺欽差大臣之理？」念及到了雲南可以見到阿珂，心頭不禁一熱，但終究還是性命要緊。

明珠見韋小寶面如土色，知他不敢去，便道：「皇上明鑒：以能說會道而言，本來都統韋小寶極是能幹。不過韋都統爲人嫉惡如仇，得知吳三桂對皇上不敬，恨他入骨，多半一見面就要申斥，只怕要壞事。奴才愚見，不如派禮部侍郎折爾肯、翰林院學士達爾禮二人前去雲南，宣示上諭。這兩人文質彬彬，頗具雅望，或能感化頑惡，亦未可知。」

康熙聽了，甚合心意，當即口諭折爾肯、達爾禮二人前往宣旨。

衆大臣見皇帝撤藩之意早決，連上諭也都寫定了帶在身邊，都深悔先前給吳三桂說了好話。這時人人口風大改，說了許多吳三桂無中生有的罪狀，當眞是大奸大惡，罪不可赦。

康熙點點頭，說道：「吳三桂雖壞，也不至於如此。大家實事求是，小心辦事罷。」站起身來，向韋小寶招招手，帶著他走到後殿。

韋小寶跟在皇帝身後，來到御花園中。康熙笑道：「小桂子，眞有你的。若不是你拿了那袋珍珠寶貝出來，抖在地下，他媽的那些老傢伙，還在給吳三桂說好話呢。」韋小寶道：「其實皇上只須說一聲『還是撤藩的好』，大家還不是個個都說『果然是撤藩的好』。只不過要他們自己說出口來，比較有趣些。」

康熙點點頭，說道：「老傢伙們做事力求穩當，所想的也不能說全都錯了。不過這樣一來，吳三桂想幾時動手，就幾時幹，全由他來拿主意，於咱們可大大不利。咱們先撤他的藩，就可打亂了他的腳步。」

韋小寶道：「是啊，好比賭牌九，那有老是讓吳三桂做莊之理？皇上也得擲幾把骰子啊。」康熙道：「這個比喻對了，不能老是讓他做莊。小桂子，咱們這把骰子是擲下去了，可是吳三桂這老傢伙當眞挺不好鬥呀。他部下的大將士卒，都是身經百戰的厲害腳色。他一起兵造反，倘若普天下漢人都響應他，那可糟了！」

韋小寶近年在各地行走，聽到漢人咒罵韃子的語言果是不少，漢人人數衆多，每有一百個漢人，未必就有一個滿洲人，倘若天下漢人都造起反來，滿洲人無論如何抵擋不住，然而咒罵韃子的人雖多，痛恨吳三桂的更多。他想到此節，說道：「皇上望安，普天下的漢人，沒一個喜歡吳三桂這傢伙。他要造反，除了自己的親信之外，不會有甚麼人捧他的場。」

康熙點點頭，道：「我也想到了此節。前明桂王逃到緬甸，是吳三桂去捉了來殺的。吳三桂要造反，只能說興漢反滿，卻不能說反淸復明。」說到這裏，頓了一頓，問道：「前明崇禎皇帝，是那一天死的？」韋小寶搔了搔頭，囁嚅道：「這個……奴才那時候還沒出世，倒不……不大清楚。」康熙哈哈大笑，說道：「我這可問道於盲了。那時候我也沒出世。是了，到他忌辰那天，我派幾名親王貝勒，去崇禎陵上拜祭一番，好教天下百姓都感激我，心中痛恨吳三桂。」韋小寶道：「皇上神機妙算。但如崇禎皇帝的忌辰相隔時候還遠，吳三桂卻先造反起來呢？」

康熙踱了幾步，微笑道：「這些時候來你奉旨辦事，苦頭著實吃了不少。五台山、雲南、神龍島、遼東，最後連羅剎國也去了。我這次派你去個好地方調劑調劑。」

韋小寶道：「天下最好的地方，就是在皇上身邊。只要聽到皇上說一句話，見到皇上一眼，我就渾身有勁，心裏說不出的舒服。皇上，這話千眞萬確，可不是拍馬屁。」

康熙點頭道：「這是實情。我和你君臣投機，那也是緣份。我跟你是從小打架打出來的交情，與衆不同。我見到你，心裏也總很高興。小桂子，那些時候得不到你的消息，只道你在大海中淹死了，我一直好生後悔，不該派你去冒險，著實傷心難過。」

韋小寶心下激動，道：「但……但願我能一輩子服侍你。」說著語音已有些哽咽。

康熙道：「好啊，我做六十年皇帝，你就做六十年大官，咱君臣兩個有恩有義，有始有終。」皇帝對臣子說到這樣的話，那是難得之極了，一來康熙年少，說話爽直，二來他和韋小寶是總角之交，互相眞誠。

韋小寶道：「你做一百年皇帝，我就跟你當一百年差，做不做大官倒不在乎。」

康熙笑道：「做六十年皇帝還不夠麼？一個人也不可太不知足了。」頓了一頓，說道：「小桂子，這次我派你去揚州，讓你衣錦還鄉。」

韋小寶聽得「去揚州」三字，心中突的一跳，問道：「甚麼叫衣錦還鄉哪？」康熙道：「你在京裏做了大官，回到故鄉去見見親戚朋友，出出風頭，讓大家羨慕你，那不挺美嗎？你叫手下人幫你寫一道奏章，你的父親、母親，朝廷都可給他們誥命，風光風光。」韋小寶道：「是，是，多謝皇上恩典。」康熙見他神色有些尷尬，問道：「咦，你不喜歡？」韋小寶搖頭道：「我喜歡得緊，只不過……只不過我不知自己親生的爹爹是誰。」

康熙一怔，想到自己父親在五台山出家，跟他倒有些同病相憐，拍拍他肩膀，溫言道：「你到了揚州，不妨慢慢尋訪，上天或許垂憐，能讓你父子團圓。小桂子，你去揚州，這趟差使可易辦得緊了。我派你去造一座忠烈祠。」

韋小寶搔了搔頭，說道：「種栗子？皇上，你要吃栗子，我這就給你到街上去買，糖炒良鄉桂花栗子，又香又糯，不用到揚州去種。」康熙哈哈大笑，道：「他媽的，小桂子就是沒學問。我是說忠烈祠，你卻纏夾不清，搞成了種栗子。忠烈祠是一座祠堂，供奉忠臣烈士的。」韋小寶笑道：「奴才這可笨得緊了，原來是去起一座關帝廟甚麼的。」康熙道：「這就對了。清兵進關之後，在揚州、嘉定殺戮很慘，想到這些事，我心中總是不安。」

韋小寶道：「當時的確殺得很慘啊。揚州城裏到處都是死屍，隔了十多年，井裏河裏還常見到死人骷髏頭。不過那時候我還沒出世，您也沒出世，可怪不到咱們頭上。」康熙道：「話是這麼說，不過是我祖宗的事，也就是我的事。當時有個史可法，你聽說過嗎？」韋小寶道：「史閣部史大人死守揚州，那是一位大大的忠臣。我們揚州的老人家說起他來，都是要流眼淚的。我們院子裏供了一個牌位，寫的是『九紋龍史進之靈位』，初一月半，大夥兒都要向這牌位磕頭。我聽人說，其實就是史閣部，不過瞞著官府就是了。」

康熙點了點頭，道：「忠臣烈士，遺愛自在人心。原來百姓供奉了九紋龍史進的靈位，焚香跪拜，其實是紀念史可法。小桂子，你家那個是甚麼院子啊？」韋小寶臉上一紅，道：「皇上，這件事說起來又不大好聽了。我們家裏開了一家堂子，叫作麗春院，在揚州算是數一數二的大妓院。」康熙微微一笑，心道：「你滿口市井胡言，早知你決非出身於書香世家。你這小子對我倒很忠心，連這等醜事也不瞞我。」其實開妓院甚麼，韋小寶已是在大吹牛皮了，他母親只不過是個妓女而已，那裏是甚麼妓院老闆了。

康熙道：「你奉了我的上諭，到揚州去宣讀。我褒揚史可法盡忠報國，忠君愛民，是個大大的忠臣、大大的好漢。我們大清敬重忠臣義士，瞧不起反叛逆賊。我給史可法好好的起一座祠堂，把揚州當時守城殉難的忠臣勇將，都在祠堂裏供奉。再拿三十萬兩銀子去，撫卹救濟揚州、嘉定兩城的百姓。我再下旨，免這兩個地方三年錢糧。」

韋小寶長長吁了口氣，說道：「皇上，你這番恩典可眞太大了。我得向你眞心誠意的磕幾個頭才行。」說著爬下地來，鼕鼕鼕的磕了三個響頭。

康熙笑問：「你以前向我磕頭，不是眞心誠意的麼？」韋小寶微笑道：「有時是眞心誠意，有時不過敷衍了事。」康熙哈哈一笑，也不以爲忤，心想：「向我磕頭的那些人，一百個中，倒有九十九個是敷衍了事的，也只有小桂子才說出口來。」

韋小寶道：「皇上，你這個計策，當眞是一枝箭射下兩隻鳥兒。」康熙笑道：「甚麼一枝箭射下兩隻鳥兒？這叫做一箭雙鵰。你倒說說看，是兩隻甚麼鳥兒？」

韋小寶道：「這座忠烈祠一起，天下漢人都知道皇上待百姓很好。以前韃……以前清兵在揚州、嘉定亂殺漢人，皇上心中過意不去，想法子補報。如果吳三桂造反，又或是尙可喜、耿精忠造反，要恢復明朝甚麼的，老百姓就會說，滿淸有甚麼不好？皇帝好得很哪。」

康熙點點頭，說道：「你這話是不錯，不過稍微有一點以小人之心，度君子之腹。我想到昔年揚州十日、嘉定三屠，確是心中惻然，發銀撫卹，減免錢糧，也不是全然爲了收買人心。那第二隻鳥兒又是甚麼？」韋小寶道：「皇上起這祠堂，大家知道做忠臣義士是好的，做反叛賊子是不好的。吳三桂要造反，那是反賊，老百姓就瞧他不起了。」

康熙伸手在他肩頭重重一拍，笑道：「對！咱們須得大肆宣揚，忠心報主才是好人。天下百姓那一個肯做壞人？吳三桂不起兵便罷，若是起兵，也沒人跟從他。」

韋小寶道：「我聽說書先生說故事，自來最了不起的忠臣義士，一位是岳飛岳爺爺，一位是關帝關王爺。皇上，咱們這次去揚州修忠烈祠，不如把岳爺爺、關王爺的廟也都修上一修。」康熙笑道：「你心眼兒挺靈，就可惜不讀書，沒學問。修關帝廟，那是很好，關羽忠心報主，大有義氣，我再來賜他一個封號。那岳飛打的是金兵。咱們大清，本來叫做後金，金就是清，金兵就是清兵。這岳王廟，就不用理會了。」韋小寶道：「是，是，原來如此。」心想：「原來你們韃子是金兀朮、哈迷蚩的後代。你們祖宗可差勁得很。」

康熙道：「河南省王屋山，好像有吳三桂伏下的一枝兵馬，是不是？」韋小寶一怔，應道：「是啊。」心想：「這件事你若不提，我倒忘了。」康熙道：「當時你查到吳三桂的逆謀，派人前來奏報，我反將你申斥一頓，你可知是甚麼原因？」韋小寶道：「想來咱們對付吳三桂的兵馬還沒調派好，因此皇上假裝不信，免得打草驚蛇。」

康熙笑道：「對了！打草驚蛇，這成語用得對了。朝廷之中，吳三桂一定伏有不少心腹，我們一舉一動，這老賊無不知道得清清楚楚。王屋山司徒伯雷的事，當時我如稍加查究，吳三桂立刻便知道了。他心裏一驚，說不定馬上就起兵造反。那時朝廷的虛實他甚麼都知道，他的兵力部署甚麼的，我可一點兒也不知，打起仗來，我們非輸不可。一定要知己知彼，才可百戰百勝。」

韋小寶道：「皇上當時派人來大罵我一頓，滿營軍官都知道了。吳三桂若有奸細在我營裏，必定去報告給老傢伙知道。老傢伙心裏，說不定還在暗笑皇上胡塗呢。」

康熙道：「你這次去揚州，隨帶五千兵馬，去到河南濟源，突然出其不意，便將王屋山上的匪窟給剿了。吳三桂這一枝伏兵離京師太近，是個心腹之患。」

韋小寶喜道：「那妙得緊。皇上，不如你御駕親征，殺吳三桂一個下馬威。」

康熙微笑道：「王屋山上只一二千土匪，其中一大半倒是老弱婦孺，那個姓元的張大其辭，說甚麼有三萬多人，全是假的。我早已派人上山去查得清清楚楚。一千多名土匪，要我御駕親征，未免叫人笑話罷。哈哈，哈哈！」韋小寶跟著乾笑幾聲，心想小皇帝精明之極，虛報大數可不成。康熙道：「怎麼剿滅王屋山土匪，你下去想想，過一兩天來回奏。」

韋小寶答應了退下，尋思：「這行軍打仗，老子可不大在行。當日水戰靠施琅，陸戰靠誰才是？有了，我去調廣東提督吳六奇來做副手，一切全聽他的。這人打仗是把好手。」轉念又想：「皇上叫我想好方略，一兩天回奏，到廣東去請吳六奇，來回最快也得一個月，那可來不及。北京城裏，可有甚麼打仗的好手？」

盤算半晌，北京城裏出名的武將倒不少，但大都是滿洲大官，不是已經封公封侯，就是將軍提督，自己小小一個都統，指揮他們不動。他爵位已封到伯爵，在滿清職官制度，子爵已是一品，伯爵以上，列入超品，比之大學士、尚書的品秩還高。但那是虛銜，雖然尊貴，卻無實權。他小小年紀，想要名臣勇將聽命於己，可就不易了。

他在房中踱來踱去尋思，瞧著案上施琅所贈的那隻玉碗，心想：「施琅在北京城裏不得意，這才來求我。北京城裏，不得意的武官該當還有不少哪。但又要不得意，又要有本事，一時之間，未必湊得齊在一起。沒本事而飛黃騰達之人，北京城裏倒也不少，像我韋小寶，就是一位了，哈哈！」

走過去將玉碗捧在手裏，心想：「『加官晉爵』，這四字的口采倒靈，他送我這隻玉碗時，我是子爵，現下可升到伯爵啦。我憑了甚麼本事加官進爵？最大的本事便是拍馬屁，拍得小皇帝舒舒服服，除此之外，老子的本事實在他媽的平常得緊。看來凡事有本事之人，不肯拍馬屁，喜歡拍馬屁的，便是跟老子差不多。」

仰起了頭思索，相識的武官之中，有那個是不肯拍馬屁的？天地會的英雄豪傑當然不會隨便拍人馬屁，只是除了師父陳近南和吳六奇之外，大家只會內功外功，不會帶兵打仗。師父的部將林興珠是會打仗的，可惜回去了臺灣。

突然之間，想起了一件事：那日他帶同施琅等人前赴天津，轉去塘沽出海，水師總兵黃甫對自己奉承周到，天津衛有一個大鬍子武官，卻對自己皺眉扁嘴，一副瞧不起的模樣，一句馬屁也不肯拍。這傢伙是誰哪？他當時沒記住這軍官的名字，這時候自然更加想不起來，心中只想：「拍馬屁的，就沒本事。這大鬍子不肯拍馬屁，定有本事。」

當下有了主意，即到兵部尚書衙門去找尚書明珠，請他儘快將天津衛的一名大鬍子軍官調來北京，這大鬍子的軍階不高也不低，不是副將，就是參將。

明珠覺得這件事有些奇怪，這大鬍子無名無姓，如何調法？但韋小寶眼前是皇帝最得寵之人，莫說只不過去天津調一名武官，就是再難十倍的題目出下來，也得想法子交差，當即含笑答應，親筆寫了一道六百里加急文書給天津衛總兵，命他將麾下所有的大鬍子軍官一齊調來北京，赴部進見。

次日中午時分，韋小寶剛吃完中飯，親兵來報，兵部尚書大人求見。

韋小寶迎出大門，只見明珠身後跟著二十來個大鬍子軍官，有的黑鬍子，有的白鬍子，有的花白鬍子，個個塵沙披面，大汗淋漓。明珠笑道：「韋爵爺，你要的人，兄弟給你找來了一批，請你挑選，不知那一個合式。」

韋小寶忽然見到這麼一大羣大鬍子軍官，一怔之下，不由得哈哈大笑，說道：「尚書大人，我只請你找一個大鬍子，你辦事可眞周到，一找就找了二十來個，哈哈，哈哈。」

明珠笑道：「就怕傳錯了人，不中韋爵爺的意啊。」

韋小寶又哈哈大笑，說道：「天津衛總兵麾下，原來有這麼許多個大鬍子……」話未說完，人叢中突然有人暴雷也似的喝道：「大鬍子便怎樣？你沒的拿人來開玩笑！」

韋小寶和明珠都吃了一驚，齊向那人瞧去，只見他身材魁梧，站在衆軍官之中，比旁人都高了半個頭，滿臉怒色，一叢大鬍子似乎一根根都翹了起來。

韋小寶一怔，隨即喜道：「對了，對了，正是老兄，我便是要找你。」

那大鬍子怒道：「上次你來到天津，我衝撞了你，早知你定要報復出氣。哼，我沒犯罪，要硬加我甚麼罪名，只怕也不容易。」

明珠斥道：「你叫甚麼名字？怎地在上官面前如此無禮？」那大鬍子適才到兵部衙門，已參見過明珠，他是該管的大上司，可也不敢胡亂頂撞，便躬身道：「回大人：卑職天津副將趙良棟。」明珠道：「這位韋都統官高爵尊，爲人寬仁，是本部的好朋友，你怎地得罪他了？快上前賠罪。」

趙良棟心頭一口氣難下，悻悻然斜睨韋小寶，心想：「你這乳臭未乾的黃口小子，我爲甚麼向你賠罪？」

韋小寶笑道：「趙大哥莫怪，是兄弟得罪了你，該當兄弟向你賠罪。」轉過頭來，向著眾軍官道：「兄弟有一件要事，要跟趙副將商議，一時記不起他尊姓大名，以致兵部大人邀了各位齊上北京來，累得各位連夜趕路，實在對不起得很。」說著連連拱手。

眾軍官忙即還禮。趙良棟見他言語謙和，倒是大出意料之外，心頭火氣也登時消了，便即向韋小寶說道：「小將得罪。」躬身行禮。

韋小寶拱拱手，笑道：「不用客氣。」轉身向明珠道：「大人光臨，請到裏面坐，兄弟敬酒道謝。天津衛的朋友們，也都請進去。」明珠有心要和他結納，欣然入內。

韋小寶大張筵席，請明珠坐了首席，請趙良棟坐次席，自己在主位相陪，其餘的天津武將另行坐了三桌。伯爵府的酒席自是十分豐盛，酒過三巡，做戲的在筵前演唱起來。這次進京的天津眾武將，有的只不過是個小小把總，只因天生了一把大鬍子，居然在伯爵府中與兵部尚書、伯爵大人一起喝酒聽戲，當眞是做夢也想不到的意外奇逢。

趙良棟脾氣雖然倔強，爲人卻也精細，見韋小寶在席上不提商議何事，也不出言相詢，只是聽著韋小寶說些羅刹國的奇風異俗，心想：「小孩子胡說八道，那有男人女人在大庭廣眾之間摟抱了跳啊跳的，天下怎會有如此不識羞恥之事？」

明珠喝了幾杯酒，聽了一齣戲，便起身告辭。韋小寶送出大門，回進大廳，陪著眾軍官看完了戲，吃飽了酒飯，這才請趙良棟到內書房詳談。

趙良棟見書架上擺滿了一套套書籍，不禁肅然起敬：「這小孩兒年紀雖小，學問倒是好的，可比我們粗胚高明了。」

韋小寶見他眼望書籍，笑道：「趙大哥，不瞞你說，這些書本子都是拿來擺樣子的。兄弟識得的字，加起來湊不滿十個。我自己的名字『韋小寶』三字，連在一起總算識得，分了開來，就靠不大住。除此之外，就只好對書本子他媽的乾瞪眼了。」

趙良棟哈哈大笑，心頭又是一鬆，覺得這小都統性子倒很直爽，不搭架子，說道：「韋大人，卑職先前言語冒犯，你別見怪。」韋小寶笑道：「見甚麼怪啊？你我不妨兄弟相稱，你年紀大，我叫你趙大哥，你就叫我韋兄弟。」趙良棟忙站起身來請安，說道：「都統大人可別說這等話，那太也折殺小人了。」

韋小寶笑道：「請坐，請坐。我不過運氣好，碰巧做了幾件讓皇上稱心滿意的事，你還道我眞有甚麼狗屁本事麼？我做這個官，實在慚愧得緊，那及得上趙大哥一刀一槍，功勞苦勞，全是憑眞本事幹起來的。」

趙良棟聽得心頭大悅，說道：「韋大人，我是粗人，你有甚麼事，儘管吩咐下來，只要小將做得到的，一定拚命給你去幹。就算當眞做不到，我也給你拚命去幹。」

韋小寶大喜，說道：「我也沒甚麼事，只是上次在天津衛見到趙大哥，見你相貌堂堂，一表人才，我是欽差大臣，人人都來拍我馬屁，偏生趙大哥就不賣帳。」趙良棟神色有些尷尬，說道：「小將是粗魯武人，不善奉承上司，倒不是有意對欽差大臣無禮。」

韋小寶道：「我沒見怪，否則的話，也不會找你來了。我心中有個道理，凡是沒本事的，只好靠拍馬屁去升官發財；不肯拍馬屁的，定是有本事之人。」

趙良棟喜道：「韋大人這幾句話說得眞爽快極了。小將本事是沒有，可是聽到人家吹牛拍馬，心中就有氣。得罪了上司，跟同僚吵架，升不了官，都是爲了這個牛脾氣。」

韋小寶道：「你不肯拍馬屁，定是有本事的。」

趙良棟裂開了大嘴，不知說甚麼話才好，眞覺「生我者父母，知我者韋大人」也。

韋小寶吩咐在書房中開了酒席，兩人對酌閒談。趙良棟說起自己身世，是陝西省人氏，行伍出身，打仗時勇往直前，積功而升到副將，韋小寶聽說他善於打仗，心頭甚喜，暗想：「我果然沒看錯了人。」當下問起帶兵進攻一座山頭的法子。

趙良棟不讀兵書，但久經戰陣，經歷極富，聽韋小寶問起，只道是考較自己本事。當下滔滔不絕的說了起來；說得興起，將書架上的四書五經一部部搬將下來，布成山峯、山谷、河流、道路之形，打仗時何處埋伏、何處佯攻、何處攔截、何處衝擊，一一細加解釋。他說的是雙方兵力相等的戰法。

韋小寶問道：「如敵人只一千人，咱們卻有五千兵馬，須得怎麼進攻，便可必勝？」

趙良棟道：「打仗必勝，那是沒有的。不過我們兵力多了敵人幾倍，如由小將來帶，倘若再打輸了，那還算是人麼？總要將敵人盡數生擒活捉，一個也不漏網才好。」

韋小寶命家丁去取了幾千文銅錢來，當作兵馬。趙良棟便布起陣來。

韋小寶將他的話記在心中，當晚留他在府中歇宿。次日去見康熙，依樣葫蘆，便在上書房中布起陣來。韋小寶不敢胡亂搬動皇帝的書籍，大致粗具規模，也就是了。

康熙沉思半晌，問道：「這法子是誰教你的？」韋小寶也不隱瞞，將趙良棟之事說了。康熙聽說明珠連夜召了二十幾名大鬍子軍官，從天津趕來，供他挑選，不由得哈哈大笑，問道：「你又怎知趙良棟有本事？」

韋小寶可不敢說由於這大鬍子不拍馬屁，自己是馬屁大王，這秘訣決不能讓皇帝知道，便道：「上次皇上派奴才去天津，我見這大鬍子帶的兵操得好，心想總有一日要對吳三桂用兵，這大鬍子倒是個人才。」

康熙點頭道：「你念念不忘對付吳三桂，那好得很。朝裏那些老頭子啊，哼，念念不忘就是怎樣討好吳三桂，向他索取賄賂。那趙良棟現今是副將，是不是？你回頭答允他，一力保薦他升官，我特旨升他爲總兵，讓他承你的情，以後盡心幫你辦事。」

韋小寶喜道：「皇上體貼臣下，當眞無微不至。」

他回到伯爵府，跟趙良棟說了。過得數日，兵部果然發下憑狀，升趙良棟爲總兵，聽由都統韋小寶調遣。趙良棟自是感激不盡，心想跟著這位少年上司，不用拍馬屁而升官甚快，實是人生一大樂事。

這些日子中，朝中大臣惶惶不安，等待三藩的訊息，是奉旨撤藩，還是起兵造反。

這日韋小寶正和趙良棟在府中談論，有人求見，卻是額駙吳應熊請去府中小酌。那請客的親隨說道：「額駙很久沒見韋大人，很是牽掛，務請韋大人賞光。額駙說，謝媒酒還沒請您老人家喝過呢。」

韋小寶心想：「這駙馬爺有名無實，謝甚麼媒？不過說到這個『謝』字，你們姓吳的總不能請我喝一杯酒就此了事，不妨過去瞧瞧，順手發財，有何不可。」當下帶了趙良棟和驍騎營親兵，來到額駙府中。

吳應熊與建寧公主成婚後，在北京已有賜第，與先前暫居時的局面又自不同，吳應熊帶著幾名軍官，出大門迎接，說道：「韋大人，咱們是自己兄弟，今日大家敘敘，也沒外客。剛從雲南來了幾位朋友，正好請他們陪趙總兵喝酒。」

幾名軍官通名引見，一個留著長鬚、形貌威重的是雲南提督張勇；另外兩個都是副將，神情悍勇的名叫王進寶，溫和恭敬的名叫孫思克。

韋小寶拉著王進寶的手，說道：「王大哥，你是寶，我也是寶，不過你是大寶，我是小寶。咱哥兒倆『寶一對』，有殺沒賠。」雲南三將都哈哈大笑，見韋小寶性子隨和，均感欣喜。韋小寶對張勇道：「張大哥，上次兄弟到雲南，怎麼沒見到你們三位？」張勇道：「那時候王爺恰好派小將三人出去巡邊，沒能在昆明侍候韋大人。」韋小寶道：「唉，甚麼大人、小將的，大家爽爽快快，我叫你張大哥，你叫我韋兄弟，咱們這叫做『哥倆好，喜相逢』！」張勇笑道：「韋大人這般說，我們可怎麼敢當？」

幾個人說笑著走進廳去，剛坐定，家人獻上茶來，另一名家丁過來向吳應熊道：「公主請額駙陪著韋大人進去見見。」韋小寶心中怦的一跳，心想：「這位公主可不大好見。」想到昔日和她同去雲南，一路上風光旖旎，有如新婚夫婦，不由得熱血上湧，臉上紅了起來。吳應熊笑道：「公主常說，咱們的姻緣是韋大人撮成的，非好好敬一杯謝媒酒不可。」說著站起身來，向張勇等笑道：「各位寬坐。」陪著韋小寶走進內堂。

經過兩處廳堂，來到一間廂房，吳應熊反手帶上了房門，臉色鄭重，說道：「韋大人，這一件事，非請你幫個大忙不可。」韋小寶臉上又是一紅，心想：「你給公主閹了，做不來丈夫，要我幫這大忙嗎？」囁囁嚅嚅的道：「這個……這個……有些不大好意思罷。」吳應熊一愕，說道：「若不是韋大人仗義援手，解這急難，別人誰也沒此能耐。」韋小寶神色更加忸怩，心想：「定是公主逼他來求我的，否則為甚麼非要我幫手不可，別人就不行？」

吳應熊見韋小寶神色有異，只道他不肯援手，說道：「這件事情，我也明白十分難辦，事成之後，父王和兄弟一定不會忘了韋大人給我們的好處。」韋小寶心想：「爲甚麼連吳三桂也要感激我？啊，是了，吳三桂定是沒孫子，要我幫他生一個。是不是能生孫子，那可拿不準啊。」說道：「駙馬爺，這件事是沒把握的。王爺跟你謝在前頭，要是辦不成，豈不是對不起人？」吳應熊道：「不打緊，不打緊。韋大人只要盡了力，我父子一樣承情，就是公主，也感激不盡。」韋小寶笑道：「你要我賣力，那是一定的。」隨即正色道：「不論成與不成，我一定守口如瓶，王爺與額駙倒可放一百二十個心。」吳應熊道：「這個自然，誰還敢洩漏了風聲？總得請韋大人鼎力，越快辦成越好。」

韋小寶微笑道：「也不爭在這一時三刻罷？」突然想起：「啊喲，不對！我幫他生個兒子倒不打緊，他父子倆要造反，不免滿門抄斬。那時豈不是連我的兒子也一刀斬了？」隨即又想：「小皇帝不會連建寧公主也殺了，公主的兒子，自然也網開這麼兩面三面。」

吳應熊見他臉色陰晴不定，走近一步，低聲道：「削藩的事，消息還沒傳到雲南，張提督他們還不知道。韋大人若能趕著向皇上進言，收回削藩的成命，六百里加急文書趕去雲南，準能將削藩的上諭截回來。」韋小寶一愕，問道：「你……你說的是削藩的事？」吳應熊道：「是啊，眼前大事，還有大得過削藩的？皇上對韋大人，可說得上是言聽計從，只有韋大人出馬，才能挽狂瀾於既倒。」

韋小寶心想：「原來我全然會錯了意，眞是好笑。」忍不住哈哈大笑。

吳應熊愕然道：「韋大人爲甚麼發笑，是我的話說錯了麼？」韋小寶忙道：「不是，不是。對不住，我忽然想起了另一件事好笑。」吳應熊臉上微有慍色，暗暗切齒：「眼前且由得你猖狂，日後父王舉起義旗，一路勢如破竹的打到北京，拿住了你這小子，瞧我不把你千刀萬剮才怪。」

韋小寶道：「駙馬爺，明兒一早我便去叩見皇上，說道吳額駙是皇上的妹夫，平西王是皇上的尊親，就算不再加官晉爵，總不能削了尊親的爵位，這可對不起公主哪。」

吳應熊喜道：「是，是。韋大人腦筋動得快，一時三刻之間，就想了大條道理出來，一切拜託。咱們這就見公主去。」

他帶領韋小寶，來到公主房外求見。公主房中出來一位宮女，吩咐韋小寶在房側的花廳中等候。

過不多時，公主便來到廳中，大聲喝道：「小桂子，你隔了這麼多時候也不來見我，你想死了？快給我滾過來！」韋小寶笑著請了個安，笑道：「公主萬福金安。小桂子天天記掛著公主，只是皇上派我出差，一直去到羅剎國，這幾天剛回來。」公主眼圈兒一紅，道：「你天天記著我？見你的鬼了，我……我……」說著淚水便撲簌簌的掉下。

韋小寶見公主玉容清減，料想她與吳應熊婚後，定然鬱鬱寡歡，心想：「吳應熊這小子是個太監，嫁給太監做老婆，自然沒甚麼快活。」眼見公主這般情況，想起昔日之情，不由得心生憐惜，說道：「公主記掛皇上，皇上也很記掛公主，說道過得幾天，要接公主進宮，叙叙兄妹之情。」這是他假傳聖旨，康熙可沒說過這話。

建寧公主好幾個月來住在額駙府中，氣悶無比，聽了韋小寶這句話，登時大喜，問道：「甚麼時候？你跟皇帝哥哥說，明天我就去瞧他。」韋小寶道：「好啊！額駙有一件事，吩咐我明天面奏皇上，我便奏請皇上接公主進宮便是。」吳應熊也很歡喜，說道：「有公主幫著說話，皇上是更加不會駁回的了。」公主小嘴一撇，說道：「哼，我只跟皇帝哥哥說家常話，可不幫你說甚麼國家大事。」吳應熊陪笑道：「好罷，你愛說甚麼，就說甚麼。」

公主慢慢站起身來，笑道：「小桂子，這麼久沒見你，你可長高了。聽說你在羅剎國有個鬼姑娘相好，是不是啊？」韋小寶笑道：「那有這回事？」突然之間，啪的一聲響，臉上已熱辣辣的吃了公主一記耳光。韋小寶叫道：「啊喲！」跳了起來。公主笑道：「你說話不盡不實，跟我也膽敢撒謊？」提起手來，又是一掌。韋小寶側頭避過，這一掌沒打著。

公主對吳應熊道：「我有事要審問小桂子，你不必在這裏聽著了。」

吳應熊微笑道：「好，我陪外面的武官們喝酒去。」心想眼睜睜的瞧著韋小寶挨打，他面子上可不大好看，當下退出花廳。

公主一伸手，扭住韋小寶耳朵，喝道：「死小鬼，你忘了我啦。」說著重重一扭。韋小寶痛得大叫，忙道：「沒有，沒有！我這可不是瞧你來了嗎？」公主飛腿在他小腹上踢了一腳，罵道：「沒良心的，瞧我不剮了你？若不是我叫你來，你再過三年也不會來瞧我。」

韋小寶見廳上無人，伸手摟住了她，低聲道：「別動手動腳的，明兒我跟你在皇宮裏敘敘。」公主臉上一紅，道：「敘甚麼？敘你這小鬼頭！」伸手在他額頭卜的一下，打了個爆栗。韋小寶抱著她的雙手緊了一緊，說道：「我使一招『雙龍搶珠』！」公主啐了他一口，掙扎了開去。韋小寶道：「咱們如在這裏親熱，只怕駙馬爺起疑，明兒在宮裏見。」

公主雙頰紅暈，說道：「他疑心甚麼？」媚眼如絲，橫了他一眼，似笑非笑的道：「小鬼頭兒，快滾你的罷！」

注：古時平蠻郡在今雲南曲靖一帶。「諭蜀文」的典故，是漢武帝通西南夷時，派司馬相如先赴巴蜀宣諭，要西南各地官民遵從朝旨。

只見大路旁躺著兩匹死馬，瞧模樣正是滇馬。張勇喜道：「都統大人，王副將帶的路徑果然不錯。」王進寶卻愁眉苦臉，不住嘆氣，說道：「唉，眞可惜，眞可惜！」

第三十八回　縱橫野馬羣飛路　跋扈風箏一線天

韋小寶笑咪咪的回到大廳，只見吳應熊陪著四名武將閒談。趙良棟和王進寶不知在爭辯甚麼，兩人都面紅耳赤，聲音極大。兩人見韋小寶出來，便住了口。

韋小寶笑問：「兩位爭甚麼啊？說給我聽聽成不成？」張勇道：「我們在談論馬匹。王副將相馬眼光獨到，憑他挑到的馬，必是良駒。剛才大家說起了牲口，王副將稱讚雲南的馬好。趙總兵不信，說道川馬、滇馬腿短，跑不快。王副將卻說川馬滇馬有長力，十里路內趕不上別的馬，跑到二三十里之後，就越奔越有精神。」

韋小寶道：「是嗎？兄弟有幾匹坐騎，請王副將相相。」吩咐親兵回府，將馬厩中的好馬牽來。

吳應熊道：「韋都統的坐騎，是康親王所贈，有名的大宛良駒，叫做玉花驄。我們的滇馬又怎及得上？」王進寶道：「韋大人的馬，自然是好的。大宛出好馬，卑職也聽到過。卑職在甘肅、陝西時，曾騎過不少大宛名駒，短途衝刺是極快的，甚麼馬匹也比不上。」

趙良棟道：「那麼賽長途呢？難道大宛馬還及不上滇馬？」王進寶道：「雲南馬本來並不好，只不過勝在刻苦耐勞，有長力。這些年來卑職在滇北養馬，將川馬、滇馬交配，這新種倒很不錯。」趙良棟道：「老兄，你這就外行了。馬匹向來講純種，種越純越好，沒聽說雜種馬反而更好的。」王進寶脹紅了臉，說道：「趙總兵，我不是說雜種馬一切都好。馬匹用途不同，有的用以衝鋒陷陣，有的用以負載輜重，就算是軍馬，也大有分別啊。有的是百里馬，有的是千里馬，長途短途，全然不同。」

趙良棟道：「哼，居然有人說還是雜種好。」王進寶大怒，霍地站起，喝道：「你罵誰是雜種？這般不乾不淨的亂說！」趙良棟冷笑道：「我是說馬，又不是說人。誰的種不純，作賊心虛，何必亂發脾氣。」王進寶更加怒了，說道：「這是額駙公的府上，不然的話，哼哼！」趙良棟道：「哼哼怎樣？你還想跟我動手打架不成？」

張勇勸道：「兩位初次相識，何必為了牲口的事生這閒氣？來來來，我陪兩位喝一杯，大家別爭了。」他是提督，官階比趙良棟、王進寶都高，兩人不敢不賣他面子，只得都喝了酒。兩人你瞪著眼瞧我，我瞪著眼瞧你，若不是上官在座，兩個火爆霹靂的人當場就要打將起來了。

過不多時，韋小寶府中的親兵、馬伕牽了坐騎到來，衆人同到後面馬厩中去看馬。王進寶倒也眞的懂馬，一眼之下，便說出每匹馬的長處缺點，甚至連性情脾氣也猜中了七八成。韋府的馬伕都十分佩服，大讚王副將好眼力。

最後看到韋小寶的坐騎玉花驄。這馬腿長膘肥，形貌神駿，全身雪白的毛上盡是胭脂斑點，毛色油光亮滑，漂亮之極，人人喝采不迭。王進寶卻不置可否，看了良久，說道：「這匹馬本質是極好的，只可惜養壞了。」韋小寶道：「怎地養壞了？倒要請教。」王進寶道：「韋大人這匹馬，說得上是天下少有的良駒。這等好馬，每天要騎了快跑十幾里，慢跑幾十里，越磨練越好。可是韋大人過於愛惜，不捨得多騎。這牲口過的日子太也舒服，吃的是上好精料，一年難得跑上一兩趟，唉，可惜，可惜，好像是富貴人家的子弟，給寵壞了。」

吳應熊聽了，臉色微變，輕輕哼了一聲。韋小寶瞧在眼裏，知王進寶最後這幾句話已得罪了吳應熊，心想：「我不妨乘機挑撥離間，讓他們雲南將帥不和。」便道：「王副將的話，恐怕只說對了一半，富貴人家子弟，也有本事極大的。好比額駙爺，他是你們王爺的世子，自幼兒便捧了金碗吃飯，端著玉碗喝湯，可半點沒給寵壞啊。」

王進寶脹紅了臉，忙道：「是，是。王爺世子，自然不同。卑職決不是說額駙爺。」

趙良棟冷冷的道：「在你心裏，只怕以爲也沒甚麼不同罷。」

王進寶怒道：「趙總兵，你爲甚麼老是跟兄弟過不去？兄弟可沒得罪你啊。」韋小寶笑道：「好了，別爲小事傷了和氣。做武官的，往往瞧不起朝裏年輕大臣，也是有的。」王進寶道：「回都統大人：卑職不敢瞧你不起。」趙良棟道：「你瞧不起額駙爺。」王進寶大聲道：「沒有。」

韋小寶道：「王副將，可惜你養的好馬都留在雲南，否則倒可讓我們見識見識。」王進寶道：「我養的馬……是，是，不敢當。」韋小寶心覺奇怪：「甚麼叫做『是，是，不敢當』？」趙良棟道：「反正王副將的好馬都在雲南，死無對證。韋都統，小將在關外養了幾百匹好馬，匹匹日行三千里，夜行二千里。就可惜隔得遠了，不能讓都統大人瞧瞧。」衆人哈哈大笑，都知他是故意譏刺王進寶。

王進寶氣得臉色鐵青，指著左首的馬廄，大聲道：「那邊的幾十匹馬，就是這次我從雲南帶來的。趙總兵，你挑十匹馬，跟我這裏隨便那十匹賽賽腳力，瞧是誰輸誰贏。」

趙良棟見那些滇馬又瘦又小，毛禿皮乾，一共有五六十匹，心道：「你這些叫化馬有甚麼了不起？」說道：「馬倒挺多，只不過有點兒五痨七傷。就是韋都統府裏隨便牽來的這幾匹牲口，也擔保勝過了王副將你親手調養的心肝寶貝兒。」韋小寶笑道：「大家空爭沒用。額駙爺，咱們各挑十匹，就來賽一賽馬，雙方賭個采頭。」

吳應熊道：「韋都統的大宛良馬，我們的雲南小馬那裏比得上？不用賽了，當然是我們輸。」韋小寶見王進寶氣鼓鼓地、一臉不服氣的神情，道：「額駙爺肯服輸，王副將卻不服輸。這樣罷，我拿一萬兩銀子出來，額駙爺也拿一萬兩銀子出來，待會兒咱們就去城外跑跑馬，那一個贏了六場，以後的就不用比了。你說好不好呢？」

吳應熊還待再推，突然心念一動：「這小子年少好勝，我就故意輸一萬兩銀子給他，讓他高興高興。」笑道：「好，就這麼辦。韋大人，你如輸了，可不許生氣。」

韋小寶笑道：「贏要漂亮，輸要光棍，那有輸了生氣之理？」一瞥眼間，見王進寶眼中閃爍著喜色，心道：「啊喲，瞧這王副將的神情，倒似乎挺有把握，莫非他這些癆病馬當眞挺有長力？不行，不行，非作弊搞鬼不可。」他生平賭錢，專愛作弊，眼見這場賽馬未必準贏，登時動了壞主意，心想今日賽馬，已來不及做手腳，說道：「既要賭賽，我得去好好挑選十匹馬。明天再賽怎樣？」

吳應熊決心拉馬，不盡全力，十場比賽中輸八九場給他，不論那一天賽都沒分別，當即點頭答應。

韋小寶在額駙府中飲酒聽戲，不再提賽馬之事。到得傍晚，邀請吳應熊帶同張勇、王進寶、孫思克三人到自己府中喝酒。吳應熊欣然應邀，一行人便到韋小寶的伯爵府來。坐定獻上茶，韋小寶說聲：「少陪，兄弟去安排安排。」吳應熊笑道：「大家自己人，不用客氣。」韋小寶道：「貴客駕臨，可不能太寒傖了。」

來到後堂，吩咐總管預備酒席戲班，跟著叫了府裏的馬伕頭兒來，交給他三百兩銀子，說道：「我的玉花驄和別的馬兒還在額駙府中，你這就去牽回來，順便請額駙府裏的一班馬伕去喝酒，喝得他媽的個個稀巴爛。」那馬伕頭兒應了。韋小寶道：「給馬兒吃些甚麼，那就身疲腳軟，沒力氣跑路？可又不能毒死了。」馬伕頭兒道：「不知爵爺要怎麼樣，小人盡力去辦就是。」韋小寶笑道：「跟你說了也不打緊，額駙有一批馬，剛從雲南運來的，誇口說長力極好，明兒要跟咱們的馬比賽。咱們可不能輸了丟人，是不是？」那馬伕頭兒登時明白，笑道：「爵爺要小人弄點甚麼給額駙的馬兒吃了，明兒比賽，咱們就能準贏？」

韋小寶笑道：「對了，你聰明得很。明兒賽馬，是有采頭的，贏了再分賞金給你。你悄悄去辦這件事，可千萬不能讓額駙府裏的馬伕知道了。這三百兩銀子拿去請客，喝酒賭錢嫖堂子，他媽的甚麼都幹，攪得他們昏天黑地，這才下藥。」

那馬伕頭兒道：「爵爺望安。小人去買幾十斤巴豆，混在豆料之中，餵吳府的馬兒吃了，叫一匹匹馬兒全拉一夜稀屎，明日比賽起來，烏龜也跑贏牠們了。」

韋小寶隨即出去陪伴吳應熊等人飲酒。他生怕吳應熊等回去後，王進寶又去看馬，瞧出了破綻，是以殷勤接待，不住勸酒。趙良棟酒量極宏，一直跟王進寶鬥酒，喝到深夜，除韋小寶與吳應熊外，四員武將都醉倒了。

次日早朝後，韋小寶進宮去侍候皇帝。康熙笑容滿面，心情極好，說道：「小桂子，有個好消息跟你說，尚可喜和耿精忠都奉詔撤藩，日內就動身來京了。」

韋小寶道：「恭喜皇上，尚耿二藩奉詔，吳三桂老傢伙一隻手掌拍不來手……」康熙笑道：「孤掌難鳴！」韋小寶道：「對，孤掌難鳴！咱們這就打他個落花流水。」康熙笑道：「倘若他也奉詔撤藩呢？」韋小寶一怔，說道：「那也好得很啊。他來到北京，皇上要搓他圓，他不敢扁，皇上要搓他扁，他說甚麼也圓不起來。」

康熙微笑道：「你倒也明白這個道理。」韋小寶道：「那時候，他好比，似蛟龍，困在沙灘，這叫做虎落平陽……」說到這裏，伸伸舌頭，在自己額頭上的一下，打了一記。康熙哈哈大笑，說道：「這叫做虎落平陽被你欺，那時候哪，別說他不敢得罪我，連你也不敢得罪啊。」韋小寶道：「是，是，那也好玩得緊。」

康熙道：「敕建揚州忠烈祠的文章，我已作好了，教翰林學士寫了，你帶去揚州刻在碑上。挑個好日子，這就動身罷。」韋小寶道：「是。如三藩都奉詔撤藩，這忠烈祠還是要建麼？」康熙道：「也不知吳三桂是不是奉詔。再說，褒揚忠烈，本是好事，就算吳三桂不造反，也是要辦的。」韋小寶答應了，閒談之際，說起建寧公主請求覲見。

康熙點點頭，吩咐太監，即刻宣建寧公主入見。

康熙興致極好，詳細問他羅剎國的風土人物，當時火槍手如何造反，蘇菲亞公主如何平亂，大小沙皇如何並立，說了一回，公主來到了上書房。

一見之下，公主便伏在康熙腳邊，抱住了他腿，放聲大哭，說道：「皇帝哥哥，我今後在宮裏陪著你，再也不回去了。」康熙撫著她頭髮，問道：「怎麼啦？額駙欺侮你麼？」公主哭道：「諒他也不敢，他……他……」說著又哭了起來。康熙心道：「你閹割了他，使他做不了你丈夫，這可是你自作自受。」安慰了她幾句，說道：「好啦，不用哭啦，你陪我吃飯。」

皇帝吃飯，並無定時，一憑心之所喜，隨時隨刻就開飯。當下御膳房太監開上御膳，韋小寶在旁侍候。他雖極得皇帝寵愛，卻也不能陪伴飲食。康熙賞了他十幾碗大菜，命太監送到他府中，回家後再吃。

公主喝得幾杯酒，紅暈上臉，眼睛水汪汪地，向著韋小寶一瞟一瞟。在皇帝跟前，韋小寶可不敢有絲毫無禮，眼光始終不和公主相接，一顆心怦怦亂跳，暗想：「公主酒後倘若漏了口風，給皇上瞧破，我這顆腦袋可不大穩當了。」他奉旨護送公主去雲南完婚，路上卻監守自盜，和公主私通，罪名著實不小，心下懊悔，實不該向皇帝提起公主要求覲見。

公主忽道：「小桂子，給我裝飯。」說著將空飯碗伸到他面前。康熙笑道：「你飯量倒好。」公主道：「見到皇帝哥哥，我飯也吃得下了。」韋小寶裝了飯，雙手恭恭敬敬捧著，放在公主面前桌上，公主左手垂了下去，重重在他大腿上扭了一把。韋小寶吃痛，卻不敢聲張，連臉上的笑容也不敢少了半分，只未免笑得尷尬，卻是無可如何了，心中罵道：「死婊子，幾時瞧我不重重的扭還你。」心中罵聲未歇，腦袋不由得向後一仰，卻是公主伸手到他背後，拉住了他辮子用力一扯。

這一下卻給康熙瞧見了，微笑道：「公主嫁了人，仍是這樣頑皮。」公主指著韋小寶，笑道：「是他，是他……」韋小寶心中大急，不知她會說出甚麼話來，幸喜公主只格格的笑了幾聲，說道：「皇帝哥哥，你名聲越來越好。我在宮裏本來不知道，這次去雲南，一路來回，聽得百姓們都說，你做皇帝，普天下老百姓的日子過得眞好。就是這小子哪，」說著向韋小寶白了一眼，道：「官兒也越做越大。只有你的小妹子，卻越來越倒霉。」

康熙本來心情甚好，建寧公主這幾句恭維又恰到好處，笑道：「你是妻憑夫貴，吳應熊他父子倆要是好好地聽話撤藩，天下太平，我答允你升他的官便是。」公主小嘴一撅，說道：「你升不升吳應熊這小子的官，不關我事，我要你升我的官。」康熙笑道：「你做甚麼官哪？」公主道：「小桂子說，羅剎國的公主做甚麼攝政女王。你就封我做大元帥，派我去打番邦罷。」康熙哈哈大笑，道：「女子怎能做大元帥？」公主道：「從前樊梨花、佘太君、穆桂英，那一個不是抓印把子做大元帥？爲甚麼她們能做，我就不能？你說我武藝不行，咱們就來比劃比劃。」說著笑嘻嘻的站起。

康熙笑道：「你不肯讀書，跟小桂子一般的沒學問，就淨知道戲文裏的故事。前朝女子做元帥，倒眞是有的。唐太宗李世民的妹子平陽公主，幫助唐太宗打平天下。她做元帥，統率的一支軍隊，叫做娘子軍，她駐兵的關口，叫做娘子關，那就厲害得很了。」

公主拍手道：「這就是了。皇帝哥哥，你做皇帝勝過李世民。我就學學平陽公主。小桂子，你學甚麼啊？學高力士呢？還是魏忠賢？」

康熙哈哈大笑，連連搖頭，說道：「又來胡說八道了。小桂子這太監是假的。再說，高力士、魏忠賢都是昏君手下的太監，你這可不是罵我嗎？」

公主笑道：「對不起，皇帝哥哥，你別見怪，我是不懂的。」想著「小桂子這太監是假的」這句話，瞟了韋小寶一眼，心頭不由得春意蕩漾，說道：「我該去叩見太后了。」

康熙一怔，心想：「假太后已換了眞太后，你的母親逃出宮去了。」他一直疼愛這個妹子，不忍令她難堪，說道：「太后這幾天身子很不舒服，不用去煩她老人家了，到慈寧宮外磕頭請安就是了。」公主答應了，道：「皇帝哥哥，我去慈寧宮，回頭再跟你說話。小桂子，你陪我去。」

韋小寶不敢答應。康熙向他使個眼色，命他設法阻攔公主，別讓她見到太后。韋小寶會意，點頭領旨，當下陪著公主往慈寧宮去。

韋小寶囑咐小太監先趕去慈寧宮通報。果然太后吩咐下來，身子不適，不用叩見了。公主不見母親很久，心中記掛，說道：「太后身子不舒服，我更要瞧瞧。」說著拔足便往太后寢殿中闖了進去。一眾太監、宮女那敢阻攔？韋小寶急道：「殿下，殿下，太后她老人家著了涼，吹不得風。」

公主道：「我慢慢進門，一點兒風也不帶進去。」推開寢殿門，掀起門帷，只見羅帳低垂，太后睡在床上，四名宮女站在床前。

公主低聲道：「太后，女兒跟你磕頭來啦。」說著跪了下來，輕輕磕了幾個頭。只聽得太后在帳中唔了幾聲。公主走到床邊，伸手要揭帳子，一名宮女道：「殿下，太后吩咐，誰也別驚動了太后。」公主點點頭，揭開了帳子一條縫，向內張去，只見太后面向裏床，似乎睡得很沉。公主低喚：「太后，太后。」太后一聲不答。

公主無奈，只得放下帳子，悄悄退出，心中一陣酸苦，忍不住哭了出來。

韋小寶見她沒瞧破眞相，心頭一塊大石落地，勸道：「公主住在京裏，時時好進宮來請安。待太后大好之後，再來慈寧宮罷。」公主覺得有理，當即擦乾了眼淚，道：「我從前的住處不知怎樣了，這就去瞧瞧。」說著便向自己的寢宮走去，韋小寶跟隨在後。

公主以前所住的寧壽宮便在慈寧宮之側，片刻間就到了。公主嫁後，寧壽宮由太監、宮女洒掃看守，一如其舊。

公主來到寢殿門口，見韋小寶笑嘻嘻站在門外，不肯進來，紅著臉道：「死太監，你怎不進來？」韋小寶笑道：「我這太監是假的，公主的寢殿進來不得。」公主一伸手，扭住了他耳朵，喝道：「你不進來，我把你這狗耳朵扭了下來。」用力一拉，將他扯進寢殿，隨手關上殿門，上了門閂。韋小寶嚇得一顆心突突亂跳，低聲道：「公主，在宮裏可不能亂來，我……我……這可是要殺頭的哪！」

公主一雙眼水汪汪地如要滴出水來，昵聲道：「韋爵爺，我是你奴才，我來服侍你。」雙臂一伸，緊緊將他抱住了。韋小寶笑道：「不，不可以！」公主道：「好，我去跟皇帝哥哥說，你在路上引誘我，叫我閹了吳應熊那小子，現下又不睬我了。」伸手在他腿上重重扭了一把。

過了良久良久，兩人才從寢宮中出來。公主滿臉眉花眼笑，說道：「皇上吩咐你說羅剎國公主的事給我聽，怎地沒說完就走了？」韋小寶道：「奴才筋疲力盡，再也沒力氣說了。」公主笑道：「下次你來跟我說去遼東捉狐狸精的事。」韋小寶斜眼相睨，低聲道：「奴才再也說不動了。」公主格格一笑，一反手，啪的一聲，打了他一記巴掌。

寧壽宮的太監宮女都是舊人，素知公主又嬌又蠻的脾氣，見她出手打人，均想：「公主嫁了人，老脾氣可一點沒改。韋伯爵是皇上最寵愛的大臣，她居然也伸手便打。」

兩人回到上書房去向康熙告辭。天已傍晚，見康熙對著案上的一張大地圖，正在凝神思索。公主道：「皇帝哥哥，太后身子不適，沒能見著，過幾天我再來磕頭請安。」康熙點頭道：「下次等她傳見，你再來罷。」右手指著地圖，問韋小寶道：「你們從貴州進雲南，卻從廣西出來，那一條路容易走些？」原來他是在參詳雲南的地形。

韋小寶道：「雲南的山可高得很哪，不論從貴州去，還是從廣西去，都難走得緊。多數的山路不能行車，公主坐轎，奴才就騎馬。」康熙點點頭，忽然想起一事，吩咐太監：「傳兵部車駕司郎中。」轉頭對公主道：「你這就回府去罷，出來了一整天，額駙在等你了。」

公主小嘴一撅，道：「他才不等我呢。」她有心想等齊了韋小寶一同出宮，在路上多說幾句話兒也是好的，但聽皇帝傳見臣工，有國事諮詢，說道：「皇帝哥哥，天這麼晚了，你還要操心國家大事，從前父皇可沒你這麼勤勞政務。」

康熙心中一酸，想起父皇孤另另的在五台山出家，說道：「父皇聰明睿智，他辦一個時辰的事，我三個時辰也辦不了。」

公主微笑道：「我聽大家都說，皇帝哥哥天縱英明，曠古少有，大家不敢說你強過了父皇，卻說是中國幾千年來少有的好皇帝。」

康熙微微一笑，說道：「中國歷來的好皇帝可就多了。別說堯舜禹湯文武，三代以下，漢文帝、漢光武、唐太宗這些明主，那也令人欣慕得很。」

公主見康熙話說之時，仍目不轉瞬的瞧著地圖，不敢多說，向韋小寶飛了一眼，手臂仍然垂著，手指向他指指，回過來向自己指指，意思說要他時時來瞧自己。韋小寶會意，微微頷首。當下公主向康熙行禮，辭了出去。

過了一會，康熙抬起頭來，說道：「那麼咱們所造的大砲只怕太重太大，山道上不易拖拉。」韋小寶一怔，隨即明白康熙是要運大砲去雲南打吳三桂，說道：「是，是。奴才胡裏胡塗，沒想到這一節。最好是多造小砲，兩匹馬拉得動的，進雲南就方便得多。」康熙道：「山地會戰，不能千軍萬馬的全陣衝殺，步兵比馬兵更加要緊。」

過不多時，兵部車駕司三名滿郎中、一名漢郎中一齊到來，磕見畢，康熙問道：「馬匹預備得怎樣了？」兵部車駕司管的是驛遞和馬政之事，當即詳細奏報，已從西域和蒙古買了多少馬匹，從關外又運到了多少馬匹，眼前已共有八萬五千餘匹良馬，正繼續購置飼養。康熙甚喜，嘉獎了幾句。四名郎中磕頭謝恩。

韋小寶忽道：「皇上，聽說四川、雲南的馬匹和口外西域的馬不同，身軀雖小，卻有長力，善於行走山道，也不知是不是。」康熙問四名郎中道：「這話可眞？」

那漢人郎中道：「回皇上：川馬、滇馬耐勞負重，很有長力，行走山道果然是好的。但平地上衝鋒陷陣，及不上口馬跟西域馬。因此軍中少用川馬、滇馬。」康熙向韋小寶望了一眼，問那郎中：「咱們有多少川馬、滇馬？」那郎中道：「回皇上：四川和雲南駐防軍中，川馬、滇馬不少，別地方就很少了。湖南駐防軍中有五百多匹。」康熙點了點頭，道：「出去罷。」

他不欲向臣下洩露布置攻滇的用意，待四名郎中退出後，向韋小寶道：「虧得你提醒。明日就得下旨，要四川總督急速採辦川馬。這件事可須做得十分隱秘才好。」

韋小寶忽然嘻嘻一笑，神色甚是得意。康熙問道：「怎麼啦？」韋小寶笑道：「吳額駙有一批滇馬，剛從雲南運來的，他誇口說這些馬長力極好。奴才不信，約好了要跟他賽上一賽。滇馬是不是眞有長力，待會兒賽過就知道了。」

康熙微笑道：「那你得跟他好好賽一賽，怎生賽法。」韋小寶道：「我們說好了一共賽十場，勝了六場的就算贏。」康熙道：「只賽十場，未必眞能知道滇馬的好處。你知道他有多少滇馬運來？」韋小寶道：「我看他馬廐之中，總有五六十匹，都是新運到的。」康熙道：「那你就跟他賽五六十場好了，要鬥長路，最好是去西山，跑山路。」見韋小寶臉色有點古怪，便道：「他媽的，沒出息，倘若輸了，采金我給你出好了。」

韋小寶不便直告皇帝，已在吳應熊馬厩中做下了手腳，這場比賽自己已贏了九成九，但一賽下來，皇帝如以爲滇馬不中用，將來行軍打仗，只怕誤了大事，微笑道：「那倒不是爲了采金……」

康熙忽然「咦」的一聲，說道：「滇馬有長力，吳應熊這小子，運這一大批滇馬到北京來幹甚麼？」韋小寶笑道：「他定是想出風頭，誇他雲南的馬好。」康熙皺起了眉頭，說道：「不對！這……這小子想逃跑。」韋小寶尚未明白，奇道：「逃跑？」

康熙道：「是了！」大聲叫道：「來人哪！」吩咐太監：「立即傳旨，閉緊九門，誰也不許出城，再傳額駙吳應熊入宮見朕。」幾名太監答應了出去傳旨。

韋小寶臉上微微變色，道：「皇上，你說吳應熊這小子如此大膽，竟要逃跑？」康熙搖了搖頭，道：「但願我所料不確，否則的話，立刻就得對吳三桂用兵，這時候咱們可還沒布置好。」韋小寶道：「咱們沒布置好，吳三桂也未必便布置好了。」康熙臉上深有憂色，道：「不是的。吳三桂還沒到雲南，就已在招兵買馬，起心造反了。他已搞了十幾年，我卻是這一兩年才著手大舉部署。」

韋小寶只有出言安慰：「不過皇上英明智慧，部署一年，抵得吳三桂部署二十年。」

康熙提起腳來，向他虛踢一腳，笑道：「我踢你一腳，抵得吳三桂那老小子踢你二十腳。他媽的，小桂子，你可別看輕了吳三桂，這老小子很會用兵打仗，李自成這麼厲害，都讓他打垮了。朝廷之中，沒一個將軍是他對手。」韋小寶道：「咱們以多爲勝，皇上派十個將軍出去，十個打他媽的一個。」康熙道：「那也得有個能幹的大元帥才成。我手下要是有個徐達、常遇春，或者是個沐英，就不用擔憂了。」韋小寶道：「皇上御駕親征，勝過了徐達、常遇春、沐英。當年明太祖打陳友諒，他也是御駕親征。」

康熙道：「你拍馬屁容易，說甚麼鳥生魚湯，英明智慧。眞的英明，第一就得有自知之明。行軍打仗，非同小可。我從來沒打過仗，怎能是吳三桂的對手？幾十萬兵馬，一個指揮失當，不免一敗塗地。前明土木堡之變，皇帝信了太監王振的話，御駕親征，幾十萬大軍，都教這太監給胡裏胡塗的搞得全軍覆沒，連皇帝也給敵人捉了去。」

韋小寶嚇了一跳，忙道：「皇上，奴才這太監可是假的。」康熙哈哈大笑，說道：「你不用害怕，就算你這太監是眞的，我又不是前明英宗那樣的昏君，會讓你胡來？」韋小寶道：「對，對！皇上神機妙算，非同小可，戲文中是說得有的，叫做……叫做甚麼甚麼之中，甚麼千里之外。」康熙笑道：「這句句子太難，不教你了。」

說了一會話，太監來報，九門提督已奉旨閉城。康熙正稍覺放心，另一名太監接著來奏：「額駙出城打獵未歸，城門已閉，不能出城宣召。」

康熙在桌上一拍，站起身來，叫道：「果然走了。」問道：「建寧公主呢？」那太監道：「回皇上：公主殿下還在宮裏，尙未回府。」康熙恨恨的道：「這小子，竟沒半點夫妻情份。」

韋小寶道：「皇上，奴才這就去追那小子回來。他說好今兒要跟奴才賽馬，忽然出城打獵，的確路道不對。」康熙問那太監：「額駙幾時出城去的？」那太監：「回皇上：奴才去額駙府宣旨，額駙府的總管說道，今兒一清早，額駙就出城打獵去了。」

康熙哼了一聲，道：「這小子定是今早得到尚可喜、耿精忠奉旨撤藩的訊息，料知他老子立時要造反，便趕快開溜。」轉頭對韋小寶道：「他已走了六七個時辰，追不上啦。他從雲南運來幾十匹滇馬，就是要一路換馬，逃回昆明。」

韋小寶心想：「皇上腦筋轉得好快，又料事如神，一聽到他運來大批滇馬，就料到他要逃走。」見康熙臉色不佳，不敢亂拍馬屁，忽然想起一事，說道：「皇上望安，奴才或許有法子抓這小子回來。」康熙道：「你有甚麼法子？胡說八道！倘若滇馬眞有長力，他離北京一遠，喬裝改扮，再也追不上了。」

韋小寶不知馬佚頭兒是否已給吳應熊那批滇馬吃了巴豆，不敢在皇帝面前誇下海口，說道：「食君之祿，忠君之事。奴才這就去追追看，眞的追不上，那也沒法子。」

康熙點頭道：「好！」提筆迅速寫了一道上諭，蓋上玉璽，命九門提督開城門放韋小寶出去，說道：「你多帶驍騎營軍士，吳應熊倘若拒捕，就動手打好了。」將調兵的金符交了給他。韋小寶道：「得令！」接了上諭，便向宮外飛奔出去。

公主正在宮門相候，見他快步奔出，叫道：「小桂子，你幹甚麼？」韋小寶叫道：「乖乖不得了，你老公逃了。」竟不停留，反奔得更快。公主罵道：「死太監，沒規沒矩的，快給我站住。」韋小寶叫道：「我給公主捉老公去，赴湯蹈火，在所不辭，披星戴月，馬不停蹄……」胡言亂語，早去得遠了。

韋小寶來到宮外，跨上了馬，疾馳回府，只見趙良棟陪著張勇等三將在花廳喝酒，立即轉身，召來幾十名親兵，喝令將張勇等三將拿下。衆親兵當下將三將綁了。

張勇凜然道：「請問都統大人，小將等犯了甚麼罪？」

韋小寶道：「有上諭在此，沒空跟你多說話。」說著將手中上諭一揚，一連串的下令：「調驍騎營軍士一千人，御前侍衛五十人，立即來府前聽令。預備馬匹。」親兵接令去了。

韋小寶對趙良棟道：「趙總兵，吳應熊那小子逃走了。吳三桂要起兵造反。咱們趕快出城去追。」趙良棟叫道：「這小子好大膽，卑職聽由差遣。」張勇、王進寶、孫思克三人大吃一驚，面面相覷。韋小寶對親兵道：「好好看守這三人。趙總兵，咱們走。」

張勇叫道：「韋都統，我們是西涼人，做的是大清的官，從來不是平西王的嫡系。我們三個以前在甘肅當武官，後來調到雲南當差，一直受吳三桂排擠。他調卑職三人離開雲南，就是明知我們三人不肯附逆，怕壞了他的大事。」韋小寶道：「我怎知你這話是眞是假？」孫思克道：「吳三桂去年要殺我頭，全憑張提督力保，卑職才保住了腦袋。我心中恨這老混蛋入骨。」張勇道：「卑職三人如跟吳應熊同謀，怎不一起逃走？」

韋小寶心想這話倒也不錯，沉吟道：「好，你們是不是跟吳三桂一路，回頭再細細審問。趙總兵，追人要緊，咱們走罷。」張勇道：「都統大人，王副將善於察看馬跡，滇馬的蹄形，他一看便知。」韋小寶點頭道：「這本事挺有用處。不過帶了你們去，路上倘若搗起蛋來，老子可上了你們大當。」

孫思克朗聲道：「都統大人，你把小將綁在這裏，帶了張提督和王副將去追。他二人若有異動，你回來一刀把小將殺了便是。」

韋小寶道：「好，你倒挺有義氣。這件事我有些拿不定主意。來來來，張提督，我跟你擲三把骰子，要是你贏，就聽你的，倘若我贏，只好借三位的腦袋使使。」也不等張勇有何言語，當即大聲叫道：「來人哪，拿骰子來！」

王進寶道：「小將身邊有骰子，你鬆了我綁，小將跟你賭便是。」

韋小寶大奇，吩咐親兵鬆了他綁縛。王進寶伸手入袋，果然摸了三枚骰子出來，喇喇喇一把擲在桌上，手法甚是熟練。韋小寶問：「你身邊怎地帶著骰子？」王進寶道：「小將生平最愛賭博，骰子是隨身帶的。要是沒人對賭，左手便同右手賭。」韋小寶更加興味盎然，問道：「自己的左手跟右手賭，輸贏怎生算法？」王進寶道：「左手輸了，右手便打左臂一拳；右手輸了，左手打右臂一拳。」韋小寶哈哈大笑，連說：「有趣，有趣。」又道：「老兄跟我志同道合，定是好人。來，快把這兩位將軍也都放了。王副將，我跟你擲三把，不論是輸是贏，你們都跟我去追吳應熊。若是我贏，剛才得罪了三位這件事，就此抵過。如是你贏，我向三位磕頭賠罪。」張勇等三人哈哈大笑，都說：「這個可不敢當。」

韋小寶拿起骰子，正待要擲，親兵進來稟報，驍騎營軍士和御前侍衛都已聚集，在府外候令。韋小寶收起骰子，道：「事不宜遲，咱們追人要緊。四位將軍，這就去罷！」帶了張勇、趙良棟等四人，點齊驍騎營軍士和御前侍衛，向南出城追趕。

王進寶在前帶路，追了數里，下馬瞧了瞧路上馬蹄印，說道：「都統大人，奇怪得很，這一行折而向東去了。」韋小寶道：「這倒怪了，他逃回雲南，該當向南去才是。好，大夥兒向東。」趙良棟心下起疑：「向東逃去，太沒道理。莫非王進寶故意引我們走上錯路，好讓吳應熊逃走？」說道：「都統大人，可否由小將另帶一路人馬向南追趕？」

韋小寶向王進寶瞧去，見他臉有怒色，便道：「不用了，大夥兒由王副將帶路好了。滇馬是他養的，他不會認錯。」吩咐親兵，取兵刃由張勇等三人挑選。

張勇拿了一桿大刀，說道：「都統大人年紀雖輕，這胸懷可真了不起。我們是從雲南來的軍官，吳三桂造反，都統大人居然對我們推心置腹，毫不起疑。」

韋小寶笑道：「你不用誇獎。我這是押寶，所有銀子，都押在一門。贏就大贏，既抓到吳應熊，又交了你們三位好朋友。輸就大輸，至不濟給你老兄一刀砍了。」

張勇大喜，道：「我們西涼的好男兒，最愛結交英雄好漢。承蒙韋都統瞧得起，姓張的這一輩子給你賣命。」說著投刀於地，向韋小寶拜了下去。王進寶和孫思克跟著拜倒。

韋小寶跳下馬來，在大路上跪倒還禮。

四人跪拜了站起身來，相對哈哈大笑。韋小寶道：「趙總兵，你也請過來，大夥兒拜上一拜，今後就如結成了兄弟一般，有福共享，有難同當。」趙良棟道：「我可信不過這個王副將，等他抓到了吳應熊，我再跟他拜把子。」王進寶怒道：「我官階雖低，卻也是條好漢子，希罕跟你拜把子嗎？」說著一躍上馬，疾馳向前，追蹤而去。

向東馳出十餘里，王進寶跳下馬來，察看路上蹄印和馬糞，皺眉道：「奇怪，奇怪。」張勇忙問：「怎麼啦？」王進寶道：「馬糞是稀爛的，不知是甚麼緣故，這不像是咱們滇馬的馬糞。」韋小寶一聽大喜，哈哈大笑，說道：「這就是了，貨眞價實，童叟無欺，這的的確確是吳應熊的馬隊。」王進寶沉吟道：「蹄印是不錯的，就是馬糞太過奇怪。」韋小寶道：「不奇怪，不奇怪！滇馬到了北京，吃的草料不同，水土不服，一定要拉爛屎，總得拉上七八天才好。只要馬糞是稀爛的，那定是滇馬。」

王進寶向他瞧了一眼，見他臉色詭異，似笑非笑，不由得將信將疑，繼續向前追蹤。又奔了一陣，見馬跡折向東南。張勇道：「都統大人，吳應熊要逃去天津衛，從塘沽出海。他在海邊定是預備了船隻，從海道去廣西，再轉雲南，以免路上給官軍截攔了。」韋小寶點頭道：「對！從北京到昆明，十萬八千里路程，隨時隨刻會給官兵攔住，還是從海道去平安得多。」張勇道：「咱們可得更加快追。」韋小寶問道：「爲甚麼？」張勇道：「從京城到海邊，只不過幾百里路，他不必體卹馬力，儘可拚命快跑。」韋小寶道：「是，是。張大哥料事如神，果然是大將之才。」張勇聽他改口稱呼自己爲「大哥」，心下更喜。

韋小寶回頭傳令，命一隊驍騎營加急奔馳，去塘沽口水師傳令，封鎖海口，所有船隻不許出海。又吩咐沿途見到官軍便即傳令，阻截吳應熊等一行。一名佐領接了將令，領兵去了。

過不多時，只見道旁倒斃了兩匹馬匹，正是滇馬。張勇喜道：「都統大人，王副將帶的路徑果然不錯。」王進寶卻愁眉苦臉，神色甚爲煩惱。韋小寶道：「王三哥，你爲甚麼不開心？」王進寶心想：「我又不是行三，怎麼叫我三哥？」說道：「小將養的這些滇馬，每一匹都是千中挑一的良駒，怎地又拉稀屎，又倒斃在路？就算吳應熊拚命催趕，馬匹也不會如此不濟！唉，眞可惜，眞可惜！」

韋小寶知他愛馬，更不敢提偷餵巴豆之事，說道：「吳應熊這小子只管逃命，累死了好馬，枉費了王三哥一片心血，他媽的，這小子不是人養的。」王進寶道：「都統大人怎地叫小將王三哥，這可不敢當。」韋小寶笑道：「張大哥、趙二哥、王三哥、孫四哥，我瞧那一位的鬍子花白些，便算他年紀大些。」王進寶道：「原來如此。吳三桂一家人，沒一個是好種。當兵的不愛馬，總是沒好下場。」說著唉聲嘆氣。

行不數里，又見三匹馬倒斃道旁，越走死馬越多。張勇忽道：「都統大人，吳應熊的馬吃壞了東西，跑不動了。可得防他下馬，逃入鄉村躲避。」韋小寶道：「張大哥甚麼事都料早了一著，兄弟佩服之極。」當即傳令驍騎營，分開了包抄上去。

果然追不數里，北邊一隊驍騎營大聲歡叫：「抓住了吳應熊啦！」

韋小寶等大喜，循聲趕去，遠遠望見大路旁的麥田之中，數百名驍騎營軍士圍成一圈。這一帶昨天剛下了雨，麥田中一片泥濘。韋小寶等縱馬馳近，衆軍士已押著滿身泥污的幾人過來。當先一人正是吳應熊，只是身穿市井之徒服色，那還像是雍容華貴的金馬玉堂人物？

韋小寶跳下馬來，向他請了個安，笑道：「額駙爺，你扮戲文玩兒嗎？皇上忽然心血來潮，要想聽戲，吩咐小的來傳。你這就去演給皇上看，那可挺合式。哈哈，你扮的是個叫化兒，這可不是『金玉奴棒打薄情郎』中的莫稽麼？」

吳應熊早已驚得全身發抖，聽著韋小寶調侃，一句話也答不出來。

韋小寶興高采烈，押著吳應熊回京，來到皇宮時已是次日午間。康熙已先得到御前侍衛飛馬報知，立即傳見。韋小寶泥塵滿臉，故意不加抹拭。

康熙一見，自然覺得此人忠心辦事，勞苦功高之極，伸手拍他肩頭，笑問：「他媽的，小桂子，你到底有甚麼本事，居然將吳應熊抓了回來？」

韋小寶不再隱瞞，說了毒馬的詭計，笑道：「奴才本來只盼贏他一萬兩銀子，教他不敢誇口，同時奴才有錢花用，給皇上差去辦事的時候，也不用貪污了。那知道皇上洪福齊天，奴才胡鬧一番，居然也令吳三桂的奸計不能得逞。可見這老小子如要造反，準敗無疑。」

康熙哈哈大笑，也覺這件事冥冥中似有天意，自己福氣著實不小，笑道：「我是有福的天子，你是福將，這就下去休息罷。」韋小寶道：「吳應熊這小子已交御前侍衛看管，聽由聖意處份。」康熙沉吟道：「咱們暫且不動聲色，仍然放他回額駙府去，且看吳三桂有何動靜。最好他得知兒子給抓了回來，我又不殺他，就此感恩，不再造反。」

韋小寶道：「是，是。皇上寬宏大量，鳥生魚湯。」

康熙道：「你派一隊驍騎營，前後把守額駙府門，有人出入，仔細盤查。他府裏的驃馬都拉了出來，一匹不留。」他說一句，韋小寶答應一句。康熙道：「這次的有功人員，你開單奏上，各有升賞，連那放巴豆的馬伕頭兒，也賞他個小官兒做做，哈哈。」

韋小寶跪下謝恩，將張勇、趙良棟、王進寶、孫思克四人的名字說了，又道：「張勇等三將是雲南的將領，但也明白效忠皇上，出力去抓吳應熊，可見吳三桂如想造反，他麾下將官必定紛紛投降。」康熙道：「張勇和那兩員副將不肯附逆，那好得很。張勇本來是甘肅的提督，另外兩員副將多半也不是吳三桂的舊部。」韋小寶道：「皇上聖明。」

韋小寶出得宮來，親自將吳應熊押回額駙府，說道：「駙馬爺，我在皇上面前替你說了不少好話，才保住了你這顆腦袋。你下次再逃，可連我的腦袋也不保了。」吳應熊連聲稱謝，心中不住咒罵，只是數十匹好馬如何在道上接連倒斃，以致功敗垂成，這道理卻始終不懂。

數日後朝旨下來，對韋小寶、張勇等獎勉一番，各升一級。康熙不欲張揚其事，以致激得吳三桂生變，因此上諭中含糊其事，只說各人辦事得力。連韋小寶的馬伕頭兒，也升了做把總。

吳應熊這麼一逃，康熙料知吳三桂造反已迫在眉睫，總算將吳應熊抓了回來，使他心有所忌，或能將造反之事緩得一緩。康熙這些日子來調兵遣將，造砲買馬，十分忙碌，只是庫房中銀兩頗有不足，倘若三藩齊反，再加上臺灣、蒙古、西藏三地，同時要對付六處兵馬，那時軍費花用如流水一般，支付著實不易，只要能緩得一日，便多了一天來籌餉備糧。

康熙心想多虧韋小寶破了神龍島，又籠絡了羅剎國，神龍島那也罷了，羅剎國卻實是大敵，此人不學無術，卻是一員福將，於是下了上諭，著他前赴揚州建造忠烈祠，暗中囑咐，南下時繞道河南，剿滅王屋山司徒伯雷的匪幫，除了近在肘腋的心腹之患。韋小寶奏請張勇等四將撥歸麾下，康熙自即准奏。

這日韋小寶帶同張勇等四將正要起行，忽然施琅、黃甫以及天地會的徐天川、風際中等一齊來到。相見之下，盡皆歡喜。原來韋小寶中了洪教主的美人計遭擒，施琅等倒不是不敢回來，卻是每日裏乘坐艦隻，在各處海島尋覓，盼能相救。徐天川等更分赴遼東、直隸、山東三省沿海陸上尋訪，直到接到韋小寶從京裏發出的訊息，這才回京相會。

韋小寶自不說遭擒的醜事，胡言亂語的掩飾一番。施琅等心中不信，卻也不敢多問。韋小寶又去奏明皇帝，說了施琅等人的功績，各人俱有封賞。徐天川等天地會兄弟不受清廷官祿，韋小寶自也不提。衆人在北京大宴一日，次日一齊起程。

不一日來到王屋山下，韋小寶悄悄對天地會兄弟說知，要去剿滅司徒伯雷。衆人都吃了一驚。李力世道：「韋香主，這件事卻幹不得。司徒伯雷志在興復明室，是一位大大的英雄好漢。咱們如去把王屋山挑了，那可是爲韃子出力。」

韋小寶道：「原來如此，我瞧司徒老兒那些徒兒，果然很有英雄氣概。可是我奉聖旨來剿王屋山，這件事倒爲難了。」

玄貞道人道：「韋香主在朝廷的官越做越大，只怕有些不妥。依我說，咱們跟司徒伯雷聯手，這就反了罷。」祁彪淸搖頭道：「咱們第一步是借韃子之手，對付吳三桂這大漢奸。韋香主如在這時候造反，說不定韃子皇帝又去跟吳三桂聯成一氣，那可功虧一簣了。」韋小寶原不想對康熙造反，一聽這話，忙道：「對，對！咱們須得幹掉吳三桂再說，那是第一等大事。司徒伯雷只不過幾百人聚在王屋山，小事一件，不可因小失大。」

徐天川道：「眼前之事，是如何向韃子皇帝搪塞交代。再說，韃子皇帝有心在揚州爲史閣部建忠烈祠，這件事，咱們也不能把他弄糟了。」史可法赤膽忠心，爲國殉難，天下英雄豪傑無不欽佩。天地會羣雄聽徐天川一說，都點頭稱是。至於如何向皇帝交代敷衍，誰也及不上韋小寶的本事了，衆人都眼望他，聽由他自己出主意。

韋小寶笑道：「旣然王屋山打不得，咱們就送個信給司徒老兒，請他老哥避開了罷。」衆人沉吟半晌，均覺還是這條計策可行。韋小寶想起那日擲骰子賭命，王屋派那小姑娘曾柔微圓的臉蛋，大大的眼睛，甚爲秀美可愛，心想：「我跟司徒老兒又沒交情，要送人情，還不如送了給曾姑娘。」

正在此時，張勇和趙良棟分別遣人來報，已將王屋山團團圍住，四下通路俱已堵死。原來韋小寶一入河南省境，便將圍剿王屋山的上諭悄悄跟張勇、趙良棟等四將說了。四將不動聲色，分別帶領人馬，把守了王屋山下各處通道要地，只待接令攻山。四將跟隨韋小寶後，只憑擒拿吳應熊這樣輕而易舉的一件差事，便各升官，都很感激，只盼這次出力立功，在各處通道上遍掘陷坑，布滿絆馬索。弓箭手、鉤鐮槍手守住了四面八方，要將山上人衆個個擒拿活捉，不讓走脫了一個。四將均想：「五千多名官兵，攻打山上千來名土匪，勝了有甚麼希奇？只有不讓一人漏網，才算有點兒小小功勞。」

韋小寶心想：「將司徒伯雷他們一古腦兒捉了，也不是甚麼大功，天地會衆兄弟又極不贊成。江湖上好漢，義氣爲重，可不能得罪了朋友。」正自尋思如何向曾柔送信、放走王屋派衆師徒，忽聽得東面鼓聲響動，衆軍士喊聲大作。跟著哨探來報，山上有人衝殺下來。

韋小寶心想：「三軍之前，可不能下令放人，只有捉住了再說，慢慢設法釋放便是。」傳令：「個個要捉活的，一人都不許殺傷。」親兵傳令出去。韋小寶又加上一句：「尤其是女的，更加不可傷了。」一瞥眼見到徐天川、錢老本等人的神色，不禁臉上微微一紅，心道：「你們放心，這次不會再像神龍島那樣，中美人計遭擒了。」

他帶了天地會羣雄，走向東首山道邊觀戰，只見半山裏百餘人衆疾衝而下。官兵得了主帥將令，不敢放箭，只擁上阻攔，但聽得吆喝聲此伏彼起，衝下來的人一個個落入陷坑，給鉤鐮槍手鉤起捉了。韋小寶想看曾柔是不是也拿住了，但隔得遠了，瞧不清楚。

忽見一人縱躍如飛，從一株大樹躍向另一株大樹，竄下山來。官兵上前攔阻，那人矯捷之極，竟阻他不住。玄貞道人讚嘆：「好身手！」

這人漸奔漸近，眼見再衝得數十丈便到山腳。錢老本道：「這人武功如此了得，莫非就是司徒伯雷麼？」徐天川道：「除了司徒老英雄，只怕旁人也無這等……」一言未畢，孫思克突然叫道：「這人好像是吳三桂的衛士。」說話之間，那人又已竄近了數丈。

韋小寶叫道：「先抓住他再說！」天地會羣雄紛向那人圍了上去。

那人手舞鋼刀，每一揮動，便砍翻了一名軍士。孫思克挺著長槍迎上，看清楚了面貌，叫道：「巴朗星，你在這裏幹甚麼？」這人正是吳三桂身邊的親信衛士巴朗星。他大聲叫道：「我奉平西親王將令，爲朝廷除害，殺了反賊司徒伯雷。你們爲甚麼阻我？」

徐天川等一聽，都大吃一驚，只見他腰間懸著一顆血肉模糊的頭顱，也不知是不是司徒伯雷。衆人一擁而上，團團圍住。

孫思克道：「韋都統在此，放下兵刃，上去參見，聽由都統大人發落。」

巴朗星道：「好！」將刀插入刀鞘，快步向韋小寶走去，大聲道：「參見都統大人。」韋小寶道：「你在這裏……」巴朗星突然急躍而起，雙手分抓韋小寶的面門胸口。

韋小寶大叫：「啊喲！我的媽！」轉身便逃。巴朗星武功精強，嗤的一聲，左手已扯下了他背上一片衣衫，右手往他頭頂抓落，突覺右側一足踢到，來勢極快。巴朗星側身避開，那人跟著迎面一掌，正是風際中。巴朗星舉掌擋格，身子一晃，突覺後腰一緊，已給徐天川抱住。錢老本伸指戳在他胸口，巴朗星哼了一聲。風際中左腿橫掃，巴朗星站立不定，倒了下去。錢老本將他牢牢按住，親兵過來綁了，推到韋小寶跟前。

巴朗星大聲道：「平西王大兵日內就到，那時叫你們一個個死無葬身之地，識時務的，這就快快投降。」韋小寶笑道：「平西王起兵了嗎？我倒不知道啊。他老人家身體好罷？」巴朗星見他神態和善，一時不明他用意，說道：「欽差大臣，你到過昆明，平西王也很看重你。你是聰明人，幹麼做韃子的奴才？還是早早歸順平西王罷。」徐天川在他屁股上踢了一腳，喝道：「吳三桂這大漢奸卑鄙無恥，你做他的奴才，更加無恥。」

巴朗星大怒，轉頭一口唾沫，向徐天川吐去。徐天川側身避過，這口唾沫吐中一名親兵的臉。韋小寶道：「巴老兄，有話好說，不必生氣。你要我歸降平西王，也不是不好商量。你到王屋山來貴幹啊？」巴朗星道：「跟你說了也不打緊，反正司徒伯雷我已殺了。」說著向掛在腰間的首級瞧了一眼。韋小寶道：「平西王爲甚麼要殺他？」巴朗星道：「你跟我去見平西王，他老人家自然會跟你說。」

徐天川等人大怒，拔拳要打。韋小寶使眼色制住，命親兵將巴朗星推入營中盤問。

豈知這人十分倔強，對吳三桂又極忠心，不住勸韋小寶降吳，此外不肯吐露半句。搜他身邊，搜出一封蓋了朱紅大印的文書來。韋小寶命人一讀，原來是吳三桂所發的僞詔，封司徒伯雷爲「開國大將軍」，問他這文書的來歷，巴朗星瞪目不答。韋小寶眼見問不出甚麼，吩咐押了下去，將擒來的餘人拷打喝問，終於有人吃打不過，說了出來。

原來吳三桂部署日內起兵造反，派了親信巴朗星帶了一小隊手下，去見舊部司徒伯雷，要他響應，囑咐巴朗星，司徒伯雷倘若奉令，再好不過，否則就將他殺了，以防走漏密謀。司徒伯雷聽說要起兵反淸，十分歡喜，立即答允共襄義舉，可是一問詳情，才知吳三桂不是要興復明室，而是自己要做皇帝，這「開國大將軍」的封號，更說得再也明白不過。司徒伯雷不肯接奉僞詔，要巴朗星回去告知吳三桂，倘若擁戴明帝後代，他決爲前驅，萬死不辭。但吳三桂當年殺害桂王，現下自己再想做皇帝，天下忠於明朝的志士決計不肯歸附。

巴朗星勸了幾句，司徒伯雷拍案大罵，說吳三桂斷送漢家江山，萬惡不赦，倘若改過自新，尚可將功贖罪，否則定當食其肉而寢其皮。巴朗星便不再說，當晚乘著司徒伯雷不備，突然將他刺死，割了他首級，率領同黨逃下山來。王屋派衆弟子出乎不意，追趕不及。不料官兵正在這時圍山，吳三桂的部屬一網遭擒。巴朗星突向韋小寶襲擊，用意是要擒住主帥，作爲要挾，以便脫逃。

韋小寶問明詳情，召集天地會羣雄密議。李力世道：「韋香主，司徒老英雄忠肝義膽，不幸喪命奸人之手，咱們可得好好給他收殮才是。」韋小寶道：「我倒有個主意在此。」於是將心中的計議說了。衆人一齊鼓掌稱善，當下分頭預備。

這日官兵並不攻山。王屋派人衆亦因首領被戕，亂成一團，只嚴守山口。

次日一早，韋小寶率領了天地會羣雄及一隊驍騎營官兵，帶備各物，來到半山，命官兵駐紮待命，自行與徐天川等及親兵上山。

行出里許，只見十餘名王屋派弟子手執兵刃，攔在當路。徐天川單身上前，雙手呈上一張素帖，帖上寫的是：「晚生韋小寶，率同李力世、祁彪淸、玄貞道人、樊綱、風際中、錢老本、高彥超等，謹來司徒老英雄靈前致祭。」王屋派弟子見來人似無敵意，後面有人抬了一具棺材，又有香燭、紙錢等物，不禁大爲奇怪，說道：「各位稍待，在下上去稟報。」當下一人飛奔上山，餘人仍嚴密守住山路。韋小寶等退開數十步，坐在山石上休息。

過不多時，山上走下數十人來，當先一人正是昔日會過的司徒鶴。他是司徒伯雷之子，山上首領逝世，王屋派就由他當家作主了。韋小寶一雙眼骨溜溜的只瞧他身後，只見一個姑娘身形苗條，頭戴白花，正是曾柔，不由得心中一陣歡喜。

司徒鶴朗聲道：「各位來到敝處，有甚麼用意？」說著手按腰間劍柄。錢老本上前抱拳說道：「敝上韋君，得悉司徒老英雄不幸爲奸人所害，甚是痛悼，率領在下等人，前來到老英雄靈前致祭。」司徒鶴遠遠向韋小寶瞧了一眼，說道：「他是韃子朝廷的官員，率領官兵圍山，定然不懷好意。你們想使奸計，我們可不上你這個當。」

錢老本道：「請問殺害司徒老英雄的兇手是誰？」司徒鶴咬牙切齒的道：「是吳三桂的衛士巴朗星，還有他手下的一批惡賊。」錢老本點頭道：「司徒少俠不信敝上的好意，這也難怪。我們先把祭品呈上。」回頭叫道：「帶上來！」

兩名親兵推著一人緩緩上來。這人手上腳上都鎖了鐵鍊，頭上用一塊黑布罩住。王屋派衆弟子都大爲奇怪，不知對方搗甚麼鬼。那人走到錢老本身後，親兵便拉住了鐵鍊，不讓他再走。錢老本道：「司徒少俠請看！」一伸手，拉開那人頭上罩著的黑布，只見那人橫眉怒目，正是巴朗星。

王屋派衆弟子一見，紛紛怒喝：「是這奸賊！快把他殺了！」嗆嗆啷啷聲響，各人挺起兵刃，便要將巴朗星亂劍分屍。

司徒鶴雙手一攔，阻住各人，說道：「且慢！」抱拳向錢老本問道：「閣下拿得奸人，不知要如何處置？」錢老本道：「敝上對司徒老英雄素來敬仰，那日和司徒少俠又有一面之緣，今日拿到這行兇奸人，連同他所帶的一衆惡賊，盡數要在司徒老英雄靈前千刀萬剮，以慰老英雄在天之靈。」司徒鶴一怔，暗想天下那有這樣的好事？側頭瞧著巴朗星，心中將信將疑，尋思：「韃子狡獪，定有奸計。」

巴朗星突然破口大罵：「操你奶奶，你看老子個鳥，你那老傢伙都給老子殺了……」錢老本右手一掌擊在他後心，左足飛起，踢在他臀上。巴朗星手足受縛，難以避讓，身子向前直跌，摔在司徒鶴身邊，再也爬不起來。

錢老本道：「這是敝上的一件小小禮物，這奸人全憑閣下處置。」回頭叫道：「都帶上來。」一隊親兵押著百餘名身繫銬鐐的犯人過來，每人頭上都罩著黑布。黑布揭去，露出面目，盡是巴朗星的部屬。錢老本道：「請司徒少俠一併帶去罷。」

到此地步，司徒鶴更無懷疑，向著韋小寶遙遙一躬到地，說道：「尊駕盛情，敝派感激莫名。」尋思：「他放給我們這樣一個大交情，不知想要我們幹甚麼，難道要我們投降韃子嗎？這可萬萬不能。」

韋小寶快步上前還禮，說道：「那天跟司徒兄、曾姑娘賭了一把骰子，一直記在心裏，只想那一天再來玩一手。」指著身後那具棺木，說道：「司徒老英雄的遺體，便在這棺木之中，便請抬上山去，縫在身軀之上安葬罷。」

司徒伯雷身首異處，首級給巴朗星帶了下山，王屋派眾弟子無不悲憤已極。司徒鶴仍恐有詐，走近棺木，見棺蓋並未上榫，揭開一看，果見父親的首級赫然在內，不由得大慟，拜伏在地，放聲大哭。其餘弟子見他如此，一齊跪倒哀哭。

司徒鶴站起身來，叫過四名師弟，抬了棺木上山，對韋小寶道：「便請尊駕赴先父靈前上一炷香。」韋小寶道：「自當去向老英雄靈前磕頭。」命衆親兵在山口等候，只帶了雙兒和天地會兄弟，隨著司徒鶴上山。

韋小寶走到曾柔身邊，低聲道：「曾姑娘，你好！」曾柔臉上淚痕未乾，一雙眼哭得紅紅地，更顯楚楚可憐，抬起頭來，抽抽噎噎的道：「你……你是花差……花差將軍？」韋小寶大喜，道：「你記得我名字？」曾柔低頭嗯了一聲，臉上微微一紅。

她臉上這麼一紅，韋小寶心中登時一蕩：「她爲甚麼見了我要臉紅？『男人笑咪咪，不是好東西，女人面孔紅，心裏想老公。』莫非她想我做她老公？不知我給她的骰子還在不在？」低聲問道：「曾姑娘，上次我給你的東西，你還收著嗎？」曾柔臉上又是一紅，轉開了頭，問道：「甚麼東西？我忘啦！」韋小寶好生失望，嘆了口氣。曾柔回過頭來，輕輕一笑，低聲道：「彆十！」韋小寶大喜，不由得心癢難搔，低聲道：「我是彆十，你是至尊！」曾柔不再理他，快步向前，走到司徒鶴身畔。

那王屋山四面如削，形若王者車蓋，以此得名，絕頂處稱爲天壇，東有日精峯，西有月華峯。一行人隨著司徒鶴來到天壇以北的王母洞。一路上蒼松翠柏，山景清幽。王屋山於道書中稱「清虛小有洞天」，天下三十六洞天中名列第一，相傳爲黃帝會王母之處。王屋派人衆聚居於王母洞及附近各洞之中，冬暖夏涼，勝於屋宇。

司徒伯雷的靈位設在王母洞中。弟子將首級和身子縫上入殮。

韋小寶率領天地會衆兄弟在靈前上香致祭，跪下磕頭，心想：「要討好曾姑娘，須得越悲哀越好。」裝假哭原是他的拿手好戲，想起在宮中數次給老婊子毆擊的慘酷、爲洪教主所擒後的驚險、一再遭方怡欺騙的倒霉、阿珂只愛鄭克塽的無可奈何，不由得悲從中來，放聲大哭。初哭時尚頗勉強，這一哭開頭，便即順理成章，越哭越悲切，大聲道：「司徒老英雄，晚輩久聞你是一位忠臣義士，大大的英雄好漢。當年見到你公子的劍法，更知你武功了得，只盼能拜在你的門下，做個徒子徒孫，學幾招武功，也好在江湖上揚眉吐氣。那知你老人家爲奸人所害，嗚嗚……嗚嗚……眞叫人傷心之極了。」

司徒鶴、曾柔等本已傷心欲絕，聽他這麼一哭，登時王母洞中哭聲震天，哀號動地。徐天川、錢老本等本來不想哭的，也不禁爲衆人悲戚所感，洒了幾滴眼淚。

韋小寶搥胸頓足的大哭不休，反是王屋派弟子不住勸慰，這才收淚。他將巴朗星拉了過來，取過一柄鋼刀，交在司徒鶴手裏，說道：「司徒少俠，你殺了這奸賊，爲令尊報仇。」

司徒鶴一刀割下巴朗星的首級，放上供桌。王屋派弟子齊向韋小寶拜謝大恩。

本來韋小寶小小年紀，原也想不出這個收買人心的計策，那是他從〈臥龍弔孝〉這齣戲中學來的。三國周瑜給諸葛亮氣死後，諸葛亮親往柴桑口致祭，哭拜盡哀，引得東吳諸將人人感懷。幸好戲中諸葛亮所唸的祭文太長，辭句又太古雅，韋小寶一句也記不得，否則在王屋山上依樣葫蘆的唸了出來，可就立時露出狐狸尾巴了。

這麼一來，王屋派諸人自然對韋小寶感恩戴德，何況當日他將司徒鶴等擒住之後，贈銀釋放，賣過一番大大的交情。但他是淸廷貴官，何以如此，衆人始終不解。錢老本將司徒鶴叫在一旁，說明自己一夥人乃天地會青木堂兄弟。但韋小寶在朝廷爲官，他的身分卻不能吐露，只怕一有洩漏，壞了大事，只含糊其辭，說他爲人極有義氣，「身在曹營心在漢」，衆兄弟都當他是好朋友。司徒鶴一聽之下，恍然大悟，更連連稱謝，其時語出至誠，比之適才心中疑慮未釋，又是不同了。

跟著談起王屋派今後出處，司徒鶴說派中新遭大喪，又逢官兵圍山，也沒想過這回事。錢老本微露招攬之意。天地會在江湖上威名極盛，隱爲當世反淸復明的領袖，王屋派向來敬慕，又是志同道合。司徒鶴一聽大喜，便與派中耆宿及諸師兄弟商議，人人贊同。他當即向錢老本請求加盟。錢老本這時才對他明言，韋小寶實是青木堂的香主。

當日下午，天地會青木堂在王母洞中大開香堂，接引王屋派諸人入會。衆人拜過香主，便都是韋小寶的部屬了。他心中歡喜，飲過結盟酒後，便想開賭，和新舊兄弟大賭一場。李力世、錢老本等連忙勸阻，說道興高采烈的賭錢，未免對剛逝世的司徒伯雷不敬。

韋小寶賭不成錢，有些掃興，問起王屋派的善後事宜。李力世道：「王屋山在山西、河南兩省交界，不屬咱們青木堂管轄。按照本會規矩，越界收兄弟入會，是不妨的，但各堂兄弟不能越界辦事，最好司徒兄弟各位移去直隸省居住。」錢老本道：「韃子皇帝差韋香主來攻打王屋山，司徒兄弟各位今後不在王屋山了，韋香主就易於上報。」司徒鶴道：「正是，小弟謹遵各位大哥吩咐。」

韋小寶道：「司徒大哥，現下我們要去揚州，給史閣部起一座忠烈祠。這祠堂起好，大夥兒就去打吳三桂了。」

司徒鶴站起身來，大聲道：「韋香主去打吳三桂，屬下願為前鋒，率同師兄弟姊妹，跟吳三桂這惡賊拚個死活，為先父報仇雪恨。」

韋小寶喜道：「那再好也沒有了，各位這就隨我去揚州罷。只不過須得扮作韃子官兵，委屈了一些。」司徒鶴道：「為了打吳三桂，再大的委屈也所甘心。韋香主做得韃子官，我們自也做得韃子兵。何況李大哥、徐大哥各位，不也都扮作了韃子兵嗎？」

當晚眾人替司徒伯雷安葬後，收拾下山。會武功的男子隨著韋小寶前赴揚州。老弱婦孺則到保定府擇地安居，該處有天地會青木堂的分舵，自有人妥為照應。

韋小寶對張勇等言道，王屋山匪徒眼見大軍圍住，情知難以脫逃，經一番開導，大家一起歸降。他已予以招安，收編為官兵。張勇等齊向他慶賀，說道都統兵不血刃，平定了王屋山的悍匪，立下大功。韋小寶道：「這是四位將軍之功，若不是你們團團圍住，衆匪插翅難飛，他們也決不肯投降。待兄弟申報朝廷，各有升賞。」四將大喜，知兵部尙書明珠對他竭力奉承，只要是韋都統申報的功勞，兵部一定從優叙議。

韋小寶初時就心曾柔跟隨王屋派婦孺，前赴保定府安居，如指定要她同去揚州，可有點說不出口。待見她換上男裝，與司徒鶴等同行，心中說不出的歡喜。一路之上，他總想尋個機會，跟她親熱一番。可是曾柔和衆位師兄寸步不離，見到了他，只靦靦腆腆的微笑不語。韋小寶想要和她說句親熱話兒，始終不得其便，不由得心癢難搔。倘若他只是淸軍主帥，早就假公濟私，調這小親兵入營侍候，但身爲天地會香主，調戲會中婦女乃是厲禁，衆兄弟面上也不好看，只有乾咽饞涎，等候機會了。

韋小寶突覺後腦一緊，給人拉住辮子，提了起來，跟著喉頭氣窒，那人左手叉在他頸中，臉色似笑非笑，低聲喝道：「小混蛋，你好大膽，居然連我也敢戲耍！」

第三十九回　先生樂事行如櫛　小子浮蹤寄若萍

沿途官員迎送，賄賂從豐。韋小寶自然來者不拒，迤邐南下，行李日重。跟天地會兄弟們說起，就道我們敗壞韃子的吏治，賄賂收得越多，百姓越是抱怨，各地官員名聲不好，將來起兵造反，越易成功，等於是「反淸復明」。徐天川等深以爲然。

不一日來到揚州。兩江總督麻勒吉、江寧巡撫馬佑以下，布政使、按察使、學政、淮揚道、糧道、河工道、揚州府知府、江都縣知縣以及各級武官早已得訊，迎出數里之外。

欽差行轅設在淮揚道道台衙門，韋小寶覺得太過拘束，只住得一晚，便對道台說要另搬地方。他想行轅所在，最妙不過便是在舊居麗春院中，欽賜衣錦榮歸，自是以回去故居最爲風光。但欽差大臣將行轅設在妓院，畢竟說不過去，尋思當日在揚州之時，所懷抱的雄心大志，除了開幾家大妓院之外，便是將禪智寺前芍藥圃中的芍藥花盡數連根拔起。

揚州芍藥，擅名天下，禪智寺前的芍藥圃尤其宏偉，名種千百，花大如碗。韋小寶在十歲那一年上，曾和一羣頑童前去遊玩，見芍藥開得茂盛，折了兩朵拿在手中玩耍，給廟中和尚見到了，奪下花朵，還打了他兩個耳括子。韋小寶又踢又咬，跟那和尚打鬧起來，給那胖大和尚推在地下，踢了幾腳。衆頑童一鬨而前，亂拔芍藥。那和尚叫嚷起來，寺裏擁出一羣和尚與火工，手執棍棒，將衆頑童趕開。韋小寶因是禍首，身上著實吃了不少棍棒，頭上腫起了一個大塊，回到麗春院，又給母親罰一餐沒飯吃。雖然他終於到廚房中偷吃了一個飽，但對「禪智寺採花受辱」這一役卻引以奇恥。次日來到寺前，隔得遠遠的破口大罵，從如來佛的媽媽直罵到和尚的女兒，宣稱：「終有一日，老子要拔光這廟前的芍藥，把你這座臭廟踏爲平地，掘成糞坑。」直罵到廟中和尚追將出來，他拔足飛奔爲止。

過得數年，這件事早就忘了，這日回到揚州，要覓地作爲行轅，這才想起禪智寺來，當下跟淮揚道道台說了，有心去作踐一番。

那道台尋思：「禪智寺是佛門勝地，千年古刹。欽差住了進去，只怕攪得一塲胡塗。」說道：「回大人：那禪智寺風景當眞極佳，大人高見，卑職欽佩之至。不過在廟裏動用葷酒，恐怕不甚方便。」韋小寶道：「有甚麼不便？把廟裏的菩薩搬了出去，也就是了。」那道台聽說要搬菩薩，更嚇了一跳，心想這可要鬧出禍來，揚州城裏衆百姓如動了公憤，那可難以處理，當下陪笑請了個安，低聲道：「回大人：揚州煙花，那是天下有名的。大人一路上勞苦功高，來到敝處，卑職自當盡心服侍，已挑了不少善於彈琴唱曲的美貌妞兒，供大人賞鑒。和尙廟裏硬床硬板凳，只怕煞風景得很。」

韋小寶心想倒也有理，笑道：「依你說，那行轅設在何處才是？」

那道台道：「揚州鹽商有個姓何的，他家的何園，稱爲揚州名園第一。他有心巴結欽差大人，早就預備得妥妥貼貼，盼望大人光臨。只是他功名太小，不敢出口。大人若不嫌棄，不妨移駕過去瞧瞧。」

這姓何的鹽商家財豪富，韋小寶幼時常在他家高牆外走過，聽到牆裏傳出絲竹之聲，十分羨慕，只是從無機緣進去望上一眼，當下便道：「好啊，這就去住上幾天，如果住得不適意，咱們再搬便是。揚州鹽商多，咱們挨班兒住過去、吃過去，也吃不窮了他們。」

那何園棟宇連雲，泉石幽曲，亭舍雅致，建構精美，一看便知每一尺土地上都花了不少黃金白銀。韋小寶大爲稱意，吩咐親兵隨從都住入園中。張勇等四將率領官兵，分駐附近官舍民房。

其時揚州繁華，甲於天下。唐時便已有「十里珠簾，二十四橋風月」之說。到得清初，是大運河水運的樞紐，淮鹽集散於斯，更是興旺。據史籍所載，明末揚州府屬共三十七萬五千餘丁（十六歲以上的男子），明清之際，揚州慘遭清兵屠戮，順治三年只剩九千三百二十丁，但到康熙六年，又增至三十九萬七千九百餘丁，不但元氣已完全恢復，且更勝昔日。

次日清晨，揚州城大小官員排班到欽差行轅來參見。韋小寶接見後，宣讀聖旨。他不識康熙上諭上的字，早叫師爺教了唸熟，這時一個字一個字背將出來，總算記心甚好，倒也沒背錯，匆忙中將上諭倒拿了，旁人也沒發覺。

衆官員聽得皇帝下旨豁免揚州府所屬各縣三年錢糧，還要撫卹開國時兵災災戶的孤寡，興建忠烈祠祭祀史可法等忠臣，無不大呼萬歲，叩謝皇恩浩蕩。

韋小寶宣旨已畢，說道：「衆位大人，兄弟出京之時，皇上吩咐，江蘇一省出產殷富，但近年來吏治鬆弛，兵備也不整飭，命兄弟好好查察整頓。皇上對揚州百姓這麼愛惜，咱們居官的，該當盡心竭力，報答聖恩才是。」文武百官齊聲稱是，不由得都暗暗發愁。其實這幾句話是索額圖教他的。韋小寶知道想賄賂收得多，第一是要對方有所求，第二是要對方有所忌，因此對江蘇文武官員恐嚇一番，勢不可免，只不過這番話要說得不輕不重，恰到好處，又要文謅謅的官腔十足，卻非請教索額圖不可了。

官樣文章作過，自有當地官員去擇地興建忠烈祠，編造應卹災戶名册，差人前赴四鄉，宣諭皇上豁免錢糧的德音。這些事情非一朝一夕所能辦妥，這段時候，便是讓他在揚州這銷金窩裏享福了。此後數日之中，總督、巡撫設宴，布政司、按察司設宴，諸道設宴，自是陳列方丈，羅列珍饈，極盡豪奢，不在話下。

每日裏韋小寶都想去麗春院探望母親，只是酬酢無虛，始終不得其便。欽差大人的母親在揚州做妓女，這件事可萬萬揭穿不得。丟臉出醜事小，失了朝廷體統事大，何況韋小寶做大官已久，一直不接母親赴京享福，任由她淪落風塵，實是大大的不孝，給御史參上一本，連皇帝也難迴護。心想只好等定了下來，悄悄換了打扮，去麗春院瞧瞧，然後命親兵把母親送回北京安居，務須做得神不知、鬼不覺才是。以前他一直打的是足底抹油的主意，一見風色不對，立刻快馬加鞭，逃之夭夭，不料官兒越做越大，越做越開心，這時竟想到要接母回京，那是有意把這官兒長做下去了。

過得數日，這一日是揚州府知府吳之榮設宴，爲欽差洗塵。吳之榮從道台那裏聽到，欽差曾有以禪智寺爲行轅之意，心想禪智寺的精華，不過是寺前一個芍藥圃，欽差大人屬意該寺，必是喜歡賞花。他善於逢迎，早於數日之前，便在芍藥圃畔搭了一個花棚，是命高手匠人以不去皮的松樹搭成，樹上枝葉一仍如舊，棚內桌椅皆用天然樹石，棚內種滿花木青草，再以竹節引水，流轉棚周，淙淙有聲，端的是極見巧思，飲宴其間，便如置身山野一般，比之富貴人家雕樑玉砌的華堂，又別有一般風味。

那知韋小寶庸俗不堪，周身沒半根雅骨，來到花棚，第一句便問：「怎麼有個涼棚？啊，是了，定是廟裏和尚搭來做法事的，放了焰口，便在這裏施飯給餓鬼吃。」吳之榮一番心血全然白用了，不由得臉色尷尬，還道欽差大臣有意諷刺，只得陪笑道：「卑職見識淺陋，這裏布置不當大人的意，實在該死。」

韋小寶見衆賓客早就肅立恭候，招呼了便即就座。那兩江總督與韋小寶應酬了幾日，已回江寧治所。江蘇省巡撫、布政司等的治所在蘇州，這時都留在揚州，陪伴欽差大臣。其餘賓客不是名士，便是有功名頂戴的鹽商。

揚州的筵席十分考究繁富，單是酒席之前的茶果細點，便有數十種之多，韋小寶雖是本地土生，卻也不能盡識。

喝了一會茶，日影漸漸西斜。日光照在花棚外數千株芍藥之上，璀燦華美，眞如織錦一般。韋小寶卻越看越生氣，想起當年給寺中僧人毆辱之恨，登時便想將所有芍藥盡數拔起來燒了，只想須得找個藉口才好下手。正尋思問，巡撫馬佑笑道：「韋大人，聽大人口音，似乎也在淮揚一帶住過。淮揚水土厚，因此既出人才，也產好花。」衆官只知欽差是正黃旗滿洲人，那巡撫這幾日聽他說話，頗有揚州鄉音，於是乘機捧他一捧。

韋小寶正在想著禪智寺的僧人可惡，脫口而出：「揚州就是和尚不好。」巡撫一怔，不明他眞意何指。布政司慕天顏是個乖覺而有學識之人，接口道：「韋大人所見甚是，揚州的和尚勢利，奉承官府，欺辱窮人，那是自古已然。」韋小寶大喜，笑道：「是啊，慕大人是讀書人，知道書上寫得有的。」慕天顏道：「唐朝王播碧紗籠的故事，不就出在揚州嗎？」韋小寶最愛聽故事，忙問：「甚麼『黃布比沙龍』的故事。」

慕天顏道：「這故事就出在揚州石塔寺。唐朝乾元年間，那石塔寺叫作木蘭院，詩人王播年輕時家中貧窮……」韋小寶心想：「原來這人名叫王播，不是一塊黃布。」聽他續道：「……在木蘭院寄居。廟裏和尚吃飯時撞鐘爲號，王播聽到鐘聲，也就去飯堂吃飯。和尚們討厭他，有一次大家先吃飯，吃完了飯再撞鐘。王播聽到鐘聲，走進飯堂，只見僧衆早已散去，飯菜已吃得乾乾淨淨……」

韋小寶在桌上一拍，怒道：「他媽的和尚可惡。」慕天顏道：「是啊，吃一餐飯，費得幾何？當時王播心中慚愧，在壁上題詩道：『上堂已了各西東，慚愧闍黎飯後鐘。』」

韋小寶問道：「『闍黎』是甚麼傢伙？」衆官和他相處多日，已知這位欽差大人不是讀書人，旗人的功名富貴多不從讀書而來，也不以爲奇。慕天顏道：「闍黎就是和尚了。」韋小寶點頭道：「原來就是賊禿。後來怎樣？」

慕天顏道：「後來王播做了大官，朝廷派他鎭守揚州，他又到木蘭院去。那些和尚自然對他大爲奉承。他去瞧瞧當年牆上所題的詩還在不在，只見牆上黏了一塊名貴的碧紗，將他題的兩句詩籠了起來，以免損壞。王播很是感慨，在後面又續了兩句詩道：

『三十年前塵土面，如今始得碧紗籠。』」韋小寶道：「他定是把那些賊禿捉來大打板子了？」慕天顏道：「王播是風雅之士，想來題兩句詩稍示譏諷，也就算了。」

韋小寶心道：「倘若是我，那有這麼容易罷手的？不過要我題詩，可也沒這本事。老子只會拉屎，不會題詩。」那王播在唐朝做到宰相高位，是個大大貪官，韋小寶與之似可先後輝映。

說了一會故事，撤茶斟酒。韋小寶四下張望，隔座見王進寶一口一杯，喝得甚是爽快，心念一動，說道：「王將軍，你曾說戰馬吃了芍藥，那就特別雄壯，是不是？」一面說，一面大做眼色。王進寶不明其意，說道：「這個……」韋小寶道：「皇上選用名種好馬，甚麼蒙古馬、西域馬、川馬、滇馬，皇上都吩咐要小心飼養，是嗎？」康熙著意於蓄馬，王進寶是知道的，便道：「大人說得是。」韋小寶道：「你熟知馬性，在北京之時，你說如給戰馬吃了芍藥，奔跑起來便快上一倍。皇上這般愛馬，咱們做奴才的，自該上仰聖意。如把這裏的芍藥花掘起來送去京師，交給兵部車駕司餵馬，皇上得知，必定龍顏大悅。」

衆人一聽，個個神色古怪，芍藥能壯馬，倒是首次聽見，瞧王進寶唯唯否否的模樣，顯是不以爲然，只不敢公然駁回而已。但韋小寶開口皇上，閉口皇上，抬出皇帝這頂大帽子來，又有誰敢稍示異議？眼見這千餘株名種芍藥要盡毀於他手，揚州從此少了一個名勝，卻不知這位韋大人何以如此痛恨這些芍藥？人人面面相覷，說不出話來。

知府吳之榮道：「韋大人學識淵博，眞敎人敬佩。芍藥根叫做赤芍，《本草綱目》中是有的，說道功能去瘀活血。芍藥的名稱中有個『藥』字，可見古人就知它是良藥。馬匹吃了芍藥，血脈暢通，自然奔馳如飛。大人回京之時，卑職派人將這裏的芍藥花都掘了，請大人帶回京城。」一衆官聽了，心中都暗罵吳之榮卑鄙無恥，爲了迎逢上官，竟要毀去揚州的美景。韋小寶拍手笑道：「吳大人辦事幹練，好得很，好得很！」吳之榮大感榮幸，忙下座請安，說道：「謝大人誇獎。」

布政司慕天顏走出花棚，來到芍藥叢中，摘了一朵碗口大的芍藥花，回入座中雙手呈給韋小寶，笑道：「請大人將這朵花揷在帽上，卑職有個故事說給大人聽。」

韋小寶一聽又有故事，便接過花來，只見那朵芍藥瓣作深紅，每一瓣花瓣攔腰有一條黃線，甚是嬌艷，便揷在帽上。

慕天顏道：「恭喜大人，這芍藥有個名稱，叫作『金帶圍』，乃是十分罕見的名種。古書上記載得有，戴到這『金帶圍』的，日後會做宰相。」

韋小寶笑道：「那有這麼準？」慕天顏道：「這故事出於北宋年間。那時韓魏公韓琦鎭守揚州，就在這禪智寺前的芍藥圃中，忽有一株芍藥開了四朵大花，花瓣深紅，腰有金線，便是這金帶圍了。這種芍藥從所未有，極是珍異。下屬稟報上去，韓魏公駕臨觀賞，十分喜歡，見花有四朵，便想再請三位客人，一同賞花。」韋小寶從帽上將花取下再看，果覺紅黃相映，分外燦爛。那一條金色橫紋，更爲百花所無。

慕天顏道：「那時在揚州有兩位出名人物，一是王珪，一是王安石，都是大有才學見識之人。韓魏公心想，花有四朵，人只三個，未免美中不足，另外請一個人罷，名望卻又配不上。正在躊躇，忽有一人來拜，卻是陳升之，那也是一位大名士。韓魏公大喜，次日在這芍藥圃前大宴，將四朵金帶圍摘了下來，每人頭上簪了一朵。這故事叫做『四相簪花宴』，這四人後來先後都做了宰相。」

韋小寶笑道：「這倒有趣。這四位仁兄，都是有名的讀書人，會作詩作文章，兄弟可比不上了。」慕天顏道：「那也不然。北宋年間，講究讀書人做宰相。我大淸以馬上得天下，皇上最看重的，卻是有勇有謀的英雄好漢。」韋小寶聽到「有勇有謀的英雄好漢」這九字評語，不由得大爲歡喜，連連點頭。

慕天顏道：「韓魏公封爲魏國公，那不用說了。王安石封荆國公，王珪封岐國公，陳升之封秀國公。四位名臣不但都做宰相，而且都封國公，個個旣富貴，又壽考。韋大人少年早達，眼下已封了伯爵，再升一級，便是侯爵，再升上去，就是公爵了。就算封郡王、封親王，那也是指日間的事。」

韋小寶哈哈大笑，說道：「但願如慕大人金口，這裏每一位也都升官發財。」衆官一齊站起，端起酒杯，說道：「恭賀韋大人加官晉爵，公侯萬代。」

韋小寶站起身來，和衆官乾了一杯，心想：「這官兒既有學問，又有口才，會說故事，討人歡喜。要是叫他到北京辦事，時時聽他說說故事，不強似說書先生嗎？這人天生是馬屁大王，取個名兒叫慕天顏，擺明了想朝見皇上。可別讓他奪了我的寵。」

慕天顏又道：「韓魏公後來帶兵，鎮守西疆。西夏人見了他怕得要死，不敢興兵犯界。西夏人當時怕了宋朝兩位大臣，一位就是韓魏公韓琦，另一位是范文正公范仲淹。當時有兩句話道：『軍中有一韓，西賊聞之心膽寒；軍中有一范，西賊聞之驚破膽。』將來韋大人帶兵鎮守西疆，那是『軍中有一韋，西賊見之忙下跪！』」

韋小寶大樂，說道：「『西賊』兩字妙得很，平西王這西……」忽然心想：「吳三桂還沒起兵造反，還不能叫他『西賊』。」忙改口道：「平西王鎮守西疆，倒也太平無事，很有功勞。」

吳之榮道：「平西王智勇雙全，勞苦功高，爵封親王，世子做了額駙。將來韋大人大富大貴，壽比南山，定然也跟平西王一般無異。」

韋小寶心中大罵：「辣塊媽媽，你要我跟吳三桂這大漢奸一般無異。這老烏龜指日就要腦袋搬家，你叫我跟他一樣！」

慕天顏平日用心揣摩朝廷動向，日前見到邸報，皇上下了撤藩的旨意，便料到吳三桂要倒大霉，這時見韋小寶臉色略變，更心中雪亮，說道：「韋大人是皇上親手提拔的大臣，乃聖上心腹之寄，朝廷柱石，國家棟樑。平西王目下雖官高爵尊，終究是不能跟韋大人比的。吳府尊這個比喻，有點不大對了。韋大人祖上，唐朝的忠武王韋皐，曾大破吐蕃兵四十八萬，威震西陲。當年朱泚造反，派人邀韋忠武王一同起兵。忠武王對朝廷忠心不貳，那肯做這等大逆不道之事？立即將反賊的使者斬了，還發兵助朝廷打平反賊，立下大功。韋大人相貌堂堂，福氣之大，無與倫比，想必是韋忠武王傳下來的福澤。」

韋小寶微笑點頭。其實他連自己姓甚麼也不知道，只因母親叫作韋春芳，就跟了娘姓，想不到姓韋的還有這樣一位大有來頭人物，這布政司硬說是自己的祖先，那是定要往自己臉上貼金；聽他言中之意，居然揣摩到吳三桂要造反，這人的才智，也很了不起了。

吳之榮給慕天顏這麼一駁，心中不忿，但不敢公然和上司頂撞，說道：「聽說韋大人是正黃旗人。」言下之意自然是說：「他是滿洲人，又怎能跟唐朝的韋皐拉得上干係？」慕天顏笑道：「吳府尊只知其一，不知其二。方今聖天子在位，對天下萬民一視同仁，滿漢一家，又何必有畛域之見？」這幾句話實在有些強辭奪理，吳之榮卻不敢再辯，心想再多說得幾句，說不定更會得罪欽差，當下連聲稱是。

慕天顏道：「平西王是咱們揚州府高郵人，吳府尊跟平西王可是一家嗎？」吳之榮並非揚州高郵人，本來跟吳三桂沒甚麼干係，但其時吳三桂權勢薰天，他趨炎附勢，頗以姓吳為榮，說道：「照族譜的排行，卑職比平西王矮了一輩，該稱王爺為族叔。」

慕天顏點了點頭，不再理他，向韋小寶道：「韋大人，這金帶圍芍藥，雖已不如宋時少見，如此盛開，卻也異常難得。今日恰好在韋大人到來賞花時開放，這不是巧合，定是有天意的。卑職有一點小小意見，請大人定奪。」韋小寶道：「請老兄指教。」

慕天顏道：「指教二字，如何敢當？那芍藥花根，藥材行中是有的，大人要用來餇馬，想藥材鋪中製煉過的更有效力。卑職吩咐大量採購，運去京師備用。至於這裏的芍藥花，念著他們對大人報喜有功，是否可暫且留下？他日韋大人掛帥破賊，拜相封王，就如韓魏公、韋忠武王一般，再到這裏來賞花，那時金帶圍必又盛開，迎接貴人，豈不是一樁美事？據卑職推想，將來一定是戲文都有得做的。」

韋小寶興高采烈，道：「你說戲子扮了我唱戲？」慕天顏道：「是啊，那自然要一個俊雅漂亮的小生來扮韋大人了，還有些白鬍子、黑鬍子、大花臉、白鼻子小丑，就扮我們這些官兒。」眾官都哈哈大笑。韋小寶笑道：「這齣戲叫做甚麼？」慕天顏向巡撫馬佑道：「那得請撫台大人題個戲名。」他見巡撫一直不說話，心想不能冷落了他。

馬佑笑道：「韋大人將來要封王，這齣戲文就叫做『韋王簪花』罷？」眾官一齊讚賞。

韋小寶心中一樂，也就不再計較當年的舊怨了，心想：「老子做宰相是做不來的，大破西賊，弄個王爺玩玩，倒也幹得過，倘若拔了這些芍藥，只怕兆頭不好。」一眼望出去，見花圃中的金帶圍少說也還有幾十朵，心想：「那裏便有這許多宰相了，難道你們個個都做宰相不成？撫台、藩台還有些兒指望，這吳之榮賊頭狗腦，說甚麼也不像，將來戲文裏的白鼻子小丑定是扮他。」明知布政司轉彎抹角、大費心機的一番說話，意在保全這禪智寺前的數千株芍藥，做官的訣竅首在大家過得去，這叫做「花花轎子人抬人」，你既然捧了我，我就不能一意孤行，叫揚州通城的官兒臉上都下不來，當下不再提芍藥之事，笑道：「將來就算眞有這一齣戲，咱們也都看不著了，不如眼前先聽聽曲子罷！」

衆官齊聲稱是。吳之榮早有準備，吩咐下去。只聽得花棚外環珮玎璫，跟著傳來一陣香風。韋小寶精神一振，心道：「有美人看了。」果見一個女子娉娉婷婷的走進花棚，向韋小寶行下禮去，嬌滴滴的說道：「欽差大人和衆位大人萬福金安，小女子侍候唱曲。」

只見這女子三十甫過年紀，打扮華麗，姿色卻是平平。笛師吹起笛子，她便唱了起來，唱的是杜牧的兩首揚州詩：

「青山隱隱水迢迢，秋盡江南草未凋。二十四橋明月夜，玉人何處教吹簫？」

「落魄江南載酒行，楚腰纖細掌中輕。十年一覺揚州夢，贏得青樓薄倖名。」

笛韻悠揚，歌聲宛轉，甚是動聽。韋小寶瞧著這歌妓，心中卻有些不耐煩起來。

那女子唱罷，又進來一名歌妓。這女子三十四五歲年紀，舉止嫻雅，歌喉更是熟練，縱是最細微曲折之處，也唱得抑揚頓挫，變化多端。唱的是秦觀一首〈望海潮〉詞：

「星分牛斗，疆連淮海，揚州萬井提封。花發路香，鶯啼人起，珠簾十里東風。豪俊氣如虹。曳照春金紫，飛蓋相從。巷入垂楊，畫橋南北翠煙中。」

這首詞確是唱得極盡佳妙，但韋小寶聽得十分氣悶，忍不住大聲打了個哈欠。那〈望海潮〉一詞這時還只唱了半闋，吳之榮甚是乖覺，見欽差大人無甚興致，揮了揮手，那歌妓便停住不唱，行禮退下。吳之榮陪笑道：「韋大人，這兩個歌妓，都是揚州最出名的，唱的是揚州繁華之事，不知大人以為如何？」

那知韋小寶聽曲，第一要唱曲的年輕美貌，第二要唱的是風流小調，第三要唱得浪蕩風騷。當日陳圓圓以傾國傾城之貌，再加連說帶唱，一路解釋，才令他聽完一曲〈圓圓曲〉。眼前這兩個歌妓姿色平庸，神情呆板，所唱的又不知是甚麼東西，他打了個呵欠，已可算是客氣之極了，聽得吳之榮問起，便道：「還好，還好，就是太老了一點。這種陳年宿貨，兄弟沒甚麼胃口。」

吳之榮道：「是，是。杜牧之是唐人，秦少游是宋人，確是陳舊了。有一首新詩，是眼下一個新進詩人所作，此人叫作查慎行，成名不久，寫的是揚州田家女的風韻，新鮮得很，新鮮得很。」一作個手勢，侍役傳出話去，又進來一名歌妓。

韋小寶說「陳年宿貨」，指的是歌妓，吳之榮卻以為是說詩詞太過陳舊。韋小寶對他所說的甚麼杜牧之、秦少游，自是不知所云，只懂了「揚州田家女的風韻，新鮮得很，新鮮得很」這句話。心想：「既是新鮮得很的揚州田家女，倒也不妨瞧瞧。」

那歌妓走進花棚，韋小寶不看倒也罷了，一看之下，不由得怒從心上起，惡向膽邊生，登時便要發作。原來這歌妓五十尚不足，四十頗有餘，鬢邊已見白髮，額頭大有皺紋，眼應大而偏細，嘴須小而反巨。見這歌妓手抱琵琶，韋小寶怒火更盛，心想：「憑你也來學陳圓圓！」卻聽絃索一動，宛如玉響珠躍，鸝轉燕語，倒也好聽。只聽她唱道：

「淮山浮遠翠，淮水漾深淥。倒影入樓台，滿欄花撲撲。誰知闤闠外，依舊有蘆屋。時見淡妝人，青裙曳長幅。」

歌聲清雅，每一句都配了琵琶的韻節，時而如流水淙淙，時而如銀鈴玎玎，最後「青裙曳長幅」那一句，琵琶聲若有若無，緩緩流動，衆官無不聽得心曠神怡，有的凝神閉目，有的搖頭晃腦。琵琶聲一歇，衆官齊聲喝采。慕天顏道：「詩好，曲子好，琵琶也好。當眞是荊釵布裙，不掩天香國色。不論作詩唱曲，從淡雅中見天然，那是第一等的功夫了。」

韋小寶哼了一聲，問那歌妓：「你會唱〈十八摸〉罷？唱一曲來聽聽。」

衆官一聽，盡皆失色。那歌妓更臉色大變，突然間淚水涔涔而下，轉身奔出，啪的一聲，琵琶掉在地下。那歌妓也不拾起，逕自奔出。

韋小寶哈哈大笑，說道：「你不會唱，我又不會罰你，何必嚇成這個樣子？」

那〈十八摸〉是出名的極淫穢小調，連摸女子身上十八處所在，每一摸有一樣比喻形容，淋漓盡致。衆官雖人人都曾聽過，但在這盛宴雅集的所在，怎能公然提到？豈不是大玷官箴？那歌妓的琵琶和歌喉，在揚州久負盛名，不但善於唱詩，且自己也會作詩，名動公卿，揚州的富商巨賈等閒要見她一面也不可得。韋小寶問這一句，於她自是極大的羞辱。

慕天顏低聲道：「韋大人愛聽小曲，幾時咱們找個會唱的來，好好聽一聽。」韋小寶道：「連〈十八摸〉也不會唱，這老婊子也差勁得很了。幾時我請你去鳴玉坊麗春院去，那邊的婊子會唱的小調多得很。」此言一出口，立覺不妥，心想：「麗春院是無論如何不能請他去的。好在揚州妓院子甚多，九大名院、九小名院，隨便那一家都好玩。」舉起酒杯，笑道：「喝酒，喝酒。」

衆文官聽他出語粗俗，都有些尷尬，借著喝酒，人人都裝作沒聽見。一干武將卻臉有歡容，均覺和欽差大人頗爲志同道合。

便在此時，只見一名差役低著頭走出花棚，韋小寶見了他的背影，心中一動：「這人的背影好熟，那是誰啊？」但後來這差役沒再進來，過得片刻，也就淡忘了。

又喝得幾杯酒，韋小寶只覺跟這些文官應酬索然無味，既不做戲，又不開賭，實在無聊之極，心裏只是在唱那〈十八摸〉：「一呀摸，二呀摸，摸到姊姊的頭髮邊……」

再也忍耐不住，站起身來，說道：「兄弟酒已夠了，告辭。」向巡撫、布政司、按察司等幾位大員拱拱手，便走了出去。衆官齊出花棚，送他上了大轎。

韋小寶回到行轅，吩咐親兵說要休息，不論甚麼客來，一概擋駕不見，入房換上了一套破爛衣衫。那是數日前要雙兒去市上買來的一套舊衣，買來後扯破數處，在地下踐踏一遍，又倒上許多燈油，早已弄得污穢油膩不堪。帽子鞋襪，連結辮子的頭繩，也都換了破舊的劣貨。從炭爐裏抓了一把爐炭，用水調開了，在臉上、手上亂塗一起，在鏡子裏一照，果然回復了當年麗春院裏當小廝的模樣。

雙兒服侍他更換衣衫，笑道：「相公，戲文裏欽差大臣包龍圖改扮私訪，就是這個樣子嗎？」韋小寶道：「差不多了，不過包龍圖生來是黑炭臉，不用再搽黑灰。」雙兒道：「我跟你去好不好？你獨個兒的，要是遇上了甚麼事，沒個幫手。」韋小寶笑道：「我去的那地方，美貌的小妞兒是去不得的。」說著便哼了起來：「一呀摸，二呀摸，摸到我好雙兒的臉蛋邊……」伸手去摸她臉。雙兒紅著臉嘻嘻一笑，避了開去。

韋小寶將一大疊銀票塞在懷裏，又拿了一包碎銀子，捉住雙兒，在她臉上輕輕一吻，從後門溜了出去。守衛後門的親兵喝問：「幹甚麼的？」韋小寶道：「我是何家奶媽的兒子的表哥的妹夫，你管得著嗎？」那親兵一怔，心中還沒算清這親戚關係，韋小寶早已出門。

揚州的大街小巷他無不爛熟，閉了眼睛也不會走錯，不多時便來到瘦西湖畔的鳴玉坊，隱隱只聽得各處門戶中傳出簫鼓絲竹，夾著猜拳唱曲、呼么喝六。這些聲音一入耳，當眞比鈞天仙樂還好聽十倍，心中說不出的舒服受用。走到麗春院外，但見門庭依舊，跟當年離去時並無分別。他悄悄走到院側，推開邊門，溜了進去。

他躡手躡腳的走到母親房外，一張之下，見房裏無人，知道母親是在陪客，心道：「辣塊媽媽，不知是那個瘟生這當兒在嫖我媽媽，做我的乾爹。」走進房中，見床上被褥還是從前那套，只是已破舊得多，心想：「媽媽的生意不大好，我乾爹不多。」側過頭來，見自己那張小床仍擺在一旁，床前放著自己的一對舊鞋，床上被褥倒漿洗得乾乾淨淨。走過去坐在床上，見自己的一件青竹布長衫摺好了放在床角，心頭微有歉意：「媽是在等我回來。他媽的，老子在北京快活，沒差人送錢給媽，實在記心不好。」橫臥在床，等母親回來。

妓院中規矩，嫖客留宿，另有鋪陳精潔的大房。衆妓女自住的小房卻頗爲簡陋。年輕貌美的紅妓住房較佳，像韋小寶之母韋春芳年紀已經不小，生意冷落，老鴇待她自然也馬虎得很，所住的是一間薄板房。

韋小寶躺了一會，忽聽得隔房有人厲聲喝罵，正是老鴇的聲音：「老娘白花花的銀子買了你來，你推三阻四，總不肯接客，哼，買了你來當觀音菩薩，在院子裏供著好看麼？打，給我狠狠的打！」跟著鞭子著肉聲、呼痛聲、哭叫聲、喝罵聲，響成一片。

這種聲音韋小寶從小就聽慣了，知是老鴇買來了年輕姑娘，逼迫她接客，打一頓鞭子實是稀鬆平常。小姑娘倘若一定不肯，甚麼針刺指甲、鐵烙皮肉，種種酷刑都會逐一使出。這種聲音在妓院中必不可免，他睽別已久，這時又再聽到，頗有重溫舊夢之感，也不覺那小姑娘有甚麼可憐。

那小姑娘哭叫：「你打死我好了，我死也不接客，一頭撞死給你看！」老鴇吩咐龜奴狠狠打。又打了二三十鞭，小姑娘仍哭叫不屈。龜奴道：「今天不能打了，明天再說罷。」老鴇道：「拖這小賤貨出去。」龜奴將小姑娘扶了出去，一會兒又回進房來。老鴇道：「這賤貨用硬的不行，咱們用軟的，給她喝迷春酒。」龜奴道：「她就是不肯喝酒。」老鴇道：「蠢才！把迷春酒放在肉裏，不就成了。」龜奴道：「是，是。七姐，眞有你的。」

韋小寶湊眼到板壁縫去張望，見老鴇打開櫃子，取出一瓶酒來，倒了一杯，遞給龜奴。只聽她說道：「叫了春芳陪酒的那兩個公子，身邊錢鈔著實不少。他們說在院子裏借宿，等朋友。這種年輕雛兒，不會看中春芳的，待會我去跟他們說，要他們梳攏這賤貨，運氣好的話，賺他三四百兩銀子也不希奇。」龜奴笑道：「恭喜七姐招財進寶，我也好托你的福，還一筆賭債。」老鴇罵道：「路倒屍的賤胚，辛辛苦苦賺來幾兩銀子，都去送在三十二張骨牌裏。這件事辦不好，小心我割了你的烏龜尾巴。」

韋小寶知道「迷春酒」是一種藥酒，喝了之後就人事不知，各處妓院中用來迷倒不肯接客的雛妓，從前聽著只覺十分神奇，此時卻知不過是在酒中混了些蒙汗藥，可說尋常得緊，心想：「今日我的乾爹是兩個少年公子？是甚麼傢伙，倒要去瞧瞧。」

他悄悄溜到接待富商豪客的「甘露廳」外，站在向來站慣了的那個圓石墩上，湊眼向內張望。以往每逢有豪客到來，他必定站在這圓石墩窺探，此處窗縫特大，向廳內望去，一目瞭然，客人側坐，卻見不到窗外的人影。他過去已窺探了不知幾百次，從來沒碰過釘子。

只見廳內紅燭高燒，母親脂粉滿臉，穿著粉紅緞衫，頭上戴了朵紅花，正陪笑給兩個客人斟酒。韋小寶細細瞧著母親，心想：「原來媽年紀這麼大了，這門生意做不長啦，也只有這兩個瞎了眼的瘟生，才會叫她來陪酒。媽的小調唱得又不好聽，倘若是我來逛院子，如她不是我媽，倒貼我一千兩銀子也不會叫她。」只聽他母親笑道：「兩位公子爺喝了這杯，我來唱個〈相思五更調〉給兩位下酒。」

韋小寶暗暗嘆了口氣，心道：「媽的小調唱來唱去就只這幾支，不是〈相思五更調〉，就是〈一根紫竹直苗苗〉，再不然就是〈一把扇子七寸長，一人搧風二人涼〉，總不肯多學幾支。她做婊子也不用心。」轉念一想，險些笑了出來：「我學武功也不肯用心，原來我的懶性兒，倒是媽那裏傳下來的。」

忽聽得一個嬌嫩的聲音說道：「不用了！」這三字一入耳，韋小寶全身登時一震，險些從石墩上滑了下來，慢慢斜眼過去，只見一隻纖纖玉手擋住了酒杯，從那隻纖手順著衣袖瞧上去，見到一張俏麗臉龐的側面，卻不是阿珂是誰？

韋小寶心中大跳，驚喜之心難以抑制：「阿珂怎麼到了揚州？爲甚麼到麗春院來，叫我媽陪酒？她女扮男裝來到這裏，不叫別人，單叫我媽，定是衝著我來了。原來她終究還有良心，記得我是跟她拜了天地的老公。啊哈，妙極，妙之極矣！你我夫妻團圓，今日洞房花燭，我將你雙手抱在懷裏……」

突然聽得一個男子聲音說道：「吳賢弟暫且不喝，待得那幾位蒙古朋友到來……」韋小寶耳中嗡的一聲，立知大事不妙，眼前天旋地轉，一時目不見物，閉目定得一定神，睜眼看去，坐在阿珂身側的那個少年公子，卻不是臺灣的二公子鄭克塽是誰？

韋小寶的母親韋春芳笑道：「小相公既然不喝，大相公就多喝一杯。」給鄭克塽斟了一杯酒，一屁股坐在他懷裏。阿珂道：「喂，你放尊重些。」韋春芳笑道：「啊喲，小相公臉皮嫩，看不慣這調調兒。你以後天天到這裏來玩兒，只怕還嫌人家不夠風情呢。小相公，我叫個小姑娘來陪你，好不好？」阿珂忙道：「不，不，不要！你好好坐在一旁！」韋春芳笑道：「啊，你喝醋了，怪我陪大相公，不陪你。」站起身來，往阿珂懷中坐下去。

韋小寶只看得又好氣，又好笑，心道：「天下竟有這樣的奇事，我的老婆來嫖我的媽媽。」只見阿珂伸手一推，韋春芳站立不定，一交坐倒。韋小寶大怒，心道：「小婊子，你推你婆婆，這般沒上沒下！」

韋春芳卻不生氣，笑嘻嘻的站起，說道：「小相公就是怕醜，你過來坐在我懷裏好不好？」阿珂怒道：「不好！」對鄭克塽道：「我要去了！甚麼地方不好跟人會面，爲甚麼定要在這裏？」鄭克塽道：「大家約好了在這裏的，不見不散。我也不知原來是這等骯髒地方。喂，你給我規規矩矩的坐著。」最後這句話是對韋春芳說的。

韋小寶越想越怒，心道：「那日在廣西柳江邊上，你哀求老子饒你狗命，罰下重誓，決不再跟我老婆說一句話，今日竟一同來嫖我媽媽。嫖我媽媽，倒也罷了，你跟我老婆卻不知已說了幾千句、幾萬句話。那日沒割下你舌頭，實是老子大大的失策。」

韋春芳打起精神，伸手去摟鄭克塽頭頸，鄭克塽一把推開她手臂，說道：「你到外面去罷，咱兄弟倆有幾句話說。等我叫你再進來。」韋春芳無奈，只得出廳。鄭克塽低聲道：「珂妹，小不忍則亂大謀。」阿珂道：「那葛爾丹王子不是好人，他爲甚麼約你到這裏來會面？」

韋小寶聽到「葛爾丹王子」五字，尋思：「這蒙古混蛋也來了，好極，好極，你們多半是在商量造反。老子調兵遣將，把你們一網打盡。」

只聽鄭克塽道：「這幾日揚州城裏盤查很緊，旅店客棧中的客人，只要不是熟客，衙役捕快就來問個不休，倘若露了行跡，那就不妙了。妓院中沒公差前來囉唕。咱們住在這裏，穩妥得多。我跟你倒也罷了，葛爾丹王子一行人那副蒙古模樣，可惹眼得很。再說，你這麼天仙般的相貌，倘若住了客店，通揚州的人都要來瞧你，遲早定會出事。」阿珂淺淺一笑，道：「不用你油嘴滑舌的討好。」鄭克塽伸臂摟住她肩頭，在她嘴角邊輕輕一吻，笑道：「我說的是眞話！要是天仙有你這麼美貌，甚麼呂純陽、鐵拐李，也不肯下凡了，每個神仙都留在天上，目不轉睛的瞧著你。」

韋小寶怒火衝天，不可抑制，伸手一摸匕首，便要衝進去火併，隨即轉念：「這小子武功比我強，阿珂又幫著他。我一衝進去，奸夫淫婦定要謀殺親夫。天下甚麼人都好做，就是武大郎做不得。」當下強忍怒火，對他二人的親熱之態只好閉目不看。

只聽鄭克塽道：「他在明裏，咱們在暗裏。包在我身上，這一次非在他身上刺幾個透明窟窿不可。」阿珂道：「這傢伙實在欺人太甚，此仇不報，我這一生總是不會快活。你知道，我本來是不肯認爹爹的，只因他答允爲我報仇，派了八名武功好手陪我來一同行事，我才認了他。」

韋小寶心道：「是誰得罪了你？你要報仇，跟你老公說好了，沒甚麼辦不到的事，又何必認了吳三桂這大漢奸做爹爹。」

鄭克塽道：「要刺死他也不是甚麼難事，只不過韃子官兵戒備嚴密，得手之後要全身而退，就不大容易。咱們總得想個萬全之策，才好下手。這幾日我察看他出入的情形，防護著實周密，要走近他身前，就爲難得很。我想來想去，這傢伙是好色之徒，倘若有人扮作歌妓甚麼的，便可挨近他身旁了。」

韋小寶心道：「好色之徒？他說的是撫台？還是藩台？」

阿珂道：「除非是我跟師姊倆假扮，不過這種女子的下賤模樣，我扮不來。」鄭克塽道：「不如設法買通廚子，在他酒裏放毒藥。」阿珂恨恨的道：「毒死了他，我這口氣不出。我要砍掉他一雙手，割掉他儘向我胡說八道的舌頭！這小鬼，我……我好恨！」

「這小鬼」三字一入耳，韋小寶腦中一陣暈眩，隨即恍然，心中不住說：「原來是要謀殺親夫。」他雖知阿珂一心一意的向著鄭克塽，可萬萬想不到對自己竟這般切齒痛恨，心想：「我又有甚麼對不住你了？」這個疑竇頃刻間便即解破，只聽鄭克塽道：「珂妹，這小子是迷上你啦，對你是從來不敢得罪半分的。我知道你要殺他，其實是爲了給我出氣。你這番情意，我……我眞不知如何報答才是。」

阿珂柔聲道：「他欺辱你一分，比欺辱我十分還令我痛恨。他如打我罵我，我瞧在師父面上，這口氣也還咽得下，可是他對你……對你一次又一次的這般無禮，叫人一想起來，恨不得立即將他千刀萬剮。」

韋小寶心中又酸又怒又苦，突然間頭頂一緊，辮子已給人抓住。他大吃一驚，跟著耳朵又讓人扭住，待要呼叫，聽到耳邊一個熟悉的聲音低喝：「小王八蛋，跟我來！」這句「小王八蛋」，平生不知已給這人罵過幾千百次，當下更不思索，乖乖的跟了便走。抓他辮子、扭他耳朵之人，手法熟練已極，那也是平生不知已抓過他、扭過他幾千百次了，正是他母親韋春芳。

兩人來到房中，韋春芳反腳踢上房門，鬆手放開他辮子和耳朵。韋小寶叫道：「媽！我回來了！」韋春芳向他凝視良久，突然雙臂將他抱住，嗚嗚咽咽的哭了起來。韋小寶笑道：「我不是回來見你了嗎？你怎麼哭了？」韋春芳抽抽噎噎的道：「你死到那裏去了？我在揚州城裏城外找遍了你，求神拜佛，也不知許了多少願心，磕了多少頭。乖小寶，你終於回到娘身邊了。」韋小寶笑道：「我又不是小孩子了，到外面逛逛，你不用躭心。」

韋春芳淚眼模糊，見兒子長得高了，人也粗壯了，心下一陣歡喜，又哭了起來，罵道：「你這小王八蛋，到外面逛，也不給娘說一聲，去了這麼久，這一次不狠狠給你吃一頓筍炒肉，小王八蛋還不知道老娘的厲害。」

所謂「筍炒肉」，乃是以毛竹板打屁股，韋小寶不吃已久，聽了忍不住好笑。韋春芳也笑了起來，摸出手帕，給他擦去臉上泥污；擦得幾擦，一低頭，見到自己一件緞子新衫的前襟上又是眼淚，又是鼻涕，還染了兒子臉上的許多炭灰，不由得肉痛起來，啪的一聲，重重打了他一個耳光，罵道：「我就是這一件新衣，還是大前年過年縫的，也沒穿過幾次。小王八蛋，你一回來也不幹好事，就弄髒了老娘的新衣，叫我怎麼去陪客人？」

韋小寶見母親愛惜新衣，鬧得紅了臉，怒氣勃發，笑道：「媽，你不用可惜。明兒我給你去縫一百套新衣，比這件好過十倍的。」韋春芳怒道：「小王八蛋就會吹牛，你有個屁本事？瞧你這副德性，在外邊還能發了財回來麼？」韋小寶道：「財是沒發到，不過賭錢手氣好，贏了些銀子。」

韋春芳對兒子賭錢作弊的本事倒有三分信心，攤開手掌，說道：「拿來！你身邊存不了錢，過不了半個時辰，又去花個乾淨。」韋小寶笑道：「這一次我贏得太多，說甚麼也花不了。」韋春芳提起手掌，又是一個耳光打過去。

韋小寶一低頭，讓了開去，心道：「一見到我伸手就打的，北有公主，南有老娘。」伸手入懷，正要去取銀子，外邊龜奴叫道：「春芳，客人叫你，快去！」

韋春芳道：「來了！」到桌上鏡箱豎起的鏡子前一照，匆匆補了些脂粉，說道：

「你給我躺在這裏，老娘回來要好好審你，你……你可別走！」韋小寶見母親眼光中充滿擔憂的神色，生怕自己又走得不知去向，笑道：「我不走，你放心！」韋春芳罵了聲「小王八蛋」，臉有喜色，撣撣衣衫，走了出去。

韋小寶在床上躺下，拉過被來蓋上，只躺得片刻，韋春芳便走進房來，手裏拿著一把酒壺，她見兒子躺在床上，便放了心，轉身便要走出。韋小寶知道是鄭克塽要她去添酒，突然心念一動，道：「媽，你給客人添酒去嗎？」韋春芳道：「是了，你給我乖乖躺著，媽回頭弄些好東西給你吃。」韋小寶道：「你添了酒來，給我喝幾口。」韋春芳罵道：「饞嘴鬼，小孩兒家喝甚麼酒？」拿著酒壺走了。

韋小寶忙向板壁縫中一張，見隔房仍然無人，當即一個箭步衝出房來，走進隔房，打開櫃子，取了老鴇的那瓶「迷春酒」，回入自己房中，藏在被窩裏，拔開了瓶塞，心道：「鄭克塽你這小雜種，要在我酒裏放毒藥，老子今日給你來個先下手爲強！」

過不多時，韋春芳提著一把裝得滿滿的酒壺，走進房來，說道：「快喝兩口。」韋小寶躺在床上，接過了酒壺，坐起身來，喝了一口。韋春芳瞧著兒子偷嫖客的酒喝，臉上不自禁的流露愛憐橫溢之色。韋小寶道：「媽，你臉上有好大一塊煤灰。」韋春芳忙到鏡子前去察看。韋小寶提起酒壺往被中便倒，跟著將「迷春酒」倒了大半瓶入壺。

韋春芳見臉上乾乾淨淨，那裏有甚麼煤灰了，登時省起兒子又在搗鬼，要支使開自己，以便大口偷酒喝，當即轉身，搶過了酒壺，罵道：「小王八蛋是老娘肚裏鑽出來的，我還不知你的鬼計？哼，從前不會喝酒，外面去浪蕩了這些日子，甚麼壞事都學會了。」

韋小寶道：「媽，那小相公脾氣不好，你說甚麼得灌他多喝幾杯。他醉了不作聲，再騙那大相公的銀子就容易了。」

韋春芳道：「老娘做了一輩子生意，這玩意兒還用你教嗎？」心中卻頗以兒子的主意爲然，又想：「小王八蛋回家，眞是天大的喜事，今晚最好那瘟生不叫我陪過夜，老娘要陪兒子。」拿了酒壺，匆匆出去。

韋小寶躺在床上，一會兒氣憤，一會兒得意，尋思：「老子眞是福將，這姓鄭的臭賊甚麼人不好嫖，偏偏來討我便宜，想做老子的乾爹。今日還不嗤的一劍，再撒上些化屍粉？」想到在鄭克塽的傷口中撒上化屍粉後，過不多久，便化成一攤黃水，阿珂醉轉來，她的情哥哥從此無影無蹤，不知去向。她就是想破了腦袋，也猜不到是怎麼一回事。

他想得高興，爬起身來，又到甘露廳外向內張望，只見鄭克塽剛喝乾了一杯酒，阿珂舉杯就口，淺淺喝了一口。韋小寶大喜，只見母親又給鄭克塽斟酒。鄭克塽揮手道：「出去，出去，不用你伺候。」韋春芳答應了一聲，放下酒壺時衣袖遮住了一碟火腿片。

韋小寶微微一笑，心道：「我就有火腿吃了。」忙回入房中。

過不多時，韋春芳拿了那碟火腿片進來，笑道：「小王八蛋，你死在外面，有這好東西吃嗎？」笑咪咪的坐在床沿，瞧著兒子吃得津津有味，比自己吃還要歡喜十倍。

韋小寶道：「媽，你沒喝酒？」韋春芳道：「我已喝了好幾杯，再喝就怕醉了，你又溜走。」韋小寶心想：「不把媽媽迷倒，幹不了事。」說道：「我不走就是。媽，我好久沒陪你睡了，你今晚別去陪那兩個瘟生，在這裏陪我。」

韋春芳大喜，兒子對自己如此依戀，那還是他七八歲之前的事，想不到出外吃了一番苦頭，終究想起娘的好處來，不由得眉花眼笑，道：「好，今晚娘陪乖小寶睡。」

韋小寶道：「媽，我雖在外邊，可天天想著你。來，我給你解衣服。」他的馬屁功夫用之於皇帝、教主、公主、師父，無不極靈，此刻用在親娘身上，居然也立收奇效。韋春芳應酬得嫖客多了，男人的手摸上身來，便當他是木頭，但兒子的手伸過來替自己解衣扣，不由得全身酸軟，吃吃笑了起來。

韋小寶給母親解去了外衣，便去給她解褲帶。韋春芳呸的一聲，在他手上輕輕一拍，笑道：「我自己解。」忽然有些害羞，鑽入被中，脫下褲子，從被窩裏拿出來放在被上。韋小寶摸了兩錠銀子，共有三十幾兩，塞在母親手裏，道：「媽，這是我給你的。」韋春芳一陣歡喜，忽然流下淚來，道：「我……我給你收著，過得……過得幾年，給你娶媳婦。」

韋小寶心道：「我這就娶媳婦去了。」吹熄了油燈，道：「媽，你快睡，我等你睡著了再睡。」韋春芳笑罵：「小王八蛋，花樣眞多。」便閉上了眼。她累了一日，又喝了好幾杯酒，見到兒子回來，更喜悅不勝，一定下來，不多時便迷迷糊糊的睡去了。韋小寶聽到她鼾聲，躡手躡腳的輕步走到門邊，心中一動，又回來將母親的褲子拋在帳子頂上，心道：「待會你如醒轉，沒了褲子，就不能來捉我。」

走到甘露廳外一張，見鄭克塽仰在椅中，阿珂伏在桌上，都已一動不動，韋小寶大喜，待了片刻，見兩人仍然不動，當即走進廳去，反手待要帶門，隨即轉念：「不忙關門，倘若這小子是假醉，關上了門可逃不走啦。」拔了匕首在手，走近身去，伸右手推推鄭克塽，他全不動彈，果已昏迷，又推推阿珂。她唔唔兩聲，卻不坐起。韋小寶心想：「她喝酒太少，只怕不久就醒了，那可危險。」將匕首插入靴中，扶了她坐直。

阿珂雙目緊閉，含含糊糊的道：「我……我不能喝了。」韋小寶低聲道：「乖，再喝一杯。」斟滿一杯酒，左手挖開她小嘴，將酒灌了下去。

眼見阿珂迷迷糊糊將這杯迷春藥酒吞入肚中，心道：「老子跟你明媒正娶的拜了天地，你不肯跟老公洞房花燭，卻到麗春院來做小婊子，要老公做瘟生來梳攏你，眞正犯賤。」

阿珂本就秀麗無儔，這時酒醉之後，紅燭之下更顯得千嬌百媚。韋小寶色心大動，再也不理會鄭克塽死活醉醒，將阿珂打橫抱起，走進甘露廳側的大房。

這間大房是接待豪客留宿的，一張大床足有六尺來闊，錦褥繡被，陳設華麗。韋小寶將阿珂輕輕放在床上，回出來拿了燭台，放在床頭桌上，只見阿珂臉上紅艷艷地，不由得一顆心撲通、撲通的亂跳，俯身給她脫去長袍，露出貼身穿著的淡綠褻衣。

他伸手去解她褻衣的扣子，突然聽得背後腳步聲響，一人衝了進來，正要回頭，辮子一緊，耳朵一痛，又已給韋春芳抓住了。韋小寶低聲道：「媽，快放手！」

韋春芳罵道：「小王八蛋，咱們人雖窮，院子裏的規矩可壞不得。揚州九大名院，那有偷客人錢的。快出去！」韋小寶急道：「我不是偷人錢啊。」

韋春芳用力拉他辮子，拚命扯了他回到自己房中，罵道：「你不偷客人錢，解人家衣服幹甚麼？這幾十兩銀子，定是做小賊偷來的。辛辛苦苦的養大你，想不到你竟會去做賊。」一陣氣苦，流下淚來，拿起床頭的兩錠銀子，摔在地下。

韋小寶難以解釋，若說這客人女扮男裝，其實是自己老婆，一則說來話長，二則母親說甚麼也不會相信，只道：「我爲甚麼要偷人家錢？你瞧，我身邊還有許多銀子。」從懷中掏出一大疊銀票，說道：「媽，這些銀子我都要給你的，怕一時嚇壞了你，慢慢再給你。」

韋春芳見幾百兩的銀票共有數十張之多，只嚇得睜大了眼，道：「這……這……小賊，你……你……你還不是從那兩個相公身上摸來的？你轉世投胎，再做十世小王八蛋，也掙不到這許多銀子，快去還了人家。咱們在院子裏做生意，有本事就騙人家十萬八萬，卻是要瘟生心甘情願，雙手奉送。只要偷了人家一個子兒，二郎神決不饒你，來世還是幹這營生。小寶，娘是爲你好！」說到後來，語氣轉柔，又道：「人家明日醒來，不見了這許多銀子，那有不吵起來的？衙門裏公差老爺來一查，捉了你去，還不打得皮開肉爛的嗎？乖小寶，咱們不能要人家這許多銀子。」說來說去，總是要兒子去還錢。

韋小寶心想：「媽纏七夾八，這件事一時說不明白了，鬧到老鴇、烏龜知道了，大家來一亂，這件事全壞啦。」心念一動，已有了主意，便道：「好，好，媽，就依你的。」攜了母親的手來到甘露廳，將一疊銀票都塞在鄭克塽懷裏，拉出自己兩個衣袋底，拍拍身上，道：「我一兩銀子也沒了，你放心罷？」韋春芳嘆了口氣，道：「好，要這樣才好。」

韋小寶回到自己房裏，見母親下身穿著一條舊褲，不由得嗤的一笑。韋春芳彎起手指，在他額頭卜的一記，罵道：「我起身解手，摸不到褲子，就知你不幹好事去了。」說著不禁笑了起來。韋小寶道：「啊喲，不好，要拉屎。」抱住肚子，匆匆走出。韋春芳怕他又去甘露廳，見他走向後院茅房，這才放心，心道：「你再要去花廳，總逃不過老娘的眼去。」

韋小寶走出邊門，飛奔回到何園。守門親兵伸手攔住，喝道：「幹甚麼？」韋小寶道：「我是欽差大人，你不認得了嗎？」那親兵一驚，仔細看去，果是欽差大人，忙道：「是，是大人……」韋小寶那等他說完，快步回到房中，說道：「好雙兒，快快，幫我變回欽差大人。」一面說，一面力扯身上長衫。

雙兒服侍他洗臉更衣，笑道：「欽差大人私行察訪，查到了眞相嗎？」韋小寶道：「查到了，咱們這就去拿人。你快穿親兵衣服，再叫八名親兵隨我去。」雙兒道：「要不要叫徐老爺子們？」韋小寶心想：「鄭克塽和阿珂已經迷倒，手到擒來，不費吹灰之力。徐天川他們要是跟了去，又不許我殺姓鄭的那臭小子了。叫了親兵同去，是擺架子嚇我娘、嚇老鴇龜兒的。」便道：「不用了。」

雙兒穿起親兵服色，道：「咱們叫曾姑娘同去，好不好？」親兵隊中只有她跟曾柔兩個是女扮男裝，兩個少女這些日子相處下來，已十分親密。韋小寶心想：「要抱阿珂到這裏來，她一個不行，須得兩個人抬才是。欽差大人不能當著下人動手，又不能讓親兵的臭手碰到我老婆的香身。」說道：「很好，你叫她一起去，可別叫王屋派那些人。」

曾柔本就穿著親兵裝束，片刻間便即就緒。韋小寶帶著二女和八名親兵，又到麗春院來。兩個親兵上去打門，喝道：「參將大人到，快開門迎接。」衆親兵得了囑咐，只說韋小寶是參將，要嚇嚇老鴇、龜兒，一名參將已綽綽有餘。

打了半天，大門才呀的一聲開了，一名龜奴迎了出來，叫道：「有客！」這兩個字叫得沒精打采。韋小寶怕他認得自己，不敢向他瞧去。一名親兵喝道：「參將老爺駕到，叫老鴇好好侍候。」

韋小寶來到廳上，老鴇出來迎接，對韋小寶瞧也不瞧，便道：「請老爺去花廳吃茶。」韋小寶心想：「你不瞧我最好，免得認了我出來，也不用見我媽了，吩咐他們抬了阿珂和鄭克塽走便是。」只是這老鴇平素接待客人十分周到，對官面上的更是恭敬客氣，今日卻這等冷淡，話聲也很古怪，不覺微感詫異。

他走進甘露廳，見酒席未收，鄭克塽仍仰坐在椅中，正待下令，只見一個衣著華麗之人走了過來，說道：「韋大人，你好！」

韋小寶一驚，心道：「你怎認得我？」向他瞧去，這一驚非同小可，彎腰伸手，便去摸靴中匕首。突覺手上一緊，身後有人抓住了他手腕，冷冷的道：「好好坐下罷，別動粗！」左手抓住他後領，提起他身子，往椅中一送。韋小寶暗暗叫苦，但聽得雙兒一呼嬌叱，已跟那人動上了手。曾柔上前夾擊，旁邊一個錦衣公子發掌向她劈去，兩人鬥了起來。

韋小寶凝目看時，這錦衣公子原來也是女扮男裝，正是阿珂的師姊阿琪。跟雙兒相鬥之人身材高瘦，卻是青海喇嘛桑結，這時身穿便裝，頭上戴帽，拖了個假辮。第一個衣著華麗之人則是蒙古王子葛爾丹。韋小寶心道：「我忒也胡塗，明明聽得鄭克塽說約了葛爾丹在此相會，怎不防到這一著?我一見阿珂，心裏就迷迷糊糊的，連老子姓甚麼也忘了。他媽的，我老子姓甚麼，本來就不知道，倒也難怪。」

只聽得雙兒「啊喲」一聲，腰裏已遭桑結點了穴道，摔倒在地。這時曾柔還在和阿琪狠鬥，阿琪招式雖精，苦於出手無力，幾次打中了曾柔，卻傷她不得。桑結走近身去，兩招之間就將曾柔點倒。八名親兵或爲桑結點倒，或給葛爾丹打死，摔在廳外天井中。

桑結嘿嘿一笑，坐了下來，說道：「韋大人，你師父呢？」說著伸出雙手，直伸到他面前。只見他十根手指都少了一截，本來手指各有三節，現下只賸下兩節，極爲詭異可怖，韋小寶暗暗叫苦：「那日他翻閱經書，手指沾上了我所下的毒，這人居然狠得起心，將十根手指都斬了下來。今日老子落在他手中，一報還一報，把我十根手指也都斬下一截，那倒還不打緊，怕的是把我腦袋斬下一截。」

桑結見他嚇得呆了，甚是得意，說道：「韋大人，當日我見你小小孩童，不知你是朝中大大的貴人，多有得罪。」韋小寶道：「不敢當。當日我只道你是一個尋常喇嘛，不知你是一位大大的英雄，多有得罪。」桑結哼了一聲，問道：「你怎知我是英雄了?」韋小寶道：「有人在經書上下了劇毒，想害我師父，給我師父識破了，不敢伸手去碰。你定要瞧這部經書，我師父無可奈何，只好給你。大喇嘛，你手指中毒之後，當機立斷，立刻就把毒手指斬去，眞正了不起！自己抹脖子自殺容易，自己斬去十根手指，古往今來，從來沒那一位大英雄幹過。想當年關雲長刮骨療毒，不皺一皺眉頭，那也是旁人給他刮骨，要他自己斬手指，那就萬萬不能。你比關雲長還厲害，這不是自古以來天下第一位大英雄麼？」

桑結明知他大拍馬屁，不過想自己對他手下留情，比之哀求饒命，相差也就無幾，不過這些言語聽在耳裏，倒也舒服受用。當日自己狠心砍下十根手指，這才保得性命，雖然雙手殘廢，許多武功大打折扣，但想到彼時生死懸於一線，自己竟有這般剛勇，心下也常自引以爲傲。他帶同十二名師弟，前來中原劫奪《四十二章經》，結果十二人盡皆喪命，自己還鬧得雙手殘廢，如此倒霉之事，自然對人絕口不提，也從來沒人敢問他爲何會斬去十根手指，因此韋小寶這番話，還是第一次聽見。

大喇嘛陰沉沉的臉上，不自禁多了幾絲笑意，說道：「韋大人，我們得知你駕臨揚州，大家便約齊了來跟你相會。你專門跟平西王搗蛋，壞了他老人家不少大事。額駙想回雲南探親，也是給你阻住的，是不是？」韋小寶道：「各位消息倒靈通，當眞了得！這次我出京，皇上吩咐了甚麼話，各位知不知道？」桑結道：「倒要請教。」

韋小寶道：「好說，好說。皇上說道：『韋小寶，你去揚州辦事，只怕吳三桂要派人行刺，朕有些放心不下。好在他兒子在朕手裏，要是你有甚麼三長兩短，朕把吳應熊這小子一模一樣的兩短三長便了。吳三桂派人割了你一根小指頭兒，吳應熊這小子也不免少一根小指頭兒。吳三桂這老小子派人殺你，等於殺他自己兒子。』我說：『皇上，別人的兒子我都可以做，吳三桂的兒子卻一定不做。』皇上哈哈大笑。就這麼著，我到揚州來啦。」

桑結和葛爾丹對望一眼，兩人臉色微變。桑結道：「我和王子殿下這次到揚州來找你，初時心想皇帝派出來的欽差，定是甚麼了不起的人物，那知我二人遠遠望了一望，卻原來是老相識，連這位阿琪姑娘，也識得你的。」韋小寶笑道：「咱們是老相好了。」

阿琪拿起桌上的一隻筷子，在他額頭一戳，啐道：「誰跟你是老相好？」

桑結道：「我們約了臺灣鄭二公子在這裏相會，原是要商量怎麼對你下手，想不到你竟會自己送上門來，可省了我們不少力氣。」

韋小寶道：「正是。皇上向王子手下那大鬍子罕帖摩盤問了三天，甚麼都知道了。」

桑結和葛爾丹聽到罕帖摩的名字，都大吃一驚，同時站起，問道：「甚麼？」

韋小寶道：「那也沒甚麼。皇上跟罕帖摩說的是蒙古話，嘰哩咕嚕的，我一句也不懂。後來皇上賞了他好多銀子，派他去兵部尚書明珠大人手下辦事，過不了三天，就派我去催他快些畫地圖。這些行軍打仗的事我也不懂。我對皇上說：『皇上，蒙古西藏，地方太冷，你要派兵去打仗，奴才跟你告個假，到揚州花花世界去逛逛罷。』」

葛爾丹滿臉憂色，問道：「你說小皇帝要派兵去打蒙古、西藏？」韋小寶搖頭道：「這種事情，我不大清楚了。皇上說：『咱們最好只對付一個老傢伙。蒙古、西藏要是幫咱們，咱們就當他們是朋友；他們要是幫老傢伙，咱們沒法子，只好先發制人。』」

桑結和葛爾丹對望了一眼，心中略寬，都坐了下來。葛爾丹問起罕帖摩的情形，韋小寶於他形貌舉止，描繪得活龍活現，不由葛爾丹和桑結不信。

韋小寶見他二人都眉頭微蹙，料想他二人得知罕帖摩降清，蒙古、西藏和吳三桂勾結之事已瞞不過小皇帝，生怕康熙先下手爲強；眼見雙兒和曾柔都給點了穴道，躺在地下，那八名親兵多半均已嗚呼哀哉，他這次悄悄來到麗春院，生恐給人發見自己身世秘密，因此徐天川、張勇、趙齊賢等無一得知，看來等到自己給人剁成肉醬，做成了揚州出名的獅子頭，不論紅燒也罷，清蒸也罷，甚至再加蟹粉，還是無人來救；既無計脫身，只有信口開河，聊勝於坐以待斃，說道：「皇上聽說葛爾丹王子武功高強，英雄無敵，倒也是十分佩服的。」

葛爾丹微笑問道：「皇帝也練武功麼？怎知我有武功？」韋小寶道：「皇上自然會武的，還挺不錯呢。殿下那日在少林寺大顯身手，只打得少林寺方丈甘拜下風，達摩堂、羅漢堂、般若堂三堂首座望風披靡。兄弟都向皇上細細說了。」那日葛爾丹在少林鎩羽而去，此刻聽韋小寶爲他大吹法螺，在桑結之前大有面子，不禁臉現得意之色。

韋小寶道：「少林寺方丈晦聰大師的武功，在武林中也算是數一數二的了，可是王子殿下衣袖只這麼一拂，晦聰方丈便站立不定，一交坐倒，幸虧他坐下去時，屁股底下恰好有個蒲團，才不摔壞了那幾根老骨頭……」其實那天葛爾丹是給晦聰袍袖一拂，一交坐在椅上，再也站不起來，韋小寶卻把話倒轉來說了，心道：「晦聰師兄待我不錯，但今日做師弟的身遇血光之災，眼看就要圓寂坐化，前往西天，只好空即是色，色即是空，師兄勝即是敗，敗即是勝。」嘴裏胡言亂語，心中胡思亂想，一雙眼睛東張西望，一瞥眼間，只見阿琪似笑非笑，一雙妙目盯在葛爾丹臉上，眼光中充滿著情意。

韋小寶心念一動：「這惡姑娘想做蒙古王妃。」便道：「皇上說道：『葛爾丹王子武功既高，相貌又漂亮，他要娶王妃，該當娶一個年輕美貌、也有武功的姑娘才是……』」偷眼向阿琪瞧去，果見她臉上一紅，神色間十分關注，接著道：「……那陳圓圓雖然號稱天下第一美人，可是現下年紀大了，葛爾丹又何必定要娶她呢？」

阿琪忍不住道：「誰說他要娶陳圓圓了？又來瞎說！」葛爾丹搖頭道：「那有此事？」

韋小寶道：「是啊。我說：『啓稟皇上：葛爾丹王子殿下有個相好的姑娘，叫做阿琪姑娘……』」阿琪啐了一口，臉上神色卻十分歡喜。葛爾丹向她笑吟吟的望了一眼。韋小寶續道：「『……這位阿琪姑娘武功天下第三，只不及桑結大喇嘛、葛爾丹王子殿下，比之皇上，嘻嘻，似乎還強著一點兒，奴才說的是老實話，皇上可別見怪……』」

桑結本來聽得有些氣悶，但聽他居然對皇帝說自己是武功天下第一，明知這小鬼的說話十成中信不了半成，但也不自禁怡然自得，鼻中卻哼了一聲，示意不信。

韋小寶續道：「皇上說：『我不信。這小姑娘武功再好，難道還強得過她師父嗎？』我說：『皇上有所不知。這小姑娘的師父，是一位身穿白衣的尼姑，武功本來是很高的，算得上天下第三。可是有一次跟桑結大喇嘛動手，給桑結大喇嘛一掌劈過去，那師太抵擋不住，全身內功散得無影無蹤。因此武功天下第三的名號，就給她徒兒搶去了。』」

阿琪聽他說穿自己師承的來歷，心下驚疑不定：「他怎會知道我師父？」

桑結雖未和九難動過手，但十二名師弟盡數在她師徒手下死於非命，實是生平的奇恥大辱，此刻聽韋小寶宣稱九難給自己一掌劈得內功消散，實是往自己臉上大大貼金。他和葛爾丹先前最躭心的，都是怕韋小寶揭露自己的醜史，因此均想儘快殺了此人滅口，待聽他將自己的大敗說成大勝，倒也不忙殺他了。桑結向阿琪凝視片刻，心想：「我此刻才知，原來你是那白衣小尼姑的徒兒。這中間只怕有點兒古怪。」

阿琪問道：「你說陳圓圓甚麼的，又怎樣了？」

韋小寶道：「那陳圓圓，我在昆明是親眼見過的。不瞞姑娘說，她比我大了好幾歲，不過『天下第一美人』這六個字，的確名不虛傳。我一見之下，登時靈魂兒出竅，手腳冰冷，全身發抖，心中只說『世上那有這樣美貌的人兒？』阿琪姑娘，你的師妹阿珂，算得是很美了，但比之這個陳圓圓，容貌體態，那可差得太多。」

阿琪自然知道阿珂容顏絕美，遠勝於己，又知韋小寶對阿珂神魂顛倒，連他都這般說，只怕這話倒也不假，但嘴上兀自不肯服氣，說道：「你這小孩兒是個小色迷，見到人家三分姿色，就說成十分。陳圓圓今年至少也四十幾歲了，就算從前美貌，現今也不美了。」

韋小寶連連搖頭，道：「不對，不對。像你阿琪姑娘，今年不過十八九歲，當然美得不得了。再過三十年，一定仍然美麗之極，你如不信，我跟你打個賭。如果三十年後你相貌不美了，我割腦袋給你。」

阿琪嘻的一笑，任何女人聽人稱自己美貌，自然開心，而當著自己情郎之面稱讚，更加心花怒放，何況她對自己容色本就頗有自信，想來三十年後，自己也不會難看多少。

韋小寶只盼她答允打這賭，那麼葛爾丹說不定會看在意中人面上，便讓自己再活三十年，到那時再決輸贏，也還不遲。不料桑結哼了一聲，冷冷的道：「就可惜你活不過今晚了。阿琪姑娘三十年後的芳容，你沒福氣見到啦。」

韋小寶嘻嘻一笑，說道：「那也不打緊。只盼大喇嘛和王子殿下記得我這句話，到三十年後的今天，就知韋小寶有先見之明了。」桑結、葛爾丹、阿琪三人忍不住都哈哈大笑。韋小寶自也跟著大笑湊趣。

他又道：「我到昆明，還是去年的事，我是送建寧公主去嫁給吳三桂的兒子，你們三位都知道的了。本來這是大大的喜事，可是一進昆明城裏，只見每條街上都有人在號啕大哭，隔不了幾家，就是一口棺材，許多女人和小孩披麻戴孝，哭得昏天黑地。」

葛爾丹和阿琪齊問：「那爲了甚麼？」

韋小寶道：「我也奇怪得很哪。一問雲南的官兒，大家支支吾吾的都不肯說。後來我派親兵出去打聽，才知道了，原來這天早晨，陳圓圓聽說公主駕到，親自出來迎接。她從轎子裏一出來，昆明十幾萬男人就都發了瘋，個個擁過去看她，都說天下仙女下凡，你推我擁，踹死了好幾千人。平西王帳下的武官兵丁起初拚命彈壓，後來見到了陳圓圓，大家刀槍也都掉了下來，個個張大了口，口水直流，只是瞧著陳圓圓。」

桑結、葛爾丹、阿琪三人你瞧瞧我，我瞧瞧你，均想：「這小孩說話定然加油添醬，不過陳圓圓恐怕當眞美貌非凡，能見上一見就好了。」

韋小寶見三人漸漸相信，又道：「王子殿下，平西王麾下有個總兵，叫做馬寶，你聽過他名字麼？」葛爾丹和阿琪都點了點頭。他二人和馬寶曾同去少林寺，怎不認得？葛爾丹道：「那天在少林寺中，你也見過他的。」韋小寶道：「是他麼？我倒忘了。當日我只留神王子殿下大顯神功，打倒少林寺的高僧，沒空再瞧旁人，就算稍有一點兒空閒，也只顧到向阿琪姑娘的花容月貌偷偷多看上幾眼。」阿琪啐了他一口，心中卻甚歡喜。

葛爾丹問道：「馬總兵又怎麼了？」韋小寶嘆了口氣，說道：「馬總兵也就是這天出的事。他奉平西王將令保護陳圓圓，那知他看得陳圓圓幾眼，竟也胡裏胡塗了，居然過去摸了摸她那又白又嫩的小手。後來平西王知道了，打了他四十軍棍。馬總兵悄悄對人說：『我摸的是陳圓圓的左手，本來以爲王爺要割了我一隻手。早知只打四十軍棍，那麼連她右手也摸一摸了。八十下軍棍，未必就打得死我。』平西王麾下共有十大總兵，其餘九名總兵都羨慕得不得了。這句話傳到平西王耳裏，他就傳下將令，今後誰摸陳圓圓的手，非砍下雙手不可。平西王的女婿夏國相，也是十大總兵之一，他就叫高手匠人先做下一雙假手。他說自己有時會見到這個天仙似的岳母，萬一忍不住要上去摸手，不如自己先做下假手，以免臨時來不及定做，這叫做有甚麼無患。」

葛爾丹只聽得張大了口，呆呆出神。桑結不住搖頭，連說：「荒唐，荒唐！」也不知是說十大總兵荒唐，還是說韋小寶荒唐。阿琪道：「你見過陳圓圓，怎不去摸她的手？」

韋小寶道：「那是有緣故的。我去見陳圓圓之前，吳應熊先來瞧我，說我千里迢迢的送公主去給他做老婆，他很感激。他從懷裏掏出一副東西，金光閃閃，鑲滿了翡翠、美玉、紅寶石、貓兒眼，原來是一副黃金手銬。」

阿琪問道：「甚麼手銬，這般珍貴？」

韋小寶道：「是啊，當時我便問他是甚麼玩意兒，總以爲是他送給我的禮物。那知他喀喇一聲，把我雙手銬住了。我大吃一驚，叫道：『額駙，你幹麼拿我？我犯了甚麼罪？』吳應熊道：『欽差大人，你不可會錯了意，兄弟是一番好意。你要去見我陳姨娘，這副手銬是非戴不可的，免得你忍耐不住，伸手摸她。倘若單是摸摸她的手，父王衝著你欽差大人的面子，也不會怎樣。就只怕你一呀摸，二呀摸，三呀摸的摸起來，父王不免要犯殺害欽差大臣的大罪。大人固然不妥，我吳家可也糟了。』我嚇了一跳，就戴了手銬去見陳圓圓。」

阿琪越聽越好笑，道：「我可眞不信。」韋小寶道：「下次你到北京，向吳應熊要這副金手銬來瞧瞧，就不由你不信了。他是隨身攜帶的，以便一見陳圓圓，立刻取出戴上，只要慢得一步，那就乖乖不得了。」桑結哼了一聲道：「陳圓圓是他庶母，難道他也敢有非禮的舉動？」韋小寶道：「他當然不敢，因此隨身攜帶這副金手銬啊。」阿琪道：「他到了北京，又何必再隨身攜帶？」

韋小寶一怔，心道：「糟糕！牛皮吹破了。」但他腦筋轉得甚快，立即說道：「吳應熊本來想立刻回昆明的，又沒想在北京長住。留在北京，那是不得已。」桑結瞪了他一眼，道：「那是你恩將仇報了。人家借手銬給你，很夠交情，你卻阻攔了他，不讓他回雲南。」

韋小寶搖頭道：「吳應熊於我有甚麼恩？他跟我有不共戴天之仇。」桑結奇道：「他得罪你甚麼了？」韋小寶道：「還不得罪？借手銬給我，那比殺了我老子還惡毒。當時我若不是戴著這副手銬，陳圓圓的臉蛋也摸過了。唉，大喇嘛、王子殿下，只要我摸過陳圓圓那張比花瓣兒還美上一萬倍的臉蛋，吳三桂砍下我這一雙手又有甚麼相干？就算他再砍下我一雙腿，做成雲南宣威火腿，又算得甚麼？」

三人神馳天南，想像陳圓圓的絕世容光，聽了他這幾句話竟然不笑。

韋小寶壓低嗓子，裝出一副神秘莫測的模樣，悄聲道：「有個天大的秘密，三位聽了可不能洩漏。本來是不能說的，不過難得跟三位談得投機，不妨跟知己說說。」葛爾丹忙問：「甚麼機密？」韋小寶低聲道：「皇上調兵遣將，要打吳三桂。」桑結等三人相視一笑，都想：「那是甚麼機密了？皇上不打吳三桂，吳三桂也要起兵打皇上。」韋小寶道：「你們可知皇上為甚麼要對雲南用兵？那就難猜些了。」

阿琪道：「難道也是為了陳圓圓？」韋小寶一拍桌子，顯得驚異萬分，說道：「咦！你怎知道？」阿琪道：「我是隨便猜猜。」

韋小寶大為讚嘆，說道：「姑娘真是女諸葛，料事如神。皇上做了皇帝，甚麼都有了，就只少了這個『天下第一美人』。上次皇上為甚麼派我這小孩子去雲南，卻不派甚麼德高望重、勞苦功高的大臣？就是要我親眼瞧瞧，到底這女子是不是當眞美得要命，再要我探探吳三桂的口風，肯不肯把陳圓圓獻進宮去。派白鬍子大臣去辦這件事，總有點不好意思，是不是？那知我只提得一句，吳三桂就拍案大怒，說道：『你送一個公主來，就想掉換我的活觀音？哼哼，就是一百個公主，我也不換。』」

桑結和葛爾丹對望一眼，隱隱覺得上了吳三桂的大當，原來其中還有這等美色的糾葛。吳三桂當年「衝冠一怒爲紅顏」，正是爲了陳圓圓，斷送了大明三百年的江山，此事天下皆知。小皇帝年少風流，這種事倒也是在情理之中。

韋小寶心道：「小玄子，你是烏生魚湯，決不貪圖老烏龜的老婆。我小桂子大難臨頭，只好說你幾句壞話，千萬不好當眞。」見桑結和葛爾丹都神色嚴重，又道：「我見吳三桂大大發怒，就不敢再提。那時我在雲南，雖帶得幾千兵馬，怎敵得過吳三桂手下的千軍萬馬？只好悶聲大發財了，是不是啊？」葛爾丹點了點頭。

韋小寶道：「一天晚上，那大鬍子罕帖摩來見我，他說是王子殿下派他去昆明跟吳三桂聯絡的。他在昆明卻發覺情勢不對，說蒙古人是成甚麼汗的子孫，都是英雄好漢，幹麼爲了吳三桂的一個美貌女子去打仗送死。他求我偷偷帶他去北京見皇帝，要親自對皇帝說，陳圓圓甚麼的，跟蒙古王子、青海喇嘛都不相干。蒙古葛爾丹王子早有了一位阿琪姑娘，不會再要陳圓圓的了。青海大喇嘛也有了……有了很多美貌的青海姑娘……」

桑結大喝：「胡說！我們黃教喇嘛嚴守清規戒律，決不貪花好色。」韋小寶忙道：「那是罕帖摩說的，可不關我事。大喇嘛，罕帖摩爲了討好皇帝，叫他放心，不用躭心你會搶陳圓圓，只怕是有的。」桑結哼了一聲，道：「下次見到罕帖摩，須得好好問他一問，到底是他說謊，還是你說謊，如此敗壞我的清譽。」

韋小寶心中一喜：「他要去質問罕帖摩，看來一時就不會殺我了。」忙道：「是，是。下次你叫我跟罕帖摩當面對證好了。你們幫吳三桂造反，實在沒甚麼好處。就算造反成功，你們兩位身邊若不帶備一副手銬，總還是心驚肉跳……」忽見桑結臉有怒色，忙道：「大喇嘛色即是空，空即是色，見了陳圓圓當然不會動心。不過，不過……唉！」

桑結問道：「不過甚麼？」韋小寶道：「上次我到昆明，陳圓圓出來迎接公主，不是擠死了好幾千人麼？這些死人的家裏做法事，和尚道士忽然請不到了。」阿琪問道：「那爲甚麼？」韋小寶道：「許許多多和尚見到了陳圓圓，凡心大動，一天之中，昆明有幾千名和尚還俗，不出家了。你想，突然間少了幾千和尚，大做法事自然不夠人手了。」

葛爾丹等三人都將信將疑，覺他說得未免太玄，但於陳圓圓的美艷，卻已決無懷疑。

阿琪向葛爾丹晃了一眼，輕輕的道：「昆明地方這等古怪，我是不去的了。你要幫吳三桂，你自己去罷。」葛爾丹忙道：「誰說要去昆明了？我又不想見陳圓圓。我看我們的阿琪姑娘，也不見得會輸了給陳圓圓。」阿琪臉色沉了下來，說道：「你說我不見得會輸了給陳圓圓，明明說我不及她。你就是想去見她。」說著站起身來，道：「我走啦！」

葛爾丹大窘，忙道：「不，不！我對天發誓，這一生一世，決不看陳圓圓一眼。」阿琪回嗔作喜，坐了下來。韋小寶道：「你決不看陳圓圓一眼，這話是對的。不論是誰，一見到她，只看一眼怎麼夠？一百眼、一千眼也看不夠啊。」葛爾丹罵道：「你這小鬼，就是會瞎說。我立誓永遠不見陳圓圓的面就是。若是見了，教我兩隻眼睛立刻瞎了。」阿琪大喜，含情脈脈的凝視著他。

韋小寶道：「我聽小皇帝說，眞不明白你們兩位幫吳三桂是爲了甚麼。倘若是要得陳圓圓，那沒法子，天下只一個陳圓圓，連小皇帝也沒有。除了這美女之外，吳三桂有甚麼，小皇帝比他多十倍還不止。你們兩位只要幫皇帝，金銀財寶，要多少有多少。」

桑結冷冷的道：「青海和蒙古雖窮，卻也不貪圖金銀財寶。」韋小寶心想：「他二人不要金銀財寶，也不要美女，最想要的是甚麼？」念頭一轉，心道：「是了，小丈夫一日不可無錢，大丈夫一日不可無權。我韋小寶是小丈夫，他兩個是大丈夫。」便道：「小皇帝說，葛爾丹只是個王子，還不夠大，倘若幫我打吳三桂，我就封他爲蒙古國王。」

葛爾丹雙目射出喜悅的光芒，顫聲問道：「皇……皇帝當眞說過這句話？」韋小寶道：「當然！我爲甚麼騙你？」桑結道：「天下也沒蒙古國王這銜頭。皇帝如能幫著殿下做了準噶爾汗，殿下也就心滿意足了。」韋小寶道：「可以，可以！這『整個兒好』，皇帝一定肯封。」心想：「『整個好兒』是他媽的甚麼玩意兒？難道還有『一半兒好』的？」

桑結見他臉上神色，料想他不懂，說道：「蒙古分爲幾部，準噶爾是其中最大的一部。蒙古的王不叫國王，叫做汗。王子殿下還沒做到汗。」韋小寶道：「原來如此。王子殿下只要幫皇上，做個把整個兒汗那還不容易？皇帝下一道聖旨，派幾萬兵馬去，別的蒙古人還會反抗嗎？」葛爾丹一聽大喜，道：「皇帝如肯如此，那自然易辦。」

韋小寶一拍胸膛，說道：「你不用躭心，包在我身上辦到就是。皇上只恨吳三桂一人。阿琪姑娘雖然美貌，只要不給皇上瞧見，他包管不會來搶你的。至於桑結大喇嘛呢，你幫了皇上的忙，皇上自會封你做管治全西藏的大官。」他不知這大官叫做甚麼，不敢亂說。

桑結道：「我是青海的喇嘛，全西藏是達賴活佛管的，可不能由皇上隨便來封。」韋小寶道：「你雖在青海，爲甚麼不能去西藏做活佛？西藏一共有幾個活佛？」桑結道：「還有一個班禪活佛，一共是兩位。」韋小寶道：「是啊，一日不過三，甚麼都要有三個才是道理。咱們請皇上再封一位桑結活佛，桑結大活佛專管達甚麼、班甚麼的兩個小活佛。」桑結心中一動：「這小傢伙瞎說一氣，倒也有些道理。」想到此處，一張瘦削的臉上登時現出了笑容。

韋小寶此時只求活命脫身，對方不論有甚麼要求，都是一口答允，何況封準噶爾汗、西藏大活佛，又不用他費一兩銀子本錢，說道：「我不是吹牛，兄弟獻的計策，皇帝有九成九言聽計從。再說，兩位肯幫著打吳三桂，皇帝不但要封賞兩位，兄弟也算立了大功，非升官發財不可。常言道得好：『朝裏有人好做官。』兄弟在朝裏做大官，兩位分別在蒙古、西藏做大官。我說哪，咱三個不如拜把子做了結義兄弟，此後咱們三人有福共享，有難同當，不願同年同月同日生，但願同年同月同日死。天下除了小皇帝，就是咱三個大了，那豈不是美得很麼？」心想：「但願同年同月同日死，這句話是很要緊的。他二人只要一點了頭，就不能再殺我了。再要殺我，等於自殺。」

桑結和葛爾丹來到揚州之前，早已訪查清楚，知道這少年欽差是小皇帝駕前的第一大紅人，飛黃騰達，升官極快，只萬萬想不到原來便是那個早就認識的少年。葛爾丹原和他並無仇怨，桑結卻給他害死了十二名師弟，斬去了十根手指，本來恨之切骨，但聽了他這番言語後，心想衆師弟人死不能復生，指頭斬後不能重長，若將此人一掌打死，也不過出了一口惡氣，徒然幫了吳三桂一個大忙，於自己卻無甚利益，但如跟他結拜，倒十分實惠，好處甚多。兩人你瞧瞧我，我瞧瞧你，都緩緩點頭。

韋小寶大喜過望，想不到一番言辭，居然打動了兩個惡人之心，生怕二人反悔，忙道：「大哥、二哥、二嫂，咱們就結拜起來。二嫂拜不拜都成，你跟二哥拜了天地，那都是一家人了。」阿琪紅著臉啐了一口，只覺這小孩說話著實討人歡喜。

桑結突然一伸手，啪的一聲，將桌子角兒拍了下來。韋小寶吃了一驚，心道：「又幹甚麼了？」只聽桑結厲聲道：「韋大人，你今天這番話，我暫且信了你的。可是日後你如反覆無常，食言而肥，這桌子角兒便是你的榜樣。」

韋小寶笑道：「大哥說那裏話來，我兄弟三人一起幹事，大家都有好處。兄弟假如欺騙了你們，你們在蒙古、西藏發兵跟皇帝過不去，皇帝一怒之下，定要先砍了我的腦袋。兩位哥哥請想，兄弟敢不敢對你們不住？」桑結點點頭，道：「那也說得是。」

當下三人便在廳上擺起紅燭，向外跪拜，結拜兄弟，桑結居長，葛爾丹爲次，韋小寶做了三弟。他向大哥、二哥拜過，又向阿琪磕頭，滿口「二嫂」，叫得好不親熱，心想：你做了我二嫂，以後見到我調戲我自己的老婆阿珂，總不好意思再來干涉了罷？

阿琪提起酒壺，斟了四杯酒，笑道：「今日你們哥兒三個結義，但願此後有始有終，做出好大的事業來。小妹敬你們三位一杯。」桑結笑道：「這杯酒自然是要喝的。」說著拿起了酒杯。

韋小寶忙道：「大哥，且慢！這是殘酒，不大乾淨。咱們叫人換過。」大聲叫道：「來人哪！快取酒來。」微覺奇怪：「麗春院裏怎麼搞的？這許久也不見有人來伺候。」

又想：「是了。老鴇、龜奴見到打架，又殺死了官兵，都逃得乾乾淨淨了。」

正想到此處，卻見走進一名龜奴，低垂著頭，含含糊糊的道：「甚麼事？」韋小寶心道：「麗春院裏的龜奴，我那一個不識得？這傢伙是新來的，那有對客人這般沒規矩的？定是嚇得傻了。」喝道：「快去取兩壺酒來。」那龜奴道：「是了！」轉身走出。

韋小寶見到那龜奴的背影，心念一動：「咦！這人是誰？白天在禪智寺外賞芍藥就見過他，怎麼他到這裏來做龜奴？其中定有古怪。」凝神一想，不由得背上出了一身冷汗，「啊」的一聲，跳了起來。

桑結、葛爾丹、阿琪三人齊問：「怎麼？」韋小寶低聲道：「這人是吳三桂手下高手武士假扮的，咱們剛才的說話，定然都敎他聽去啦。」桑結和葛爾丹吃了一驚，齊道：「那可留他不得。」韋小寶道：「二位哥哥且……且不忙動手。咱們假裝不知，且看他一共來了多少人，有……有甚麼鬼計。」他說這幾句話時，聲音也顫了。這龜奴倘若眞是吳三桂的衛士所扮，他倒也不會這般驚惶，原來此人卻是神龍敎的陸高軒。

這人自神龍島隨著他同赴北京，相處日久，此時化裝極爲巧妙，面目已全然不識，但見到他的背影，卻感眼熟。日間在禪智寺外仍未省起，此刻在麗春院中再度相見，便知其中必有蹺蹊，仔細一想，這才恍然。單是陸高軒一人，倒也不懼，但他既在禪智寺外聽到自己無意中漏出的口風，說要到麗春院來聽曲，便即來此化裝成爲龜奴，那麼多半胖頭陀和瘦頭陀也來了，說不定洪教主也親自駕臨，要再說得洪教主跟自己也拜上把子，發誓同年同月同日死，那可千難萬難。他越想越怕，額頭上汗珠一顆顆的滲將出來。

只見陸高軒手托木盤，端了兩壺酒進來，低下頭，將酒壺放在桌上。韋小寶尋思：「他低下了頭，生怕我瞧出破綻，哼，不知還來了甚麼人？」說道：「你們院子裏怎麼只有你一個？快多叫些人進來伺候。」陸高軒「嗯」的一聲，忙轉身退出。

韋小寶低聲道：「大哥、二哥、二嫂，待會你們瞧我眼色行事。我如眼睛翻白，抬頭上望，你們立刻出手，將進來的人殺了。這些人武功高強，非同小可。」桑結等都點點答應，心中卻想：「吳三桂手下的衛士，武功再高，也沒甚麼了不起，何必這樣大驚小怪？」

過了一會，陸高軒帶了四名妓女進來，分別坐在四人身畔。韋小寶一看，四名妓女都不相識，並不是麗春院中原來的姑娘。四妓相貌都極醜陋，有的吊眼，有的歪嘴，皮膚或黃或黑，或凹凸浮腫，或滿臉瘡疤。韋小寶笑道：「麗春院的姑娘，相貌可漂亮得緊哪。」只見那坐在桑結身邊、滿臉瘡疤的姑娘向他眨了眨眼，隨即又使個眼色。

韋小寶見她眼珠靈活，眼神甚美，心想：「這四人是神龍教的，故意扮成了這般模樣，她卻向我連使眼色，那是甚麼意思？」端起原來那壺迷春酒，給四名妓女都斟了一杯，說道：「大家都喝一杯罷！」

妓院之中，原無客人向妓女斟酒之理，客人一伸手去拿酒壺，妓女早就搶過去斟了。但四名妓女只垂首而坐，韋小寶給她們斟酒，四人竟一句話不說。韋小寶心道：「這四個女人假扮婊子，功夫差極。」說道：「你們來服侍客人，怎麼不懂規矩，自己不先喝一杯？」說著又斟了一杯，對陸高軒道：「你是新來的罷？連烏龜也不會做。你們不敬客人的酒，客人一生氣，還肯花錢麼？」

陸高軒和四女以爲妓院中的規矩確是如此，都答應了一聲：「是！」各人將酒喝了。

韋小寶笑道：「這才是了。院子裏還有烏龜婊子沒有？通統給我叫過來。偌大一家麗春院，怎麼只你們五個人？只怕有點兒古怪。」那臉孔黃腫的妓女向陸高軒使個眼色。陸高軒轉身而去，帶了兩名龜奴進來，沙啞著嗓子道：「婊子沒有了，烏龜倒還有兩隻。」

韋小寶暗暗好笑，心道：「婊子、烏龜，那是別人在背後叫的，你自己做龜奴，怎能口稱『婊子、烏龜』？就算是嫖院的客人，也不會這樣不客氣。院子裏只說『姑娘、伴當』。我試你一試，立刻就露出了馬腳。哼哼，洪教主神機妙算，可是做夢也算不到，我韋小寶就是在這麗春院中長大的。」

只見那兩名龜奴都高大肥胖，一個是胖頭陀假扮，一瞧就瞧出來了，另一個依稀是瘦頭陀，可是怎麼身材如此之高？微一轉念，已知他腳底踩了高蹻，若非心中先已有數，可眞萬萬瞧不出來。他又斟了兩杯酒，說道：「客人叫你們烏龜喝酒，你們兩隻烏龜快喝！」

胖頭陀一聲不響的舉杯喝酒，瘦頭陀脾氣暴躁，忍耐不住，罵道：「你這小雜種才是烏龜！」陸高軒忙一扯他袖子，喝道：「快喝酒！你怎敢得罪客人？」瘦頭陀這次假扮龜奴，曾受過教主的嚴誡，心中一驚，忙將酒喝了。

韋小寶問道：「都來齊了嗎？沒別的人了？」陸高軒道：「沒有了！」

韋小寶道：「洪教主沒扮烏龜麼？」說了這句話，雙眼一翻，抬頭上望。

陸高軒等七人一聽此言，都大吃一驚，四名妓女一齊站起。桑結早在運氣戒備，雙手齊出，登時點中了瘦頭陀和陸高軒二人的腰間。

這兩指點出，陸高軒應手而倒，瘦頭陀卻只哼了一聲，跟著揮掌向桑結當頭劈落。桑結吃了一驚，心想自己的「兩指禪」功夫左右齊發，算得天下無雙，自從十根手指中毒截去之後，手指短了一段，出手已不如先前靈活，但正因短了一段，若點中在敵人身上，力道可又比昔日強了三分。此時明明點中這大胖子腰間穴道，何以此人竟會若無其事？難道他也如韋小寶一般，已練成了「金剛護體神功」？

其實這兩人誰也沒有「金剛護體神功」。韋小寶所以刀槍不入，只因穿了護身寶衣，而瘦頭陀卻是腳下踩了高蹻，憑空高了一尺。桑結以爲他身材當眞如此魁梧，伸指點他腰間，中指處卻是他大腿外側。瘦頭陀只一陣劇痛，穴道並沒封閉。

這時胖頭陀已和葛爾丹鬥在一起。滿臉瘡疤的妓女在和阿琪相鬥，另外一名妓女卻向韋小寶撲來。韋小寶笑道：「你發花癲麼？這般惡形惡狀幹甚麼？」眼見那妓女十指如鉤，來勢兇狠，心中一驚，一低頭便鑽到了桌子底下，伸手在那妓女的腿上一推。那妓女喝了迷春酒後，藥力發作，頭腦中本已迷迷糊糊，給他一推，站立不定，身子晃了幾晃，一交坐倒，再也站不起來。跟著其餘三名假妓女也都先後暈倒。

瘦頭陀和桑結拆得幾招，嫌足底高蹺不便，雙腳運勁，啪啪兩聲，將高蹺踹斷了。桑結罵道：「原來是個矮子。」瘦頭陀怒道：「老子從前可比你高得多，我喜歡做矮子，跟你甚麼相干？」桑結哈哈大笑，兩人口中說話，手上絲毫不停。兩個都是武功好手，數招之後，互相暗暗佩服。桑結心道：「吳三桂手下，居然有這樣一個武功了得的矮胖衛士。」瘦頭陀心道：「你武功雖高，卻給韋小寶這小鬼做走狗，也不是甚麼好腳色。」

那邊廂葛爾丹數招間就敵不過胖頭陀了。只是胖頭陀喝了一杯迷春酒，手腳不甚靈便，才一時沒將他打倒。阿琪見跟自己相鬥的妓女招式靈活，可是使不了幾招，便即暈倒，暗暗奇怪，轉頭見葛爾丹不住倒退，忙向前相助。胖頭陀眼前一黑，身子晃了幾下，只感敵人在自己胸口拍了一掌，力道卻不厲害。他閉著眼睛，兩手一分，格開對方手臂，雙手食指點到了敵人脥下。阿琪登時全身酸軟，慢慢倒下，壓在陸高軒背上，正自驚惶，只見胖頭陀突然俯衝摔倒。

葛爾丹叫道：「阿琪，阿琪，你怎麼了？」驀地裏胖頭陀躍起身來，當胸一拳，將他打得摔出丈許，重重撞在牆上。胖瘦二頭陀內力甚深，雖然喝了迷春藥，但這不過是妓院中所調製的尋常迷藥，並不如何厲害，兩人雖感昏暈，還在勉力支撐。

這時瘦頭陀雙眼瞧出來白濛濛的一團，只見桑結一個人影模模糊糊的晃來晃去，他伸手去打，都給桑結輕易避過，自己左肩和右頰卻接連重重的吃了兩拳。桑結的拳力何等沉重，饒是瘦頭陀皮粗肉厚，卻也抵受不起，不禁連聲吼叫，轉身奪門而逃。陸高軒搖搖晃晃的站起，上身穴道未解，胡裏胡塗的跟著奔出。

葛爾丹給胖頭陀打得撞上牆壁，背脊如欲斷裂，正自心怯，卻見敵人左手扶住了桌子，閉著眼睛，右掌在面前胸口不住搖晃，似是怕人襲擊。葛爾丹瞧出便宜，躍將過去，猛力一腳，踢中他後臀。胖頭陀大叫一聲，左手反轉，抓住了葛爾丹胸口，將他身子提了起來。桑結搶上相救。胖頭陀睜開眼睛，抓著葛爾丹搶出甘露廳，飛身上牆。

桑結喝道：「放下人來！」追了出去，跟著上屋。但聽兩人呼喝之聲漸漸遠去。

韋小寶從桌底下鑽出，只見地下橫七豎八的躺了一大堆人。雙兒和曾柔躺在廳角落裏；四名假妓女暈倒在地；鄭克塽本來伏在桌上，打鬥中椅子給人推倒，滾到了桌子底下；阿琪下身擱在一張翻倒的椅上，上身躺在地下。有的是給點中了穴道，有的是爲迷春酒所迷，一干人盡皆毫不動彈。

他最關心雙兒，忙將她扶起，見她雙目轉動，呼吸如常，便感放心，他不會解穴，只得將雙兒、曾柔、阿琪三人扶入椅中坐好。

心中又記掛母親，奔到母親房中，只見韋春芳倒在床邊，韋小寶大驚，忙搶上扶起，見她身子軟軟的，呼吸和心跳卻一如其常，料想是給神龍教的人點了穴道，麗春院中的婊子、烏龜，定然個個不免，穴道受點，過得幾個時辰自會解開，倒也不必躭心。

回到甘露廳中，側耳傾聽，胖瘦二頭陀或桑結、葛爾丹全無回轉的聲音，心想：「這滿臉瘡疤的假婊子向我大使眼色，似乎是叫我留心，這人良心倒好，不知是誰？」走過去俯身伸手，在那女子臉上抹了幾抹，一層灰泥應手而落，露出一張嬌嫩白膩的臉蛋。韋小寶一聲歡呼，原來竟是小郡主沐劍屏。他低下頭來，在她臉上輕輕一吻，說道：「你不是已隨兄長而去，怎麼又給神龍教抓了回去？究竟你對我有良心，你定是給他們逼著來騙我的。」

突然心中一跳：「還有那三個假婊子是誰？方姑娘不知在不在內？這小婊子專門想法子害我，這次若不在內，倒奇怪得緊了。」一想到了方怡，既感甜蜜，又感難過，眼見那臉蛋黃腫的女子身材苗條，看來多半是方怡，便伸手去抹她臉上化裝。

泥粉落下，露出一張姿媚嬌艷的臉蛋，年紀比方怡大了五六歲，容貌卻比她更美，竟是洪教主夫人。她酒醉之後，雙頰艷如桃花，肌膚中猶似要滲出水來。韋小寶過去雖覺洪夫人美貌動人，卻從來不敢以半分輕薄的眼色相覷，這時她爛醉如泥，卻是機會來了，伸出右手，在她臉頰上捏了一把，見她雙目緊閉，並無知覺，他一顆心怦怦亂跳，又在她另一邊臉頰上捏了一把，忍不住在她櫻唇上輕輕一吻。

轉過身來看另外兩個女子，見兩人都身材臃腫，決非方怡，其中一人曾惡狠狠的向自己撲擊。韋小寶提起酒壺，在她臉上淋了些酒水，然後拉起她衣襟在臉上一抹，現出眞容，赫然竟是假太后。韋小寶大喜，心道：「這場功勞當眞大得很了。皇上和太后要我捉拿這老婊子報仇，千方百計捉不到，那知她自己竟會到麗春院來做老婊子。可見我一直叫她老婊子，那是神機妙算，早有先見之明。」

再去抹掉第四個假婊子的化妝，露出容貌來卻是方怡。韋小寶大吃一驚：「她爲甚麼腰身這樣粗，難道跟人私通，懷了孩兒？天靈靈，地靈靈，老婊子眞的做了老婊子，韋小烏龜眞的做了小烏龜？」伸手到她內衣一摸，觸手之處不是肌膚，拉出來卻是個枕頭。

韋小寶哈哈大笑，笑道：「你的良心，可比小郡主壞得太多。她唯恐我遭了你們毒手，不住向我使眼色。你卻唯恐我瞧出來，連大肚婆娘也敢裝。哈哈，你這小婊子在麗春院裏大了肚皮，我給你打胎！早打胎，晚打胎，打下一個枕頭來！」

走到廳外一瞧，只見數名親兵死在地下，院中烏燈黑火，聲息全無，心想：「胖瘦二頭陀都喝了藥酒，終究打不過我那兩個結義哥哥，但如洪教主他們在外接應，結果就難說得很了。兩位哥哥，倘若你們今天歸位，小弟恕不同年同月同日死，對不住之至！」

回進廳來，但見洪夫人、方怡、沐劍屏、雙兒、曾柔、阿琪六個美人兒有的昏迷不醒，有的難以動彈，各有各的美貌，各有各的嬌媚，心中大動，心道：「裏邊床上還有一個美貌小姑娘，比這六個人還美得多。那是我已經拜過天地、卻未洞房花燭的元配老婆。今晚你巴巴的來尋我，你老公要是不來睬你，未免太過無情無義，太對你不住了罷？」

正要邁步入內，只見曾柔的一雙俏眼瞧向自己，臉上暈紅，神色嬌羞，心想：「從王屋山來到揚州，一路之上，你這小妞兒老是避我，要跟你多說一句話也不成。今晚可也不能跟你客氣了。」將她抱起，搬入內房，乘機在她嘴上一吻，將她放在阿珂之旁。

只見阿珂兀自沉睡，長長的睫毛垂了下來，口唇邊微露笑意。韋小寶心想：「一不做，二不休，把你們這批老婊子、假婊子、好姑娘、壞女人，一古腦兒都搬了進來。這裏是麗春院，女人來到妓院，還能有甚麼好事？這是你們自己來的，醒轉之後可不能怪我。」他從小就胸懷大志，要在揚州大開妓院，更要到麗春院來大擺花酒，叫全妓院妓女相陪，此刻情景雖與昔日雄圖頗有不符，卻也是非同小可的壯舉。

當下將雙兒、阿琪、洪夫人、方怡、沐劍屏一一抱了入內，最後連假太后也抱了進去，八個女子並列床上。忽然想到：「朋友妻，不可欺。二嫂，你是我嫂子，咱們英雄好漢，可得講義氣。」將阿琪又抱到廳上，放在椅中坐好，只見她目光中頗有嘉許之意。

韋小寶見她容顏嬌好，喘氣甚急，胸脯起伏不已，忽覺後悔：「我跟大喇嘛和蒙古王子拜把子，又不是情投意合，只不過是想個計策，騙得他們不來殺我。甚麼大哥、二哥，都是隨口瞎說的。這阿琪姑娘如此美貌，叫她二嫂，太過可惜，不如也做了我老婆罷。說書的說『三笑姻緣九美圖』，唐伯虎有九個老婆。我就把阿琪算在其內，也不過是八美，還差了一美。呸，呸，呸！老婊子又老又兇，怎麼也能算一美？」

與唐伯虎相比，少他一美，還可將就，連少兩美，實在太也差勁，當下又抱起阿琪，走向室內。走了幾步，忽想：「關雲長千里送皇嫂，可沒將劉大嫂變成關二嫂。韋小寶七步送王嫂，總不能太不講義氣，少兩美就少兩美罷，還怕將來湊不齊？」於是立即轉身，又將阿琪放在椅中。

阿琪不知他心中反覆交戰，見他將自己抱著走來走去，不知搗甚麼鬼，只微感詫異。

韋小寶走進內室，說道：「方姑娘、小郡主、洪夫人，你們三個是自己到麗春院來做婊子的。雙兒、曾姑娘，你們兩個是自願跟我到麗春院來的。這是甚麼地方，你們來時雖不知道，不過小妞兒們既然來到這種地方，不陪我是不行的。阿珂，你是我老婆，到這裏來嫖我媽媽，也就是嫖你的婆婆，你老公要嫖還你了。」伸手將假太后遠遠推在床角，抖開大被，將餘下六個女子蓋住，踢下鞋子，大叫一聲，從被子底下鑽了進去。

胡天胡帝，也不知過了多少時候，桌上蠟燭點到盡頭，房中黑漆一團。

又過良久，韋小寶低聲哼起〈十八摸〉小調：「一百零七摸，摸到妹妹妹妹七隻手……一百零八摸，摸到妹妹妹妹八隻腳……」正在七手八腳之際，忽聽得一個嬌柔的聲音低聲道：「不……不要……鄭……鄭公子……是你麼？」正是阿珂的聲音。她飲迷春酒最早，昏睡良久，藥性漸退，慢慢醒轉。韋小寶大怒，心想：「你做夢也夢到鄭公子，只道是他爬上了你床，好快活麼？」壓低了聲音，說道：「是我。」

阿珂道：「不，不！你不要……」掙扎了幾下。

忽聽得鄭克塽在廳中叫道：「阿珂，阿珂，你在那裏？」喀喇一聲，嗆啷啷一片響亮，撞翻了一張椅子，桌上杯碟掉到地下。阿珂聽到他在廳上，那麼抱住自己的自然不是他了，一驚之下，又清醒了幾分，顫聲道：「你……你是誰？怎麼……我……我……」

韋小寶笑道：「是你的親老公，你也聽不出？」阿珂這一驚非同小可，使力掙扎，想脫出他懷抱，卻全身酸軟無力，驚叫：「鄭公子，鄭公子！」

鄭克塽跌跌撞撞的衝進房來，房中沒半點光亮，砰的一聲，額頭在門框上一撞，叫道：「阿珂，你在那裏？」阿珂道：「我在這裏！放開手！小鬼，你幹……幹甚麼？」

鄭克塽道：「甚麼？」他不知阿珂最後這兩句話是對韋小寶說的。

韋小寶意氣風發，如何肯放？阿珂央求道：「好師弟，求求你，快放開我。」韋小寶道：「我說過不放，就是不放！大丈夫一言既出，死馬難追。」

鄭克塽又驚又怒，喝道：「韋小寶，你在那裏？」韋小寶得意洋洋的道：「我在床上，抱著我老婆。我在洞房花燭，你來幹甚麼？要鬧新房麼？」鄭克塽大怒，罵道：「鬧你媽的新房！」韋小寶笑道：「你要鬧我媽的新房，今天可不成，因爲她沒客人，除非你自己去做新郎。」

鄭克塽怒道：「胡說八道。」循聲撲向床上，來揪韋小寶，黑暗中抓到一人的手臂，問道：「阿珂，是你的手麼？」阿珂道：「不是。」

鄭克塽只道這手臂既然不是阿珂的，那麼定然是韋小寶的，當下狠狠用力一扯，不料所扯的卻是假太后毛東珠。她飲了迷春酒後昏昏沉沉，但覺有人扯她手臂，左手反過去拍一掌，正好擊在鄭克塽頂門。她功力已去了十之八九，這一掌無甚力道。鄭克塽卻大吃一驚，一交坐倒，腦袋在床腳上一撞，又暈了過去。

阿珂驚呼：「鄭公子，你怎麼了？」卻不聽見應聲。韋小寶道：「他來鬧新房，鑽到床底下去了。」阿珂哭道：「不是的。快放開我！」韋小寶道：「別動，別動！」阿珂手肘一挺，撞在他喉頭。韋小寶吃痛，向後一仰。阿珂脫卻束縛，忙要下床，身子一轉，壓在毛東珠胸口。毛東珠吃痛，一聲大叫，伸手牢牢抱住了她。阿珂在黑暗之中也不知抱住自己的是誰，極度驚恐之下，更沒了絲毫力道，忽覺右足又給人壓住了，只嚇得全身冷汗直冒：「床上有這許多男人！」

韋小寶在黑暗中找不到阿珂，說道：「阿珂，快出聲，你在那裏？」阿珂心道：「你就殺了我頭，我也不作聲。」韋小寶道：「好，你不說，我一呀摸，二呀摸，一個個的摸將過來，總要摸到你爲止。」忽然唱起小調來：「一呀摸，二呀摸，摸到一個美人兒。美人臉蛋像瓜子，莫非你是老婊子？」口唱小調，雙手亂摸。

忽聽得院子外人聲喧嘩，有人傳呼號令，大隊兵馬將幾家妓院一起圍住了，跟著腳步聲響，有人走進麗春院來。韋小寶知道來人若非自己部下，便是揚州的官員，心中一喜，正要從被窩裏鑽出來，不料來人走動好快，火光亮處，已到了甘露廳中，只聽得玄貞道人叫道：「韋大人，你在這裏嗎？」語音焦急。韋小寶脫口答道：「我在這裏！」

天地會羣雄發覺不見了韋小寶，生怕他遇險，出來找尋，知他是帶了親兵向鳴玉坊這一帶而來，一查便查到麗春院中有人打架。進得院子，見幾名親兵死在地下，衆人大吃一驚，直聽到他親口答應，這才放心。

韋小寶耳聽得衆人大聲招呼，都向這邊擁來，忙站起來放下帳子，至於兩隻腳踏在誰的身上，也顧不得這許多了。

帳子剛放下，玄貞等已來到房間，各人手持火把，一眼見到鄭克塽暈倒在床前，都感詫異。又有人叫道：「韋大人，韋大人！」韋小寶叫道：「我在這裏，你們不可揭開帳子。」

衆人聽到他聲音，都歡呼起來。各人你瞧瞧我，我瞧瞧你，臉上都含笑容，均想：「大家擔足了心事，你卻在這裏風流快活。」

韋小寶藉著火光，穿好衣衫，找到帽子戴上，從床上爬了下來，穿上鞋子，說道：「我用計擒住了好幾名欽犯，都在床上，大夥兒這場功勞不小。」

衆人大爲奇怪，素知他行事神出鬼沒，其時也不便多問。

韋小寶吩咐將鄭克塽綁起，用轎子將阿琪送去行轅，隨即將帳子角牢牢塞入被底，傳進十餘名親兵，下令將大床抬回欽差行轅。親兵隊長道：「回大人：門口太小，抬不出去。」韋小寶罵道：「笨東西，不會拆了牆壁嗎？」那隊長立時領悟，連聲稱是，吆喝傳令。衆親兵一齊動手，將麗春院牆壁拆開了三堵。十餘人拿了六七條轎槓，橫在大床之底，將大床平平穩穩的抬了出去。

其時天已大明，大床在揚州大街上招搖過市。衆親兵提了「肅靜」、「迴避」的硬牌，嗚鑼喝道，前呼後擁。揚州百姓見了，無不嘖嘖稱奇。

大床來到何園，門口仍是太小。這時親兵隊長學了乖，不等欽差大人吩咐，立時下令拆牆，將大床抬入花廳，放在廳心。韋小寶傳下將令，床中擒有欽犯，非同小可，命數十名將領督率兵卒，弓上弦，刀出鞘，在花廳四周團團圍住，又命徐天川等人到屋外把守，以防瘦頭陀等前來劫奪。

花廳四周守禦之人雖衆，廳中卻只有一張大床，床旁賸下一個韋小寶。他心想：「剛才在麗春院中，如此良機，六個美女卻似乎抱不到一半，而且黑暗之中，也不知抱過了誰，還有誰沒抱。胡裏胡塗，不能算數。咱們從頭來過，還是打從一呀摸開始。」口中低哼：「一呀摸，二呀摸，摸到妹妹……」拉開帳子，撲上床去。

突覺後腦一緊，喉頭一痛，給人拉住辮子，提了起來，那人左手叉在他頸中，正是洪夫人。隔了這些時候，迷春藥酒力早過，洪夫人、毛東珠、方怡、沐劍屏四女都已醒轉。雙兒和曾柔身上受封的穴道也已漸漸解開。只是大床在揚州街上抬過，床周兵多將廣，床中七女誰也不敢動彈，不敢出聲。此刻韋小寶又想享溫柔艷福，一上床就遭洪夫人抓住。

洪夫人臉色似笑非笑，低聲喝道：「小混蛋，你好大膽，居然連我也敢戲耍！」韋小寶嚇得魂飛天外，陪笑道：「夫人，我……我不是戲耍，這個……那個……」洪夫人道：「你唱的是甚麼小調？」韋小寶笑道：「這是妓院裏胡亂聽來的，當不得眞。」洪夫人低聲道：「你要死還是要活？」韋小寶笑道：「屬下白龍使，恭祝夫人和教主仙福永享，壽與天齊。夫人號令，屬下遵奉不誤。」

洪夫人見他說這幾句話時嬉皮笑臉，殊少恭謹之意，啐了一口，說道：「你先撤了廳周的兵將。」韋小寶道：「好，那還不容易？你放開手，我去發號施令。」洪夫人道：「你在這裏傳令好了。」韋小寶無奈，只得大聲叫道：「廳外當差的總督、巡撫、兵部尙書、戶部尙書們大家聽著，所有的兵將通統退開，不許在這裏停留。」

洪夫人一扯他辮子，喝道：「甚麼兵部尙書、戶部尙書，胡說八道。」說著又用力一扯。韋小寶大叫：「唉唷，痛死啦！」

外面統兵官聽得他說甚麼總督、尙書，已然大爲起疑，待聽他大聲呼痛，登時便有數十人手執刀槍，奔進廳來，齊問：「欽差大人，有甚麼事？」韋小寶叫道：「沒……沒甚麼！唉唷，我的媽啊！」衆將官面面相覷，手足無措。

洪夫人心下氣惱，提起手來，啪的一聲，重重打了韋小寶一個耳光。韋小寶又叫：「我的媽啊，別打兒子！」洪夫人雖不知他叫人爲娘，就是罵人婊子，但見他如此憊懶，提掌又待再打，突然肩後「天宗」和「神堂」兩穴上一陣酸麻，右臂軟軟垂下。

洪夫人一驚，回頭看是誰點了她穴道，見背後跟自己挨得最近的是方怡，冷笑道：「方姑娘，你武功不錯哪！」左手疾向方怡眼中點去。方怡叫道：「不是我！」側頭讓開。洪夫人待要再攻，忽然身後兩隻手伸過來抱住了她左臂，正是沐劍屛。她叫道：

「夫人，不是我師姊點你的！」她見到點洪夫人穴道的乃是雙兒。

毛東珠提起手來，打了沐劍屏一掌，幸好她已無內力，沐劍屏並沒受傷。毛東珠第二掌又即打來，方怡伸手格開。

阿珂見四個女子打成一團，翻身便要下床，右腳剛從被中伸出，「啊」的一聲，立即縮回。韋小寶拉住她左腳，說道：「別走！」阿珂用力一掙，叫道：「放開我！」韋小寶笑道：「你倒猜猜看，我肯不肯放？」阿珂急了，轉身便是一拳。韋小寶一讓，砰的一聲，打中在曾柔左頰。曾柔叫道：「你怎麼打我？」阿珂道：「對……對不起……唉唷！」卻是給方怡打中了一掌。霎時間床上亂成一團，七個女子亂打亂扭。

韋小寶大喜，心道：「這叫做天下大亂，羣雄……不，羣雌混戰！」正要混水摸魚，突然間喀喇喇一聲響，大床倒塌下來。八人你壓住我手，我壓住你腿。七個女子齊聲尖叫。

衆將官見到這等情景，無不目瞪口呆。

韋小寶哈哈大笑，想從人堆中爬出來，只是一條左腿不知給誰扭住了，叫：「大家放開手！衆將官，把我大小老婆們一齊抓了起來！」衆將官站成一個圈子，卻不敢動手。

韋小寶指著毛東珠道：「這老婊子乃是欽犯，千萬不可讓她逃走了。」衆將官都感奇怪：「怎麼這些女子都是你的大小老婆，其中一個是欽犯，兩個卻又扮作了親兵？」

當下有人以刀槍指住毛東珠，另外有人拉她起來，喀喀兩聲，給她戴上了手銬。

韋小寶指著洪夫人道：「這位夫人，是我的上司，不過咱們也給她戴上副手銬罷。」衆將更奇，也給洪夫人上了手銬。洪夫人空有一身武藝，卻給雙兒點了兩處穴道，半身酸麻，難以反抗。

這時雙兒和曾柔才從人堆裏爬了出來，想起昨晚的經歷，又臉紅，又好笑。

韋小寶指著方怡道：「她是我大小老婆！」指著沐劍屏道：「她是我小小老婆，大小老婆要上了手銬，小小老婆不必。」衆將給方怡上了手銬。欽差大人的奇言怪語，層出不窮，衆將聽得多了，這時也已不以爲異了。

這時坐在地下的只賸下了阿珂一人，只見她頭髮散亂，衣衫不整，穿的是男子打扮，卻是明艷絕倫，雙手緊緊抓住長袍的下擺，遮住裸露的雙腿，低下了頭，雙頰暈紅。

衆兵將均想：「欽差大人這幾個大小老婆，以這個老婆最美。」只聽韋小寶道：「她是我明媒正娶的元配夫人，待我扶她起來。」走上兩步，說道：「娘子請起！」伸手去扶。

忽聽得啪的一響，聲音清脆，欽差大人臉上已重重吃了一記耳光。阿珂垂頭哭道：「你就是會欺侮我，你殺了我好啦。我……我……我死也不嫁給你。」

衆將官面面相覷，無不愕然。欽差大人當衆遭毆，衆將官保護不力，人人有虧職守。只是毆辱欽差的乃是他的元配夫人，上前阻止固是不行，吆喝幾聲似乎也不合體統，一時不知如何是好。

韋小寶撫著遭打的半邊面頰，笑道：「我怎捨得殺你？娘子不用生氣，下官立時殺了鄭公子便是。」大聲問道：「麗春院裏抓來的那男子在那裏？」一名佐領道：「回都統：這小子上了足鐐手銬，好好的看守著。」韋小寶道：「很好。他如想逃走，先斬了他左腿，然後再斬他右腿……」阿珂嚇得急叫：「別……別……斬他腳……他……他不會逃走的。」韋小寶道：「你如逃走，我就斬鄭公子的雙手。」向方怡、沐劍屏等掃了一眼，道：「我這些大小老婆、小小老婆倘若逃走了，就割鄭公子的耳朵鼻子。」

阿珂急道：「你……你……這些女人，跟鄭公子有甚麼相干？為甚麼要怪在他頭上？」韋小寶道：「自然相干。我這些女人個個花容月貌，鄭公子是色鬼，一見之下，定會不懷好意。」阿珂心想：「那還是拉不上干係啊。」但這人不講道理，甚麼也說不明白，一急之下，又哭了出來。

韋小寶道：「戴手銬的女人都押了下去，好好的看守，再上了腳鐐。吩咐廚房，擺上酒筵，不戴手銬的好姑娘們，在這裏陪我喝酒。」一眾親兵轟然答應。

阿珂哭道：「我……我不陪你喝酒，你給我戴上手銬好啦。」

曾柔一言不發，低頭出去。韋小寶道：「咦，你去那裏？」曾柔轉頭道：「你……

你好不要臉！我再也不要見你！」韋小寶一怔，問道：「爲甚麼？」曾柔道：「你……你還問爲甚麼？人家不肯嫁你，你強逼人家。你做了大官，就可以這樣欺侮百姓嗎？我先前還當你是個……是個英雄，那知道……」韋小寶道：「那知道怎樣？」曾柔忽然哭了出來，掩面道：「我不知道！你……你是壞人，不是好人！」說著便向廳外走去。

兩名軍官挺刀攔住，喝道：「你侮慢欽差，不許走，聽候欽差大人發落。」

韋小寶給曾柔這番斥責，本來滿腔高興，登時化爲烏有，覺得她的話倒也頗有道理，自己做了韃子大官，仗勢欺人，倒如是說書先生口中的奸臣惡霸一般，心想：「英雄做不成，那也罷了。做奸臣總不成話。」長長嘆了口氣，說道：「曾姑娘，你回來，我有話說。」

曾柔回過頭來，昂然道：「我得罪了你，你殺我的頭好了。」

雙兒跟她交好，忙勸道：「曾姊姊，你別生氣，相公不會殺你的。」

韋小寶黯然道：「你說得對，我如強要她們做我老婆，那是大花臉奸臣強搶民女，好比〈三笑姻緣〉中的王老虎搶親。」手指阿珂，對帶領親兵的佐領道：「你帶這位姑娘出去。再把那姓鄭的男子放了，讓他們做夫妻去罷。」說這幾句話時，委實心痛萬分。又指著方怡道：「開了手銬，也放她去罷，讓她去找她的親親劉師哥去。唉，我的元配夫人軋姘頭，我的大小老婆也軋姘頭。他媽的，我是甚麼欽差大人、都統大人？我是雙料烏龜大人。」

那佐領見他大發脾氣，嚇得低下了頭，不敢作聲。韋小寶道：「快快帶這兩個女人出去。」那佐領應了，帶了阿珂和方怡出去。韋小寶瞧著二女的背影，心中委實戀戀不捨。但見方怡和阿珂頭也不回的出去，既無一句話道謝，也無一個感激的眼色。

曾柔走上兩步，低聲道：「你是好人！你……罰我好了。」溫柔的神色中大有歉意。

韋小寶登時精神為之一振，當即眉花眼笑，說道：「對，對！我確要罰你。雙兒、小郡主、曾姑娘，你們三個是好姑娘，來，咱們到裏邊說話。」

他正想帶了三女到內堂親熱一番，廳口走進一名軍官，說道：「啓稟都統大人：外面有一個人，說是奉了洪教主之命，求見大人。」韋小寶嚇了一跳，忙道：「甚麼紅教主、綠教主，不見，不見，快轟了出去。」那軍官躬身道：「是！」退了一步，又道：「那人說，他們手裏有兩個男人，要跟都統大人換兩個女人。」

韋小寶道：「換兩個女人？」眼光在洪夫人和毛東珠臉上掃過，搖頭道：「他倒開胃！這樣好的貨色，我怎麼肯換？」那軍官道：「是。卑職去把他轟走。」韋小寶問道：「他用甚麼男人來換？他媽的，男人有甚麼好？男人來換女人，倒虧他想得出。」那軍官道：「那人胡說八道，說甚麼一個是喇嘛，一個是王子，都是都統大人的把兄弟。」

韋小寶「啊」的一聲，心想：「原來桑結喇嘛和葛爾丹王子給洪教主拿住了。」說道：「又是喇嘛，又是王子，我要來幹甚麼？你去跟那傢伙說，這兩個女人，就是用兩百萬個男人來換，我也不換。」那軍官連聲稱是，便要退出。

韋小寶向曾柔望了一眼，心想：「她先前說我是壞人，不是好人。我把自己老婆放了，讓她們去軋姘頭，她才算我是好人。哼！要做好人，本錢著實不小。桑結和葛爾丹二人，總算是跟我拜了把子的，我不掉他們回來，定要給洪教主殺了。我扣著洪夫人有甚麼用？她雖然美貌之極，又不會肯跟我仙福永享，壽與天齊。他媽的重色輕友，不是英雄好漢！」喝道：「且慢！」那軍官應了聲：「是！」躬身聽令。

韋小寶道：「你去對他說，叫洪教主把那兩人放回來，我就送還洪夫人給他。這位夫人花容月貌，賽過了西施、楊貴妃，聰明智慧，勝過了武則天，實是世上的無價之寶，本來殺了我頭也不肯放的，掉他兩個男人，他是大大便宜了。另外這女人雖然差勁，卻是不能放的。」那軍官答應了出去。

洪夫人一直板起了臉，到這時才有笑容，說道：「欽差大人好會誇獎人哪。」韋小寶說道：「夫人，你美得不得了，還勝過貂嬋、王昭君，那又何必客氣？咱們好人做到底，蝕本也蝕到底。先送貨，後收錢。來人哪，快把我上司的手銬開了。」接過鑰匙，親自打開洪夫人手銬，陪著她出去。

來到大廳，只見那軍官正在跟陸高軒說話。韋小寶道：「陸先生，你這就好好伺候夫人回去。夫人，屬下恭送你老人家得勝回朝，祝你與教主仙福永享，壽與天齊。」

洪夫人格格嬌笑，說道：「祝欽差大人升官發財，嬌妻美妾，公侯萬代！」

韋小寶搖頭嘆道：「升官發財容易，嬌妻美妾，那就難了。」大聲吩咐：「奏樂，送客，備轎。」鼓樂聲中，親自送到大門口，滿心不捨的瞧著洪夫人上了轎子。

吳之榮跪在地下，雙手呈上書信，說道：「這封信干係重大之極，大人請看！」韋小寶不接，問道：「又是些甚麼詩、甚麼文章？」

第四十回　待兔祇疑株可守　求魚方悔木難緣

洪夫人所乘轎子剛抬走，韋小寶正要轉身入內，門口來了一頂大轎，揚州府知府來拜。韋小寶眼見已到手的美人一個個離去，心情奇劣，沒好氣的問道：「你來幹甚麼？」

知府吳之榮請安行禮，說道：「卑職有機密軍情稟告大人。」韋小寶聽到「機密軍情」四字，這才讓他入內，心道：「倘若不是機密大事，我打你的屁股。」

來到內書房，韋小寶自行坐下，也不讓座，便問：「甚麼機密軍情？」吳之榮道：「請大人屏退左右。」韋小寶揮手命親兵出去。吳之榮走到他身前，低聲道：「欽差大人，這件事非同小可，大人奏了上去，是件了不起的大功。卑職也叨光大人的福蔭。因此卑職心想，還是別先稟告撫台、藩台兩位大人爲是。」韋小寶皺眉道：「甚麼大事，這麼要緊？」

吳之榮道：「回大人：皇上福氣大，大人福氣大，才教卑職打聽到了這個大消息。」韋小寶哼了一聲，道：「你吳大人福氣也大。」吳之榮道：「不敢。卑職受皇上恩典，欽差大人的提拔，日日夜夜只在想如何報答大恩。昨日在禪智寺陪著大人賞過芍藥之後，想到大人的談論風采，心中佩服仰慕得了不得，只盼能天天跟著大人當差，時時刻刻得到大人的指教。」韋小寶道：「那很好啊。你這知府也不用做了。我瞧你聰明伶俐，不如……不如……嗯……」吳之榮大喜，忙請個安，道：「謝大人栽培。」

韋小寶微笑道：「不如來給我做看門的門房，要不然就給我抬轎子。我天天出門，你就可見到我了，哈哈，哈哈！」吳之榮大怒，臉色微變，隨即陪笑道：「那好極了。給大人做門房，自然是勝於在揚州做知府。卑職平時派了不少閒人，到處打探消息，倘若有人心懷叛逆，誹謗皇上，誣衊大臣，卑職立刻就知道了。這等妖言惑衆、擾亂聽聞的大罪，卑職向來是嚴加懲處的。」韋小寶「唔」了一聲，心想這人話風一轉，輕輕就把門房、轎伕的事一句帶過，深通做官之道，很了不起。

吳之榮又道：「倘若是販夫走卒，市井小人，胡言亂語幾句也無大害，最須提防的是讀書人。這種人做詩寫文章，往往拿些古時候的事來譏刺朝政，平常人看了，往往想不到他們借古諷今的惡毒用意。」韋小寶道：「別人看了不懂，就沒甚麼害處啊。」

吳之榮道：「是，是。雖然如此，終究其心可誅，這等大逆不道的詩文，是萬萬不能讓其流毒天下的。」從袖中取出一個手抄本，雙手呈上，說道：「大人請看，這是卑職昨天得到的一部詩集。」倘若他袖中取出來的是一疊銀票，韋小寶立刻會改顏相向，見到是一本册子，已頗爲失望，待聽得是詩集，登時便長長打了個呵欠，也不伸手去接，抬起了頭，毫不理睬。

吳之榮頗爲尷尬，雙手捧著詩集，慢慢縮回，說道：「昨天酒席之間，有個女子唱了首新詩，是描寫揚州鄉下女子的，大人聽了很不樂意。卑職便去調了這人的詩集來查察，發覺其中果然有不少大逆犯忌的句子。」韋小寶懶洋洋的道：「是嗎？」

吳之榮翻開册子，指著一首詩道：「大人請看，這首詩題目叫做〈洪武銅砲歌〉。這查愼行所寫的，是前朝朱元璋用過的一尊銅砲。」韋小寶一聽，倒有了些興致，問道：「朱元璋也開過大砲嗎？」

吳之榮道：「是，是。眼下我大清聖天子在位，這姓查的卻去作詩歌頌朱元璋的銅砲，不是教大家懷念前朝嗎？這詩誇大朱元璋的威風，已是不該，最後四句說道：『我來見汝荊棘中，並與江山作憑弔。金狄摩挲總淚流，有情爭忍長登眺？』這人心懷異志，那是再也明白不過了。我大清奉天承運，驅除朱明，衆百姓歡欣鼓舞還來不及，這人卻爲何見了朱元璋的一尊大砲，就要憑弔江山？要流眼淚？」（按：查愼行早期詩作，頗有懷念前明者，後來爲康熙文學侍從之臣，詩風有變。）

韋小寶道：「這銅砲在那裏？我倒想去瞧瞧。還能放麼？皇上是最喜歡大砲的。」吳之榮道：「據詩中說，這銅砲是在荊州。」韋小寶臉一板，說道：「既不在揚州，你來囉唆甚麼？你做的是揚州知府，又不是荊州知府，幾時等你做了荊州知縣，再去查考這銅砲罷。」吳之榮大吃一驚，荊州地處鄂西，遠比揚州為小，去做荊州知縣，那是降級貶官了，此事不可再提。當即將詩集收入袖中，另行取出兩部書來，說道：「欽差大人，這查慎行的詩只略有不妥之處，大人恩典，不加查究。這兩部書，卻萬萬不能置之不理了。」韋小寶皺眉道：「那又是甚麼傢伙了？」

吳之榮道：「一部是查伊璜所作的《國壽錄》，其中文字全都是讚揚反清叛逆的。一部是顧炎武的詩集，更是無君無上、無法無天之至。」

韋小寶暗吃一驚：「顧炎武先生和我師父都是殺烏龜同盟的總軍師。他的書怎會落在這官兒手中？不知其中有沒提到我們天地會？」問道：「書裏寫了甚麼？你詳細說來。」

吳之榮見韋小寶突感關注，登時精神大振，翻開《國壽錄》來，說道：「回大人：這部書把反清的叛逆都說成是忠臣義士。這篇〈兵部主事贈監察御史查子傳〉，寫的是他堂兄弟查美繼抗拒我大清的逆事，說他如何勾結叛徒，和王師為敵。」右手食指指著文字，讀道：「『會四月十七日，清兵攻袁花集，退經通袁。美繼監凌、揚、周、王諸義師，船五百號，衆五千餘人，皆白裹其頭，午餘競發，追及之，斬前百餘級，稱大捷，敵畏，登岸走。』大人你瞧，他把叛徒稱爲『義師』，卻稱我大清王師爲『敵』，豈非該死之至嗎？」

韋小寶問道：「顧炎武的書裏又寫甚麼了？」吳之榮放下《國壽錄》，拿起顧炎武的詩集，搖頭道：「這人作的詩，沒一首不是謀反叛逆的言語。這一首題目就叫做〈羌胡〉，那明明是誹謗我大清。」他手指詩句，讀了下去：

「我國金甌本無缺，亂之初生自夷孽。徵兵以建州，加餉以建州。土司一反西蜀憂，妖民一唱山東愁，以至神州半流賊，誰其嚆矢由夷酋。四入郊圻躪齊魯，破邑屠城不可數。刳腹絕腸，折頸摺頤，以澤量屍。幸而得囚，去乃爲夷，夷口呀呀，鑿齒鋸牙。建蚩旗，乘莽車。視千城之流血，擁艷女兮如花。嗚呼，夷德之殘如此，而謂天欲與之國家……」

韋小寶搖手道：「不用唸了，咦咦呀呀，不知說些甚麼東西。」吳之榮道：「回大人：這首詩，說咱們滿洲人是蠻夷，說明朝爲了跟建州的滿洲人打仗，這才徵兵加餉，弄得天下大亂。又說咱們滿洲人屠城殺人，剖肚子、斬腸子、強搶美女。」韋小寶道：「原來如此。強搶美女，那好得很啊。清兵打破揚州，不是殺了很多百姓嗎？若不是爲了這件事，皇上怎會豁免揚州三年錢糧？嗯，這個顧炎武，作的詩倒也老實。」

吳之榮大吃一驚，暗想：「你小小年紀，太也不知輕重。這些話幸好是你說的，倘若出於旁人之口，我奏告了上去，你頭上這頂紗帽還戴得牢麼？」但他知韋小寶深得皇帝寵幸，怎有膽子去跟欽差大臣作對？連說了幾個「是」字，陪笑道：「大人果然高見，卑職茅塞頓開。這一首〈井中心史歌〉，還得請大人指點。這首詩頭上有一篇長序，眞是狂悖之至。」捧起册子，搖頭晃腦的讀了起來：

「崇禎十一年冬，蘇州府城中承天寺以久旱浚井，得一函，其外曰『大宋鐵函經』，錮之再重。（大人，那是說井裏找到了一隻鐵盒子。韋小寶道：「鐵盒子？裏面有金銀寶貝嗎？」）中有書一卷，名曰《心史》，稱『大宋孤臣鄭思肖百拜封』。思肖，號所南，宋之遺民，有聞於志乘者。其藏書之日爲德祐九年。宋已亡矣，而猶日夜望陳丞相、張少保統海外之兵，以復大宋三百年之土宇。（大人，文章中說的是宋朝，其實是影射大清，顧炎武盼望臺灣鄭逆統率海外叛兵，來恢復明朝的土宇。）而驅胡元於漠北，至於痛哭流涕，而禱之天地，盟之大神，謂氣化轉移，必有一日變夷爲夏者。（大人，他罵我們滿清人是韃子，要驅逐我們出去。韋小寶道：「你是滿洲人麼？」這個……這個……卑職做大清皇上的奴才，做滿洲大人的屬下，那是一心一意爲滿洲打算的了。）

「於是郡中之人見者無不稽首驚詫，而巡撫都院張公國維刻之以傳，又爲所南立祠堂，藏其函祠中。未幾而遭國難，一如德祐末年之事。嗚呼，悲矣！（大人，大清兵進關，弔民伐罪，這顧炎武卻說是國難，又說嗚呼悲矣，這人的用心，還堪問嗎？）

「其書傳至北方者少，而變故之後，又多諱而不出，不見此書者三十餘年，而今復睹之於富平朱氏。昔此書初出，太倉守錢君肅賦詩二章，崑山歸生莊和之八章。及浙東之陷，張公走歸東陽，赴池中死。錢君遯之海外，卒於瑯琦山。歸生更名祚明，爲人尤慷慨激烈，亦終窮餓以沒。（大人，這三個反逆，都是不臣服我大清的亂民，幸虧死得早，否則一個個都非滿門抄斬不可。）

「獨余不才，浮沉於世，悲年遠之日往，值禁網之愈密，（大人，他說朝廷查禁逆亂文字，越來越厲害，可是這傢伙偏偏膽上生毛，竟然不怕。）而見賢思齊，獨立不懼，將發揮其事，以示爲人臣處變之則焉，故作此歌。」

韋小寶聽得呵欠連連，只是要知道顧炎武的書中寫些甚麼，耐著性子聽了下去，終於聽他讀完了一段長序，問道：「完了嗎？」吳之榮道：「下面是詩了。」韋小寶道：「若是沒甚麼要緊的，就不用讀了。」吳之榮道：「要緊得很，要緊得很。」讀道：

「有宋遺臣鄭思肖，痛哭胡元移九廟，獨力難將漢鼎扶，孤忠欲向湘累弔。著書一卷稱《心史》，萬古此心心此理。千尋幽井置鐵函，百拜丹心今未死。胡虜從來無百年，得逢聖祖再開天……（大人，這句「胡虜從來無百年」，眞是大大該死。他咒詛我大清享國不會過一百年，說漢人會出一個甚麼聖祖，再來開天。甚麼開天？那就是推翻我大清了！）」

韋小寶道：「我聽皇上說道，大清只要善待百姓，那就坐穩了江山，否則空口說甚麼千年萬年，也是枉然。有一個外國人叫作湯若望，他做欽天監監正，你知道麼？」吳之榮道：「是，卑職聽見過。」韋小寶道：「這人做了一部曆書，推算了二百年。有人告他一狀，說大淸天下萬萬年，爲甚麼只算二百年。當時鰲拜當國，胡塗得緊，居然要殺他的頭。幸虧皇上聖明，將鰲拜痛罵了一頓，又將告狀的人砍了腦袋，滿門抄斬。皇上最不喜歡人家冤枉好人，拿甚麼大淸一百年天下、二百年天下的鬼話來害人。皇上說，眞正的好官，一定愛惜百姓，好好給朝廷當差辦事。至於誣告旁人，老是在詩啊文章啊裏面挑岔子，這叫做鷄蛋裏尋骨頭，那就是大花臉奸臣，吩咐我見到這種傢伙，立刻綁起來砍他媽的。」

韋小寶一意迴護顧炎武，生怕吳之榮在自己這裏告不通，又去向別的官兒出首，鬧出事來，越說越聲色俱厲，要嚇得吳之榮從此不敢再提此事。他可不知吳之榮所以能做到揚州知府，全是爲了舉告浙江湖州莊廷鑨所修的《明史》中使用明朝正朔，又有對淸朝不敬的詞句。挑起文字獄以干求功名富貴，原是此人的拿手好戲。

這次吳之榮找到顧炎武、查伊璜等人詩文中的把柄，喜不自勝，以爲天賜福祿，又可連升三級，那知欽差大人竟會說出這番話來。他霎時之間，全身冷汗直淋，心想：「我那椿『明史』案子，是鰲拜大人親手經辦的。後來鰲拜大人給皇上革職重處，看來皇上的性子，確是和鰲拜大人完全不同，這一次可眞糟糕之極了。」康熙如何擒拿鰲拜，說來不大光采，衆大臣揣摩上意，官場中極少有人談及，吳之榮官卑職小，又在外地州縣居官，不知他生平唯一的知音鰲拜大人，便是死於眼前這位韋大人之手，否則的話，更加要魂飛魄散了。

韋小寶見他面如土色，簌簌發抖，心中暗喜，問道：「讀完了嗎？」吳之榮道：「這首詩，還……還……還有一半。」韋小寶道：「下面怎麼說？」吳之榮戰戰兢兢的讀道：

「黃河已清人不待，沉沉水府留光彩。忽見奇書出世間，又驚胡騎滿江山。天知世道將反覆，故出此書示臣鵠。三十餘年再見之，同心同調復同時。陸公已向厓門死，信國捐軀赴燕市。昔日吟詩弔古人，幽篁落木愁山鬼。嗚呼，蒲黃之輩何其多！所南見此當如何？」

他讀得上氣不接下氣，也不敢插言解說了，好容易讀完，書頁上已滴滿了汗水。

韋小寶笑道：「這詩也沒有甚麼，講的是甚麼山鬼，甚麼黃臉婆，倒也有趣。」吳之榮道：「回大人：詩中的『蒲黃』兩字，是指宋朝投降元朝做大官的蒲壽庚和黃萬石，那是譏刺漢人做大淸官吏的。」韋小寶臉一沉，厲聲道：「我說黃臉婆，就是黃臉婆。你老婆的臉很黃麼？為甚麼有人作詩取笑黃臉婆，要你看不過？」

吳之榮退了一步，雙手發抖，啪的一聲，詩集落地，說道：「是，是。卑職該死。」

韋小寶乘機發作，喝道：「好大的膽子！我恭誦皇上聖諭，開導於你。你小小的官兒，竟敢對我摔東西，發脾氣！你瞧不起皇上聖諭，那不是造反麼？」

咕咚一聲，吳之榮雙膝跪地，連連磕頭，說道：「大……大人饒命，饒……饒了小人的胡塗。」韋小寶冷笑道：「你向我摔東西，發脾氣，那也罷了，最多不過是個侮慢欽差的罪名，重則殺頭，輕則充軍，那倒是小事……」吳之榮一聽比充軍殺頭還有更厲害的，越加磕頭如搗蒜，說道：「大人寬宏大量，小……小……小的知罪了。」韋小寶喝道：「你瞧不起皇上的聖諭，那還了得？你家中老婆、小姨、兒子、女兒、丈母、姑母、丫頭、姘頭，一古腦兒都拉出去砍了。」吳之榮全身篩糠般發抖，牙齒相擊，格格作聲，再也說不出話來。

韋小寶見嚇得他夠了，喝問：「那顧炎武在甚麼地方？」吳之榮顫聲道：「回……回大人……他……他……他是在……」牙齒咬破了舌頭，話也說不清楚了，過了好一會，才戰戰兢兢的道：「卑職大膽，將顧炎武和那姓查的，還……還有一個姓呂的，都……都扣押在府衙門裏。」韋小寶道：「你拷問過沒有？他們說了些甚麼？」

吳之榮道：「卑職只隨便問幾句口供，他三人甚麼也不肯招。」韋小寶道：「他們當眞甚麼也沒說？」吳榮之道：「沒……沒有。只不過……只不過在那姓查的身邊，搜出了一封書信，卻是干係很大。大人請看。」從身邊摸出一個布包，打了開來，裏面是一封信，雙手呈上。韋小寶不接，問道：「又是些甚麼詩、甚麼文章了？」

吳之榮道：「不，不是。這是廣東提督吳……吳六奇寫的。」

韋小寶聽到「廣東提督吳六奇」七個字，吃了一驚，忙問：「吳六奇？他也會作詩？」吳之榮道：「不是。吳六奇密謀造反，這封信是鐵證如山，他再也抵賴不了。卑職剛才說的機密軍情，大功一件，就是這件事。」韋小寶唔了一聲，心下暗叫：「糟糕！」

吳之榮又道：「回大人：讀書人作詩寫文章，有些叛逆的言語，大人英斷，說是不打緊的，卑職十分佩服。常言道得好：秀才造反，三年不成。料想也不成大患。不過這吳六奇總綰一省兵符，他要起兵作亂，朝廷如不先發制人，那……那可不得了。」說到吳六奇造反之事，口齒登時伶俐起來，他一直跪在地下，眼見得韋小寶臉上陰晴不定，顯見對此事十分關注，於是慢慢站起。韋小寶哼的一聲，瞪了他一眼。吳之榮一驚，又即跪倒。

韋小寶道：「信裏寫了些甚麼？」吳之榮道：「回大人：信裏的文字是十分隱晦的，他說西南即有大事，正是大丈夫建功立業之秋。他邀請這姓查的前赴廣東，指點機宜。信中說：『欲圖中山、開平之偉舉，非青田先生運籌不爲功。』那的的確確是封反信。」韋小寶道：「你又來胡說八道了。西南即有大事，你可知是甚麼大事？你小小官兒，怎知道皇上和朝廷的機密決策？」吳之榮道：「是，是。不過他信中明明說要造反，實在輕忽不得。」

韋小寶接過信來，抽出信箋，但見箋上寫滿了核桃大的字，只知墨磨得很濃，筆劃很粗，卻一字不識，說道：「信上沒說要造反啊。」

吳之榮道：「回大人：造反的話，當然不會公然寫出來的。這吳六奇要做中山王、開平王，請那姓查的做青田先生，這就是造反了。」

韋小寶搖頭道：「胡說！做官的人，那一個不想封王封公？難道你不想麼？這吳軍門功勞很大，他想再爲朝廷立一件大功，盼皇上封他一個王爺，那是忠心得很哪。」

吳之榮臉色極是尷尬，心道：「跟你這等不學無術之徒，當眞甚麼也說不清楚。今日我已得罪了你，如不從這件事上立功，我這前程是再也保不住了。」於是耐著性子，陪笑道：「回大人：明朝有兩個大將軍，一個叫徐達，一個叫常遇春。」

韋小寶從小聽說書先生說《大明英烈傳》，明朝開國的故事聽得滾瓜爛熟，一聽他提起徐常二位大將，登時精神一振，全不似聽他誦唸詩文那般昏昏欲睡，笑道：「這兩個大將軍八面威風，那是厲害得很的。你可知徐達用甚麼兵器？常遇春又用甚麼兵器？」

這一下可考倒了吳之榮，他因「明史」一案飛黃騰達，於明朝史事甚是熟稔，但徐達、常遇春用甚麼兵器，卻說不上來，陪笑道：「卑職才疏學淺，委實不知。請大人指點。」

韋小寶十分得意，微笑道：「你們只會讀死書，這種事情就不知道了。我跟你說，徐大將軍是宋朝岳飛岳爺爺轉世，使一桿渾鐵點鋼槍，腰間帶一十八枝狼牙箭，百步穿楊，箭無虛發。常將軍是三國時燕人張翼德轉世，使一根丈八蛇矛，有萬夫不當之勇。」跟著說起徐常二將大破元兵的事跡。這些故事都是從說書先生口中聽來，自是荒唐的多，眞實的少。

吳之榮跪在地下聽他說故事，膝蓋越來越酸痛，爲了討他歡喜，只得裝作聽得津津有味，連聲讚嘆，好容易聽他說了個段落，才道：「大人博聞強記，卑職好生佩服。那徐達、常遇春二人功勞很大，死了之後，朱元璋封他二人爲王，一個是中山王，一個是開平王。朱元璋有個軍師……」韋小寶道：「對了。那軍師是劉伯溫，上知天文，下知地理，前知三千年，後知一千年。」跟著滔滔不絕的述說，劉伯溫如何有通天徹地之能，鬼神莫測之機，打仗時又如何甚麼甚麼之中，甚麼千里之外。

吳之榮雙腿麻木，再也忍耐不住，一交坐倒，陪笑道：「大人說故事實在好聽，卑職聽得出了神。大人恩典，卑職想站起來聽，不知可否？」韋小寶一笑，道：「好，起來罷。」

吳之榮扶著椅子，慢慢站起，道：「回大人：吳六奇信裏的青田先生，就是劉基劉伯溫了，那劉伯溫是浙江青田人。吳六奇自己想做徐達、常遇春，要那姓查的做劉伯溫。」

韋小寶道：「想做徐達、常遇春，那好得很啊。那姓查的想做劉伯溫，哼，他未必有這本事。你道劉伯溫很容易做嗎？劉伯溫的〈燒餅歌〉說：『手執鋼刀九十九，殺盡胡兒方罷手。』嘿，厲害，厲害！」

吳之榮道：「大人當眞聰明絕頂，一語中的。那徐達、常遇春、劉伯溫三人，都是打元兵的，幫著朱元璋趕走了胡人。吳六奇信中這句話，明明是說要起兵造反，想殺滿洲人。」

韋小寶吃了一驚，心道：「吳大哥的用意，我難道不知道？還用得著你說？這封信果然是極大的把柄，天幸撞在我手裏。」於是連連點頭，伸手拍拍他肩膀，說道：「好！運氣眞好！這件事倘若你不是來跟我說，那就大事不妙了。皇上說我是福將，果然是聖上的金口，再也不錯的。」

吳之榮肩頭給他拍了這幾下，登時全身骨頭也酥了，只覺自出娘胎以來，從未有過如此榮耀，不由得感激涕零，嗚咽道：「大人如此眷愛，此恩此德，卑職便粉身碎骨，也難報答。大人是福將，卑職跟著你，做個福兵福卒，做隻福犬福馬，那也是光宗耀祖的事。」

韋小寶哈哈大笑，提起手來，摸摸他腦袋，笑道：「很好，很好！」吳之榮身材高，見他伸手摸自己的頭不大方便，忙低下頭來，讓他摸到自己頭頂。先前韋小寶大發脾氣，吳之榮跪下磕頭，已除下了帽子，韋小寶手掌按在他剃得光滑的頭皮上，慢慢向後撫去，便如是撫摸一頭搖尾乞憐的狗子一般，手掌摸到他的後腦，心道：「我也不要你粉身碎骨，只須在這裏砍上他媽的一刀。」問道：「這件事情，除你之外，還有旁人得知麼？」

吳之榮道：「沒有，沒有。卑職知事關重大，決不敢洩漏半點風聲，倘若給吳六奇這反賊知道逆謀已經敗露，立即起事，大人和卑職就半點功勞也沒有了。」韋小寶道：「對，你想得挺周到。咱們可要小心，千萬別讓撫台、藩台他們得知，搶先呈報朝廷，奪了你的大功。」吳之榮心花怒放，接連請安，說道：「是，是。全仗大人維持栽培。」

韋小寶把顧炎武那封信揣入懷裏，說道：「這些詩集子且都留在這裏。你悄悄去把顧炎武那幾人都帶來，我盤問明白之後，就點了兵馬，派你押解，送去北京。我親自拜摺，啓奏皇上。這一場大功勞，你是第一，我叨光也得個第二。」吳之榮喜不自勝，忙道：「不，不。大人第一，卑職第二。」韋小寶笑道：「你見到皇上之後，說甚麼話，待會我再細細教你。只要皇上一歡喜，你做個巡撫、藩台，包在我身上就是。」

吳之榮歡喜得幾欲暈去，雙手將詩集文集放在桌上，咚咚咚的連磕響頭，這才辭出。韋小寶生怕中途有變，點了一隊驍騎營軍士，命一名佐領帶了，隨同吳之榮去提犯人。

他回到內堂，差人去傳李力世等前來商議。只見雙兒走到跟前，突然跪在他面前，嗚咽道：「相公，我求你一件事。」

韋小寶大爲奇怪，忙握住她手，拉了起來，卻不放手，柔聲道：「好雙兒，你是我的命根子，有甚麼事，我一定給你辦到。」見她臉頰上淚水不斷流下，提起左手，用衣袖給她抹眼淚。雙兒道：「相公，這件事爲難得很，可是我……我不能不求你。」韋小寶左臂摟住她腰，道：「越是爲難的事，我給你辦到，越顯得我寵愛我的好雙兒。甚麼事，快說。」

雙兒蒼白的臉上微現紅暈，低聲道：「相公，我……我要殺了剛才那個官兒，你可別生我的氣。」韋小寶心想：「這件事咱倆志同道合，你來求我，那是妙之極矣。」問道：「這官兒甚麼地方得罪你了？」雙兒抽抽噎噎的道：「他沒得罪我。這個吳之榮，是我家的大仇人，莊家的老爺、少爺，全是給他害死的。」

韋小寶登時省悟，那晚在莊家所見，個個是女子寡婦，屋中又設了許多靈位，原來罪魁禍首便是此人，依稀記得莊家三少奶似乎曾提過吳之榮的姓名，問道：「你沒認錯人嗎？」

雙兒淚水又撲簌簌的流下，嗚咽道：「不……不會認錯的。那日他……他帶了公差衙役來莊家捉人，我年紀還小，不過他那兇惡的模樣，我說甚麼也不會忘記。」

韋小寶心想：「我須當顯得十分爲難，她才會大大見我的情。」皺起眉頭，沉思半晌，躊躇道：「他是朝廷命官，揚州府的知府，皇帝剛好派我到揚州來辦事，我們如殺了他，只怕我的官也做不成了。剛才他又來跟我說一件大事，你要殺他，恐怕……恐怕……」

雙兒十分著急，流淚道：「我……我原知要教相公爲難。可是，莊家的老太太、三少奶她們……每天在靈位之前磕頭，發誓要殺了這姓吳的惡官報仇雪恨。」

韋小寶一拍大腿，說道：「好！是我的好雙兒求我，就是你要我殺了皇帝、要我自殺，我都依你的，何況一個小小知府？可是你得給我親個嘴兒。」

雙兒滿臉飛紅，又喜又羞，轉過了頭，低聲道：「相公待我這樣好，我……我這個人早就是你的了。你……你……」說著低下了頭去。韋小寶見她婉孌柔順，心腸一軟，倒不忍就此對她輕薄，笑道：「好，等咱們大功告成，我要親嘴，你可不許逃走。」雙兒紅著臉，緩緩點了點頭。韋小寶道：「倘若你此刻殺他，這仇報得還是不夠痛快。我讓你帶他去莊家，教他跪在莊家衆位老爺、少爺的靈位之前，讓三少奶她們親手殺了這狗頭。你說可好？」

雙兒覺得此事實在太好，只怕未必是眞，睁著圓圓的眼睛望著韋小寶，不敢相信，說道：「相公，你不是騙我麼？」韋小寶道：「我爲甚麼騙你？這狗官既是你的仇人，也就是我的仇人了。他要送我一場大富貴，我也毫不希罕。只要小雙兒眞心待我好，那比世上甚麼都強！」雙兒心中感激，撲在他身上，忍不住又哭了出來。

韋小寶摟著她柔軟的纖腰，心中大樂，尋思：「這等現成人情，每天便做它十個八個，也不嫌多。吳之榮這狗官怎不把阿珂的爹爹也害死了？阿珂倘若也來求我報仇，讓我摟摟抱抱，豈不是好？」隨即轉念：阿珂的爹爹不是李自成，就是吳三桂，怎能讓吳之榮害死？

只聽得室外腳步聲響，知是李力世等人到來，韋小寶道：「這件事放心好了。現下我有要事跟人商量，你到門外守著，別讓人進來，可也別偷聽我們說話。」雙兒應道：「是。我從來不偷聽你說話。」突然拉起韋小寶的右手，俯嘴親了一下，閃身出門。

李力世等天地會羣雄來到室中，分別坐下。韋小寶道：「衆位哥哥，昨晚我聽到一個大消息，事情緊急，來不及跟衆位商量，急忙趕到麗春院去。總算運氣不壞，雖然鬧得一塌胡塗，終於救了顧炎武先生和吳六奇大哥的性命。」

羣雄大爲詫異，韋香主昨晚之事確實太過荒唐。宿娼嫖院，那也罷了，卻從妓院裏抬了一張大床出來，搬了七個女子招搖過市，亂七八糟，無以復加，原來竟是爲了相救顧炎武和吳六奇，那當眞想破頭也想不到了，當下齊問端詳。

韋小寶笑道：「咱們在昆明之時，衆位哥哥假扮吳三桂的衛士，去妓院喝酒打架。

兄弟覺得這計策不錯，昨晚依樣葫蘆，又來一次。」羣雄點頭，均想：「原來如此。」韋小寶心想若再多說，不免露出馬腳，便道：「這中間的詳情，也不用細說了。」伸手入懷，摸了吳六奇那封書信出來。

錢老本接了過來，攤在桌上，與衆同閱，只見信端寫的是「伊璜仁兄先生道鑒」，信末署名是「雪中鐵丐」四字。大家知道「雪中鐵丐」是吳六奇的外號，但「伊璜先生」是誰卻都不知。羣雄肚裏墨水都頗爲有限，猜到信中所云「西南將有大事」是指吳三桂將要造反，但甚麼「欲圖中山、開平之偉業」，甚麼「非青田先生運籌不爲功」這些典故隱語，卻全然不懂，各人面面相覷，靜候韋小寶解說。

韋小寶笑道：「兄弟肚裏脹滿了揚州湯包和長魚麵，墨水是半點也沒有的。衆位哥哥肚裏，想必也是老酒多過墨水。顧炎武先生不久就要到來，咱們請他老先生解說便是。」

說話之間，親兵報道有客來訪，一個是大喇嘛，一個是蒙古王子。韋小寶請天地會羣雄以親兵身分隨同接見，生怕這兩個「結義兄長」翻臉無情，一面又去請阿琪出來。

相見之下，桑結和葛爾丹卻十分親熱，大讚韋小寶義氣深重。待得阿琪歡歡喜喜的出來相見，葛爾丹更心花怒放。這時阿琪手銬早已除去，重施脂粉，打扮齊整。

韋小寶笑道：「幸好兩位哥哥武功蓋世，殺退了妖人，否則的話，兄弟小命不保。這批妖人武藝不弱，人數又多。兩位哥哥以少勝多，打得他們屁滾尿流，落荒而逃，兄弟佩服之至。咱們來擺慶功宴，慶賀兩位哥哥威震天下，大勝而歸。」

桑結和葛爾丹明明爲神龍教所擒，幸得韋小寶釋放洪夫人，將他二人換回，但在韋小寶說來，倒似是他二人將敵人打得大敗虧輸一般。桑結臉有慚色，心中暗暗感激。葛爾丹卻眉飛色舞，在心上人之前得意洋洋。

欽差一聲擺酒，大堂中立即盛設酒筵。韋小寶起身和兩位義兄把盞，諛詞潮湧，說到後來，連桑結也忘了被擒之辱。只是韋小寶再讚他武功天下第一，桑結卻連連搖手，自知比之洪教主，實在遠爲不及。

喝了一會酒，桑結和葛爾丹起身告辭。韋小寶道：「兩位哥哥，最好請你們兩位各寫一道奏章，由兄弟呈上皇帝。將來大哥要做西藏活佛，二哥要做『整個兒好』，兄弟在皇帝跟前一定大打邊鼓。」說到這裏，放低了聲音，道：「日後吳三桂這老小子起兵造反，兩位哥哥幫著皇帝打這老小子，咱們的事那有不成功之理？」兩人大喜，齊說有理。

韋小寶領著二人來到書房。葛爾丹道：「愚兄文墨上不大來得，這道奏章，還是兄弟代寫了罷。」韋小寶笑道：「兄弟自己的名字，只有一個『小』字，寫來擔保是不會錯的，那個『韋』字就靠不住了。這個『寶』字，寫來寫去總有些兒不對頭。咱們叫師爺來代寫。」桑結道：「這事十分機密，不能讓人知道。愚兄文筆也不通順，對付著寫了便是。好在咱們不是考狀元，皇上也不來理會文筆好不好，只消意思不錯就是了。」

他每根手指雖斬去了一節，倒還能寫字，於是寫了自己的奏章，又代葛爾丹寫了，由葛爾丹打了手印，畫上花押。

三人重申前盟，將來富貴與共，患難相扶，決不負結義之情。韋小寶命人托出三盤金子，分贈二位義兄和阿琪，備馬備轎，恭送出門。

回進廳來，親兵報道吳知府已押解犯人到來。韋小寶吩咐吳之榮在東廳等候，將顧炎武等三人帶到內堂，開了手銬，屏退親兵，只留下天地會羣雄，關上了門，躬身行禮，說道：「天地會青木堂香主韋小寶，率同衆兄弟參見顧軍師和查先生、呂先生。」

那日查伊璜接到吳六奇密函，大喜之下，約了呂留良同到揚州，來尋顧炎武商議，不料吳之榮剛好查到顧炎武的詩集，帶了差衙捕快去拿人，將查呂二人一起擒了去。一加抄檢，竟在查伊璜身上將吳六奇這通密函抄了出來。三人愧恨欲死，均想自己送了性命倒不打緊，吳六奇這密謀一洩漏，可壞了大事。不料想奇峯陡起，欽差大臣竟然自稱是天地會的香主，不由得驚喜交集，如在夢中。

當日河間府開殺龜大會，韋小寶並沒露面，但李力世、徐天川、玄貞道人、錢老本等人均和顧炎武相識。顧、呂二人當年在運河舟中遇險，曾蒙天地會總舵主陳近南相救，待知眼前這個少年欽差便是陳近南的弟子，當下更無懷疑，歡然叙話。查伊璜說了吳六奇信中「中山、開平、青田先生」的典故，天地會羣雄這才恍然，連說好險。

呂留良嘆道：「當年我和顧兄，還有一位黃梨洲黃兄，得蒙尊師相救，今日不慎惹禍，又得韋兄弟解難。唉，當眞百無一用是書生，賢師徒大恩大德，更無以爲報了。」

韋小寶道：「大家是自己人，呂先生又何必客氣？」

查伊璜道：「揚州府衙門的公差突然破門而入，眞如迅雷不及掩耳，我一見情勢不對，忙想拿起吳兄這封信來撕毀，卻已給公差抓住了手臂，反到背後。只道這場大禍闖得不小，兄弟已打定主意，刑審之時，招供這寫信的『雪中鐵丐』就是吳三桂。反正兄弟這條老命是不能保了，好歹要保得吳六奇吳兄的周全。」

衆人哈哈大笑，都說這計策眞妙。查伊璜道：「那也是迫不得已的下策。『雪中鐵丐』名揚天下，只怕拉不到吳三桂頭上。問官倘若調來吳兄的筆跡，一加查對，那就非揭露眞相不可了。」顧炎武道：「我們兩次洩漏了吳兄的秘密，兩次得救，可見冥冥中自有天意，韃子氣運不長，吳兄大功必成。可是自今以後，這件事再也不能出口，總不成第三次又有這般運氣。」衆人齊聲稱是。顧炎武問韋小寶：「韋香主，你看此事如何善後？」

韋小寶道：「難得和三位先生相見，便請三位在這裏盤桓幾日，大家一起喝酒。再把吳之榮這狗官叫來，讓他站在旁邊瞧著，就此嚇死了他。如狗官膽子大，嚇他不死，一刀砍了他狗頭便是。」顧炎武笑道：「這法兒雖是出了胸中惡氣，只怕洩漏風聲。這狗官是朝廷命官，韋香主要殺他，總也得有個罪名才是。」

韋小寶沉吟片刻，說道：「有了。就請查先生假造一封信，算是吳三桂寫給這狗官的。這狗官吹牛，說道依照排行算起來，吳三桂是他族叔甚麼的，要是假造書信嫌麻煩，就將吳六奇大哥這封信抄一遍就是了。只消換了上下的名字。不論是誰跟吳三桂勾結，我砍了他的腦袋，小皇帝一定御准。」

衆人一齊稱善。顧炎武笑道：「韋香主才思敏捷，這移花接木之計，可說是一箭雙鵰，即以其人之道，還治其人之身。伊璜兄，就請你大筆一揮罷。」查伊璜笑道：「想不到今日要給吳三桂這老賊做一次記室。」

韋小寶以己度人，只道假造一封書信甚難，因此提議原信照抄。但顧、查、呂三人乃當世名士，提筆寫信，便如韋小寶擲骰子、賭牌九一般，直是家常便飯，何足道哉？查伊璜提起了筆，正待要寫，問道：「不知吳之榮的別字叫作甚麼？吳三桂寫信給他，如用他別字，更加顯得熟絡些。」韋小寶道：「高大哥，請你去問問這狗官。」

高彥超出去詢問，回來笑道：「這狗官字『顯揚』。他問爲甚麼問他別字。我說欽差大臣要寫信給京裏吏部、刑部兩位尚書，詳細稱讚他的功勞，呈報他的官名別字。這狗官笑得嘴也合不攏來，賞了我十兩銀子。」說著將一錠銀子在手中一拋一拋。衆人又都大笑。

查伊璜一揮而就，交給顧炎武，道：「亭林兄你瞧使得嗎？」顧炎武接過，呂留良就著他手中一起看了，都道：「好極，好極。」呂留良笑道：「這句『豈知我太祖高皇帝首稱吳國，竟應三百年後我叔姪之姓氏』，將這個『吳』字可扣得極死，再也推搪不了。」顧炎武笑道：「這兩句『欲斬白蛇而賦大風，顧吾姪納圯下之履；思奮濠上而都應天，期賢阮取誠意之爵』，那是從六奇兄這句『欲圖中平、開平之偉業，非青田先生運籌不爲功』之中化出來的了。」查伊璜笑道：「依樣葫蘆，邯鄲學步。」

天地會羣雄面面相覷，不知他三人說些甚麼，只道是甚麼幫會暗語，江湖切口。顧炎武於是向眾人解說，明太祖朱元璋初起之時自稱「吳國公」，後來又稱「吳王」，這剛好和吳三桂、吳之榮的姓氏相同；斬白蛇、賦大風是漢高祖劉邦的事，圯下納履是張良的故事；朱元璋起於濠上而定都應天，爵封誠意伯的就是劉伯溫；「賢阮」就是「吾姪」，是西晉阮籍、阮咸叔姪的典故。

韋小寶鼓掌道：「這封信寫得比吳六奇大哥的還要好，這吳三桂原是想做皇帝。只不過將他比做漢高祖、明太祖，未免太捧他了。」呂留良笑道：「這是吳三桂自己捧自己，可不是查先生捧他啊。」韋小寶笑道：「對，對！我忘了這是吳三桂自己寫的。」查伊璜問道：「下面署甚麼名好？」顧炎武道：「這一封信，不論是誰一看，都知是吳三桂寫的，署名越含糊，越像眞的，就署『叔西手札』四字好了。」對錢老本道：「錢兄，這四個字請你來寫，我們的字有書生氣，不像帶兵的武人。」

錢老本拿起筆來，戰戰兢兢的寫了，歉然道：「這四個字歪歪斜斜的，太不成樣子。」顧炎武道：「吳三桂是武人，這信自然是要記室寫的。這四個字署名很好，沒有章法間架，然而很有力道，像武將的字。」

查伊璜在信封上寫了「親呈揚州府家知府老爺親拆」十二字，封入信箋，交給韋小寶，微笑道：「偽造書信，未免有損陰德，不是正人君子之所為。不過為了興復大業，也只好不拘小節了。」韋小寶心想：「對付吳之榮這種狗賊，造一封假信打甚麼緊？讀書人眞酸得可以。」收起書信，說道：「這件事辦好之後，咱們來喝酒，給三位先生接風。」

顧炎武道：「韋兄弟和六奇兄一文一武，定是明室中興的柱石，鄧高密、郭汾陽也不過如是。若能扳倒了吳三桂這老賊，更如去韃子之一臂。韋兄弟這杯酒，待得大功告成之時再喝罷。咱們三人這就告辭，以免在此多躭，走漏風聲，壞了大事。」

韋小寶心中雖對顧炎武頗為敬重，但這三位名士說話咬文嚼字，每句話都有典故，甚麼「鄧高密、郭汾陽」的不知所云，要聽懂一半也不大容易，跟他們多談得一會，便覺周身不自在，聽說要走，正是求之不得，心道：「你們三位老先生賭錢是一定不喜歡的，見了妓院裏的姑娘只怕要嚇得魂不附體。我若罵一句『他媽的』，你們非瞪眼珠、吹鬍子不可，還是快快的請罷。」

於是取出一疊銀票，每人分送三千兩，以作盤纏，請徐天川和高彥超出後門護送出城。

顧、查、呂三人一走，韋小寶全身暢快，心想：「朝廷裏那些做文官的，個個也都是讀書人，偏是那麼有趣。江蘇省那些大官，好比馬撫台、慕藩台，可也比顧先生、查先生他們好玩。若是交朋友哪，吳之榮這狗頭也勝於這三位老先生了。」正想到巡撫、布政司，親兵來報，巡撫和布政司求見。韋小寶一凜：「難道走漏了風聲？」

韋小寶出廳相見，見二人臉上神色肅然，心下不禁惴惴。賓主行禮坐下。巡撫馬佑從衣袖中取出一件公文，站起身來雙手呈上，說道：「欽差大人，出了大事啦。」韋小寶接過公文，交給布政司慕天顏，道：「兄弟不識字，請老兄唸唸。」慕天顏道：「是。」打開了公文，他早已知道內容，說道：「大人，京裏兵部六百里緊急來文，吩咐轉告大人，吳三桂這逆賊舉兵造反。」

韋小寶一聽大喜，忍不住跳起身來，叫道：「他媽的，這老小子果然幹起來啦。」馬佑和慕天顏面面相覷。欽差大人一聽到吳三桂造反的大消息，竟然大喜若狂，不知是何用意。

韋小寶笑道：「皇上神機妙算，早料到這件事了。兩位不必驚慌。皇上的兵馬、糧草、大砲、火藥、餉銀、器械，甚麼都預備得妥妥當當的。吳三桂這老小子不動手便罷，他這一造反，咱們非把他的陳圓圓捉來不可。」馬佑和慕天顏雖聽他言語不倫不類，但聽說皇上一切有備，倒也放心不少。吳三桂善於用兵，麾下兵強馬壯，一聽得他起兵造反，所有做官的都膽戰心驚，只怕頭上這頂烏紗帽要保不住。

韋小寶道：「有一件事倒奇怪得很。」二人齊道：「請道其詳。」韋小寶道：「這個消息，兩位是剛才得知嗎？」馬佑道：「是。卑職一接到兵部公文，即刻知會藩台大人，趕來大人行轅。」韋小寶道：「當眞沒洩漏？」兩人齊道：「這是軍國大事，須請大人定奪，卑職萬萬不敢洩漏。」韋小寶道：「可是揚州府知府卻先知道了，豈不是有點兒古怪嗎？」

馬佑和慕天顏對望了一眼，均感詫異。馬佑道：「請問大人，不知吳知府怎麼說？」韋小寶道：「他剛才鬼鬼祟祟的來跟我說，西南將有大事發生，有人要做朱元璋，他要做劉伯溫。勸我識時務，把你們兩位扣了起來。我聽了不懂，甚麼朱元璋、劉伯溫，胡說八道，正在罵他，你們兩位就來了。」

兩人大吃一驚，臉色大變。馬佑庯庯碌碌，慕天顏卻頗有應變之才，低聲道：「那吳某如此說，是勸大人造反。他不要腦袋了。」韋小寶道：「我要他說得明白些，他老是抛書袋，甚麼先發後發。我說老子年紀輕輕，已做了大官，還不算先發嗎？」

馬佑和慕天顏均想：「這吳知府說的，是先發制人，後發制於人。欽差大人沒學問，還道是先發達、後發達。」兩人老成練達，也不說穿。那知「先發制人」這句成語，韋小寶從小就聽說書先生說過無數遍，這一次卻不是沒學問，而是裝傻。

馬佑道：「這吳知府好大的膽子！不知他走了沒有？」韋小寶道：「他還在這裏候著，說要跟我商議大計。哼，他小小知府，有甚麼大計跟我商議？打吳三桂的大計，兄弟也只跟兩位商議，不會去聽他一個小小知府的囉唆。」馬佑道：「是，是。可否請大人把吳知府叫出來，讓卑職問他幾句話？」韋小寶道：「很好！」轉頭吩咐親兵：「請吳知府。」

吳之榮來到大廳，見巡撫和布政司在座，不由得又喜又憂，喜的是欽差大臣十分重視自己的密報，竟將撫藩都請了來一同商議，憂的是訊息一洩漏，巡撫和布政司不免分了自己的大功，當下上前請安參見，垂手站立。

韋小寶笑道：「吳知府請坐。」吳之榮道：「是，是。多謝大人賜座。」屁股沾著一點椅子邊兒坐了。韋小寶道：「吳知府，你有一件大事來跟兄弟商議，雖然你再三說道，不可讓撫台大人和藩台大人知道，不過這件事十分重大，只好請兩位大人一起來談談，請你不可見怪。」吳之榮神色十分尷尬，忙起身向韋小寶和撫藩三人請安，陪笑道：「卑職大膽，三位大人明鑒。這個……這個……」要待掩飾幾句，但韋小寶已開門見山的說了出來，不論說甚麼都難以掩飾。巡撫和布政司二人的臉色，自然要有多難看便有多難看了。

韋小寶微笑道：「吳知府訊息十分靈通，他說西南有一位手握兵馬大權的武將，日內就要起兵造反。他這一起兵，可乖乖不得了，天下震動，皇上的龍廷也坐不穩了，說不定咱們的人頭都要落地。是不是？」吳之榮道：「是。不過三位大人洪福齊天，那自然逢凶化吉，遇難呈祥，定是百無禁忌的。」

韋小寶道：「這是託吳大人的福了。吳大人，這位武將，跟你是同宗，也是姓吳？」吳之榮應道：「是。這是敝宗……」韋小寶搶著道：「你拿到了這武將的一封信，是他親筆所寫，這封信不會是假的罷？」吳之榮道：「千眞萬確，決計不假。」

韋小寶點頭道：「這信中雖然沒說要起兵造反，不過說到了朱元璋、劉伯溫甚麼的。兄弟沒讀過書，不明白信裏講些甚麼，吳大人跟兄弟詳細解說信裏意思，要兄弟立刻動手，甚麼先發後發的，說道這是一百年也難遇上的機會，一場大富貴是一定不會脫手的，兄弟可以封王，而吳大人也能封一個伯爵甚麼的，是不是？」吳之榮道：「這是卑職的謬見，大人明斷，勝於卑職百倍。那封信裏寫的，的確是這個意思。」

韋小寶從右手袖筒裏取出吳六奇那封信來，拿到吳之榮面前，身子一側，遮住了那信，說道：「就是這封信，是不是？你瞧淸楚了，事關重大，可不能弄錯。」吳之榮道：「是，是。正是這封，那是決計不會錯的。」韋小寶道：「很好。」將那信收入右手袖筒，回坐椅上，說道：「吳知府，請你暫且退下，我跟撫台大人、藩台大人兩位商議。看來我們三人的功名富貴，要全靠你吳大人了，哈哈。」

吳之榮掩不住臉上得意之情，又向三人請安，道：「全仗三位大人恩典栽培。」側身慢慢退了下去。韋小寶待他退到門口，問道：「吳知府，你的別字叫作甚麼？」吳之榮道：「不敢。卑職賤名之榮，草字顯揚。」韋小寶點點頭，道：「這就是了。」

馬佑和慕天顏二人當韋小寶訊問吳之榮之時，心中都已大怒，只是官場規矩，上官正在說話，下屬不可插口。馬佑脾氣暴躁，待要申斥，韋小寶已命吳之榮退下，不由得額頭青筋突起，滿臉脹得通紅。

韋小寶從左手袖筒中取出查伊璜所寫的那封假信，說道：「兩位請看看這信。吳之榮這廝說得這信好不厲害，兄弟沒讀過書，也不知他說的是眞是假。」

馬佑接過信來，見封皮上寫的是「親呈揚州府家知府老爺親拆」，抽出信箋，和慕天顏同觀，見上款是「顯揚吾姪」。兩人越看越怒。馬佑不等看完全信，已拍案大叫：「這狗頭如此大膽，我親手一刀把他殺了。」慕天顏心細，覺得吳之榮膽敢公然勸上官造反，未免太過不合情理，然而剛才韋小寶當面訊問，雙方對答一句句親耳聽見，那裏更有懷疑？昨日在禪智寺前賞芍藥，吳之榮親口說過吳三桂是他族叔，看來吳之榮料定吳三桂造反必成，得意忘形，行事便肆無忌憚起來。

韋小寶道：「這封書信，當眞是吳三桂寫給他的？」馬佑道：「這狗頭自己說是千眞萬確。」韋小寶道：「信裏長篇大論，到底寫些甚麼，煩二位解給兄弟聽聽。」慕天顏於是一句句解釋，甚麼「斬白蛇而賦大風」、「納圯下之履」、甚麼「奮濠上而都應天」、「取誠意之爵」等典故，一一說明。馬佑道：「單是『我太祖高皇帝首稱吳國』這一句，就要叫他滅族。」慕天顏點頭道：「吳逆起事，聽說正是以甚麼朱三太子號召，說要規復明室。」

正議論間，忽報京中御前侍衛到來傳宣聖旨。韋小寶和馬佑、慕天顏跪下接旨，卻是康熙宣召韋小寶急速進京，至於敕建揚州忠烈祠之事，交由江蘇省布政司辦理。

韋小寶大喜，心想：「小皇帝打吳三桂，如派我當大元帥，那可威風得緊。」馬佑、慕天顏聽上諭中頗有獎勉之語，當即道賀，恭喜他加官晉爵。

韋小寶道：「兄弟明日就得回京，叩見皇上之時，自會稱讚二位是大大的好官。只不過二位的官做得到底如何好法，說來慚愧，兄弟實在不大明白，只好請二位說來聽聽。」

撫藩二人大喜，拱手稱謝。慕天顏便誇讚巡撫的政績，他揣摩康熙的性情，儘揀馬佑如何勤政愛民、宣教德化的事來說，其中九成倒是假的。只聽得馬佑笑得嘴也合不攏來。接著慕天顏也說了幾件自己得意的政績，雖言辭簡略，卻都是十分實在的功勞。

韋小寶道：「這些兄弟都記下了。咱們還得再加上一件大功勞。吳逆造反，皇上痛恨之極，這吳之榮要作內應，想叫江蘇全省文武百官一齊造反，幸虧給咱們三人查了出來。這一奏報上去，封賞是走不去的。兄弟明日就要動身回京，就請二位寫一道奏章罷。」撫藩二人齊道：「這是韋大人的大功，卑職不敢掠美。」韋小寶道：「不用客氣，算是咱們三人一齊立的功勞好了。」慕天顏又道：「總督麻大人回去了江寧，欽差大臣回奏聖上之時，最好也請給麻大人說幾句好話。」韋小寶道：「很好。說好話又不用本錢。」

馬佑、慕天顏又再稱謝，這才辭出。韋小寶吩咐徐天川等將吳之榮綁了起來，口中塞了麻核，叫他有口難言。吳之榮心中的驚懼和詫異，自是沒法形容了。

次日一早，揚州城裏的文武官員便一個個排著班等在廳中，候欽差大人接見。每個人自均有一份重禮。在揚州做官，那是天下最豐裕的缺份，每個官員也不想升官，只盼欽差大人回到北京說幾句好話，自己的職位能多做得幾年，那就心滿意足了。

總督昨日也已得到訊息，連夜趕到揚州，他和巡撫送的程儀自然更重。揚州一府豁免三年錢糧，經手之人自有回扣，韋小寶雖然來不及親辦，藩台早將他應得回扣備妥奉上。韋小寶隨身帶來的武將親隨，也都得了豐厚禮金。馬佑已寫了奏摺，請韋小寶面奏，奏章中將韋小寶如何明查暗訪、親入險地，這才破獲吳三桂、吳之榮的密謀等情，大大誇張了一番，而總督、巡撫、布政司三人從旁盡力襄助，也不無功勞。

慕天顏又道：「皇上對吳逆用兵，可惜卑職是文官，沒本事上陣殺賊。卑職已秉承總督大人、撫台大人的意思，十天之內，派人押解一批糧餉送去湖南，聽由皇上使用。」

韋小寶喜道：「大軍未發，糧草先行。三位想得周到，皇上一定十分歡喜。」

眾官辭出後，韋小寶派親兵去麗春院接來母親，換了便服，和母親相見。

韋春芳不知兒子做了大官，只道是賭錢作弊，贏了一筆大錢，聽他說要接自己去北京享福，當即搖頭，說道：「贏來的銀子，今天左手來，明天右手去。我到了北京，你卻又把錢輸了個乾淨，說不定把老娘賣入窯子。老娘要做生意，還是在揚州的好。北京地方，那些彎舌頭的官話老娘也說不來。」韋小寶笑道：「媽，你放一百二十個心。到了北京，你有丫頭老媽子服侍，甚麼事也不用做。我的銀子永遠輸不完的。」韋春芳不住搖頭，道：「甚麼事也不做，悶也悶死我了。丫頭老媽子服侍，老娘沒這個福份，沒的三天就翹了辮子。」

韋小寶知道母親脾氣，心想整天坐在大院子裏納悶，確也毫無味道，拿出一疊銀票，共五萬兩銀子，說道：「媽，這筆銀子給你。你去將麗春院買下來，自己做老闆娘罷。我看還可再買三間院子，咱們開麗春院、麗夏院、麗秋院、麗冬院，春夏秋冬，一年四季發財。」韋春芳卻胸無大志，笑道：「我去叫人瞧瞧，也不知銀票是真的還是假的，倘若當真兌得銀子，老娘小小的弄間院子，也很開心了。要開大院子，等你長大了，自己來做老闆罷。」低聲問道：「小寶，你這大筆錢，可不是偷來搶來的罷？」

韋小寶從袋裏摸出四粒骰子，叫道：「滿堂紅！」一把擲在桌上，果真四粒骰子都是四點向天。韋春芳大喜，這才放心，笑道：「小王八蛋學會了這手本事，那是輸不窮你啦。」

注：顧炎武之詩，原刻本有不少隱語，以詩韻韻目作爲代字，如以「虞」代「胡」，以「支」代「夷」等，以免犯忌，後人不易索解。吾友潘重規先生著《亭林詩考索》，詳加解明。本文所引係據潘著考訂。